Ω令息は、αの旦那様の溺愛をまだ知らない

Character
登場人物紹介
穏やかだが賢く
芯の強いΩの青年。
番であるギルベルトの
本心がわからず
悩んでいる。
ユーリス
ギルベルト
ローゼンシュタイン伯爵にして
優秀なαの近衛騎士。
番に対し誠実ながら
感情を表に出さず
その本心は不明。
ミハエル
ユーリスとギルベルトの
一人息子。
可愛らしい二歳児。

アロイス
アデルとルートヴィヒの
友人でαの公爵家令息。
大のΩ嫌いで有名。
ヴィルヘルム
ルートヴィヒの兄で
元王太子のΩ。
一時、ユーリスと
ギルベルトの主だった。
ルートヴィヒ
シュテルンリヒトの
王太子でα。
正義感が強く
まっすぐな好青年。
アデル
平民出身の
王太子の婚約者。
魔法の才に秀でた
優秀なΩ。

洋燈《ランプ》の灯りがぼんやりと照らし出すのは、豪奢《ごうしゃ》な内装の部屋だった。

臙脂《えんじ》色の分厚い絨毯《じゅうたん》に同じ色の上質なカーテン。部屋の最奥にあるマホガニーの執務机は細かな細工が施されており、重厚な中にも優美さを感じさせるものであった。壁際には上から下までぎっしりと本が詰まった本棚が置かれている。

案内された応接用の長椅子《ソファー》はきっと高価なものなのだろう。艶《つや》やかな黒革はとても滑《なめ》らかでよく手入れされており、座り心地の非常によいものだ。しかし、どうにも居心地が悪くて、ユーリスは何度も身じろぎしてしまう。

視線を彷徨《さまよ》わせるのはどこを見ていいのか分からないからだ。

部屋を照らしているのは、最近開発されたという魔法石を使った洋燈《ランプ》だろうか。あれはとても高価で流通も少ないけれど、燈油《ランプオイル》が不要で点火も自動で行える優れモノだと聞く。ここにあるということは、そのうち別館にも買い与えられるだろうか。

そんなどうでもいいことをひとしきり考えて、それからもう考えることがなくなってしまってから、ようやく執務机に座っている人物をちらりと見た。

癖のない栗色の髪に深い紫の瞳。涼やかな目を伏せて、男は手元の書類を黙々と片づけていく。男は、未だに王国騎士団の騎士服を身に着けていた。さすがにペリースは外していたし帯剣はしていなかったが、先ほど帰宅したばかりであるのだと察することが出来る堅苦しい格好である。

——こんな夜半まで、仕事をしているのか。

身体を壊しはしないか、きちんと休めているのか。

彼の整った顔立ちが一か月前に見たときよりも少しやつれているように見えて、様々な心配が胸に去来する。けれど、決してそれを口にすることは出来なかった。

騎士にしては繊細な印象を受ける指先が、はらりと最後の書類を捲《めく》った。それから確認済みの全ての書類をまとめて、その人物——ユーリスの夫ギルベルト・ユルゲン・フォン・ローゼンシュタインはようやく顔を上げる。

「夜遅くお呼びたてした上に、お待たせして申し訳ありません。……寒くありませんか」

「あ、いえ。大丈夫です」

玲瓏《れいろう》とした声でそう問われて、ユーリスは着ていたガウンの襟を慌てて合わせた。

もう休もうと思っていたところを突然呼び出されたのだ。薄い夜着にガウンを羽織っただけの格好を見咎《みとが》められたような気がして、つい背中を丸めるように俯いてしまう。

久しぶりにギルベルトと顔を合わせるのに、こんな格好で来てしまったことを後悔した。きちんと着替えてきた方がよかったのだろうか。けれど、ユーリスを呼びに来た家令は何も指摘しなかった。それに、急用だと言っていたから、少しでも早く足を運んだ方がいいと思ったのだ。

頭の中で言い訳をしていると、ギルベルトが口を開く。穏やかではあるが、なんの感情も読み取れない平坦な声音はいつだって変わらない。

「ミハエルは、もう休みましたか」

「はい」

数刻前に。

それだけ言って、ユーリスはまた口を閉じた。

ミハエルは、二歳になるユーリスとギルベルトの一人息子だ。ローゼンシュタイン家の嫡子として生まれ、今もそう育てられている。

最近、お喋りが上手になってきたんです。体力もついて、とっても早く走れるようになりました。まだ字は書けませんが、お絵描きは好きなんですよ。

滅多に顔を合わせないギルベルトに、息子の最近の様子を話そうとして、けれど出来なかった。興味がないと言われてしまったら、数日は立ち直れない気がしたからだ。

多忙な彼に、執務以外のことを話しかける勇気などなくて、ユーリスは膝の上に揃えた両手を強く握りしめる。ギルベルト自身も息子のことなどすぐに興味をなくしたのか、それ以上の質問はせず、持っていた一枚の書類を熱心に読み込んでいた。

彼の視線が何度も書類の上を往復する。それから微かに眉根を寄せて、ギルベルトはようやくそばに控えていた家令にその書類を手渡した。家令は主人に軽く会釈《えしゃく》して、ユーリスの方にゆっくりと歩を進める、そして丁寧な動作でその書類を差し出した。

読め、ということなのだろう。そう解釈して、ユーリスはその書類を受け取った。それはひどく上質な羊皮紙であった。

丸められた羊皮紙に記されていたのは流麗な文字と、星を抱えた獅子《しし》の紋章が押された封蝋《ふうろう》。そして、それらをまとめる金色のリボン。

その紋章と金色のリボンは、ユーリスには相当な衝撃を与えるものであった。

「先日、王太子殿下の婚約者に変更があったことはご存じですか」

「……はい。今日の昼、王宮のお茶会に行っていたので」

そこで聞きました、と答えると、ギルベルトは小さく頷く。

「昼間、茶会で少々騒ぎがあったようですが、大事なかったですか」

問われて、ユーリスは驚いた。自分があの茶会に出席していたことをギルベルトが知っていると は思わなかったからだ。

けれども、ギルベルトはあの茶会の警護をしていたのだ。優秀な近衛騎士である彼が、片隅とはいえ会場で起こった出来事を把握していないはずがなかった。

会場の末席にそっと座っていたユーリスと国王の傍近くに控えていたギルベルトでは、物理的にも立場的にも大きな距離があった。

長身の美貌は遠目からでもよく映えていたが、声をかけることは叶わなかったし、そもそも職務中の夫に気軽に近づけるほど気安い関係ではない。だからこそ、ギルベルトに気づかれないようにそっと会場を後にしたはずだったのだけれど。

その後、ユーリスが巻き込まれた騒動のせいで、迷惑をかけてしまったのだろうか。

ひどく申し訳ない気持ちになり、ユーリスは持っていた羊皮紙の封蝋《ふうろう》に視線を滑らせる。紫の瞳を直視することが怖かった。

それでも彼はユーリスの身を案じてくれた。そこに心が伴わず、形だけの心配だったとしても嬉しく感じてしまうのは、ユーリスがギルベルトに対して抱えている想いの深さ故だろうか。

滲《にじ》み出す嬉しさを極力押し殺して、ユーリスは視線を外したままゆっくりと微笑んだ。

「はい。私はオメガですので、特に何事もなく」

「そうですか」

そう言ったきりギルベルトは口を噤《つぐ》んだ。そして何かを考えるように組んだ手に顎をのせて、ゆっくりと目を瞑る。

そんな少し疲れたような仕草ですら、ギルベルトが行えばとてつもなく美しい。彼の瞳が隠れたのをいいことに、ユーリスは顔を上げる。

髪と同じ栗色の睫毛《まつげ》が、陶器のような頬に濃い影を落としていた。その作り物めいた美しさに見《み》惚《と》れていると、不意にギルベルトがこちらを見た。アメジストよりも透き通った紫がユーリスを捉えて、ついびくりと肩を揺らしてしまう。

「騒ぎを収めていただいたことに、王国騎士団から感謝を。国王夫妻も詳細をお聞きになり、あなたのことを高く評価しておいででした」

そっと息を吐きながら、ギルベルトは言う。国王夫妻という単語にユーリスは驚いたが、薄く形のいい唇から続いた内容にさらに驚いた。

「その件も考慮された上で、王家からの勅命が来ています。ユーリス・ヨルク・ローゼンシュタイン、王太子の婚約者であるアデル・ヴァイツェン殿の教育係にあなたを任命いたします」

王太子の婚約者の、教育係――

正直、すぐには理解が出来なかった。しかし、ギルベルトの発した言葉は、慌てて開いた手元の書類にも同じように記されている。

何故、よりにもよって自分なのか。他にも大勢適任者はいるだろうに、どうして。

そんな様々な思いが一瞬のうちに浮かんでは、消えていく。

けれど、その勅命の内容にどれほど混乱したとしても、それがどれほど不条理だと思っても、一介の貴族にすぎないユーリスに許された言葉など、ひとつしかない。

星を持った獅子《しし》の紋章は、ここシュテルンリヒト王国の王家の紋章だ。それも夜会や茶会の招待に頻繁に使用される王族個人のものではなく、国家としての勅命を貴族に与えるときに使用される公《おおやけ》のもの。

それを与えられた貴族に選択権など存在しないのだ。

視線を上げて、ユーリスはギルベルトを見た。

そこには整った顔のまま、こちらを見つめるギルベルトがいる。彼も理解しているのだろう。最初から決められた、ユーリスの返事を何も言わずに待っている。

「……謹《つつし》んで、拝命いたします」

震える声でそう言って、ユーリスは恭《うやうや》しく頭を下げた。

＊　＊　＊

――ルードヴィヒ・クライス・シュテルンリヒト王太子殿下の婚約者殿が変わったらしい。

そんな噂を聞いたのは、昼に出席した王妃主催のお茶会の席でのことだった。

招待された茶会や夜会のほとんどを断るユーリスであるが、年に数度どうしても断れない相手からの招待というのがある。その「相手」のひとりが王妃殿下で、本日のお茶会の主催者であった。

この茶会は春の到来を祝う会で、毎年この時期に王宮の庭園を開放して大々的に行われるものだ。整えられた庭園には、春を待ちわびていたであろう様々な花が思い思いに咲き乱れていた。

そんな花園の中で、色とりどりのドレスを着た貴婦人たちが振舞われたお茶をゆったりと楽しむのだ。まるで蝶か花かというほどの煌《きら》びやかな色の渦に混ざって、ユーリスは話しかけられるままにひたすら相槌《あいづち》をうっていた。

久しぶりに袖を通したペールグレーのフロックコートは上品で、ユーリスの亜麻色《あまいろ》の髪と緑色の瞳によく似合っている。ほっそりとした首を飾る首環《ネックガード》を隠すように巻かれた濃紺のリボンタイも質はいいものだが、この中にあっては少々地味すぎたかもしれない。

けれど、派手に着飾って悪目立ちするよりはマシだろう。そう思い直して、ユーリスは周囲のご婦人たちに愛想笑いを返した。

貴族という人間は、礼儀や作法にはひどくうるさいのに噂話は大好きだ。聞いてもいないのに、王太子と元婚約者の公爵令息との確執や新たに婚約者となった平民の青年の為人《ひととなり》をユーリスに教えてくれた。

——なんでも、シュテルンリヒト魔法学園の卒業祝賀会で婚約破棄を言い渡されたとか。

——新しい婚約者様は学園の特待生で、平民出身のオメガだそうですね。

——まぁ、オメガ。さすがアルファを誑《たぶら》かすことにかけては一流ですのね。

——あら、でもリリエル・ザシャ・ヴァイスリヒト公爵令息だってオメガだったのでしょう。

くすくすと広がっていく嘲笑は、まるでさざ波のようだった。

自分たちよりもずっと身分が高い王太子や公爵令息の醜聞《しゅうぶん》が、今の彼女たちの一番のお気に入りの話題らしい。延々と聞かされる下世話な流言に、やはり来なければよかったかな、と後悔してユーリスが席を立とうとしたときだ。

——同じオメガとして、伯爵夫人はどう思われます？

そう見知らぬ貴婦人から声をかけられた。

日差しを遮《さえぎ》るための白い帽子に大きな羽のついた婦人だ。赤く彩《いろど》られた唇を扇子で隠して、優雅に微笑んでいた。

それになんと答えていいか迷っていると、その隣にいた別の貴婦人がさらに笑って問いかけてくる。

——オメガとアルファといえども、上手くいくとは限らないのですね。ローゼンシュタイン伯爵夫人は、今日もおひとりでいらしたのでしょう？

こちらは薄紅色の日傘をさしていた。大きなリボンがついたそれを右手で持って、左手には先ほどの夫人と同じように扇子を持っている。

レースの手袋をはめた彼女を見て、ユーリスはそれでどうやってお茶を飲むのだろうか、なんてどうでもいいことを考えた。

ユーリス相手に礼儀を取り繕《つくろ》う必要はないとでも思っているのだろう。彼女たちは上品に見えて、ひどく無作法だった。やっていることは貴族のマナーとしては最低で、もしユーリスが評価をするのならば、絶対に『不可』を与える行為だ。

そんな無作法な相手にユーリスは、夫はあちらにおりますよ、と護衛騎士の面々を指さすことでやり過ごす。すると、何がおかしいのか、彼女たちはすかさずころころと鈴が転がるような声で笑う。

婦人たちの意図はとても分かりやすかった。冷たく微笑む彼女たちの後ろには年頃の少女たちが数人控えていて、興味津々《きょうみしんしん》にユーリスを見ていたからだ。おそらく、ご婦人たちの娘たちなのだろう。

少女たちは婦人とユーリスの会話に聞き耳を立てては笑い合う。それから時折、周囲に佇《たたず》む騎士たちに視線をやって、きゃあ、と黄色い歓声を上げた。

貴族たちの間で自分と夫がいつ離婚するのか、と噂されていることは知っている。夫がこの国でも指折りの将来有望な騎士であることも。

早い話がこのご婦人と少女たちの関心事は、その将来有望なアルファの騎士がいつ独身に戻るか、ということなのだ。

ひどく礼儀知らずなそれらの問いを当たり障りのない笑顔で流して、ユーリスは早々に茶会を後にしようとした。件《くだん》の騒動に巻き込まれたのは、そのときである。

茶会の会場となった庭園は、王族の住まう私的な宮殿内にあった。人が多く出入りする行政機関を有する区画とは少々距離があり、賑やかな王宮内にあってあたりには閑静《かんせい》な空気が漂っている。

そんな庭園の片隅、ちょうど庭園の中央に控える騎士たちからは死角になるであろう植木の陰に、その人影はあった。

それは年若い男だった。一見すると少年にも見えるその青年に、ユーリスは特に違和感は覚えなかった。青年が身に纏《まと》っていたのが、下級文官の制服だったからだ。

下級文官は行政局に所属する文官の中でも最も位の低い官吏で、その業務は多岐にわたる。つまり、彼らは王宮内の色んな場所で様々な仕事をしているのだ。

故に下級文官が王族所有の庭園にいることは珍しいことでもなく、見咎《みとが》められるようなものではない。事実、青年は何やら書類らしきものを手にしていたし、そもそも宮殿への通行証を持っていたからこそ、警備の騎士たちに問いただされずここまで入れたのだろう。

ユーリスが青年の様子がおかしいことに気づけたのは、本当にたまたまだった。

何気なく目で追った彼は、不安定な足取りで苦しげに庭木の中を進んでいく。遠目でも分かるほどふらついていて、ひどく体調が悪そうだった。だからこそユーリスは、声をかけようと彼の後を追ったのだ。

けれど、そうではないことは少し近づいただけですぐに分かった。

上気した顔と荒い息。青年の大きな目は熱に浮かされたように潤んでいて、どこか恍惚《こうこつ》とした色を湛《たた》えている。ユーリスには分からないけれど、きっとこのあたりにはむせ返るほどの甘い香りが漂っていることだろう。

それはオメガの発情だった。

文官の青年は細い首にがっちりとした革の首環《ネックガード》を着けていた。ユーリス自身も結婚するまでは着けていたその頑丈な首環《ネックガード》は、番《つがい》のいないオメガが着けることを義務付けられているものだ。

――番《つがい》がいないオメガが、こんな公《おおやけ》の場で発情しているだなんて。

その事実に気づき、ユーリスは顔を青褪《あおざ》めさせる。

オメガのフェロモンは不特定多数のアルファを誘惑し、その理性を乱すのだ。

まだ距離があるとはいえ、茶会の会場には国王夫妻の護衛のために多くの騎士たちが控えている。王のそば近く侍《はべ》る近衛騎士は、数多《あまた》の試験を経《へ》て選び抜かれた者だけが叙任されるものだ。誰よりも優秀で誇り高い彼らは、その多くがアルファだった。

このまま彼がここにいては、非常にまずいことになる。ユーリスがそう思ったとき、青年の痩躯《そうく》が大きく傾いた。

「だ、大丈夫ですか⁉」

思わず駆け寄ったユーリスに、青年はひどく億劫《おっくう》そうに顔を上げた。ふらつく足がもつれて、そのままふたりで地面に倒れ込む。その細い身体は予想通り、燻《くすぶ》る熱に支配されているようだった。

「……だいじょうぶ、です」

どこからどう見ても大丈夫ではないだろうに、青年はか細い声でそう答えた。ユーリスに縋《すが》る手は震えて、吐く息はひどく熱い。その様子は発情期か、と問うまでもないものだった。

「抑制剤は――」

青年の上着を探ろうと手を這わせると、それだけで強い刺激になるのだろう。顔を真っ赤にした青年は大きく震えて、力なく首を横に振る。

「持って、いなくて」

「持っていない？」

そんなはずはない、とユーリスは思った。

王宮で働くオメガたちは、発情抑制薬の服用と携帯が定められている。

抑制剤は魔法薬の一種だからとても高価ではあるが、国から必要量が支給されるため、どんなオメガでも王宮に出仕している以上、抑制剤を持っていないなどありえないことだった。

――それを持っていないだなんて。

訝《いぶか》しむユーリスの視線に気づいたのだろう。青年はぼろぼろと涙を流しながら、隠されてしまって、と呟いた。

嗚咽《おえつ》交じりに話す青年の話は、ユーリスにとって心が痛む内容だった。

なんでも彼は、同じ部署の同僚からひどい嫌がらせを受けているのだという。抑制剤を隠されることは日常茶飯事で、その上でアルファの大勢いる場所での仕事を押し付けられるのだ、と彼は言った。

番《つがい》のいないオメガにとって、同じく番《つがい》のいないアルファは本能的に恐ろしいものだ。

オメガの発情にはある程度の周期があるが、それは外的要因によって容易に覆《くつがえ》されることがある。――つまり、番《つがい》のいないオメガはアルファのフェロモンで発情を誘発される可能性に常に怯えているのだ。

それなのに、抑制剤のない無防備な状態でアルファのもとに行かせるなど、ユーリスは言いようのない怒りとともに深い悲しみを覚えた。

いつアルファに襲われるか分からない恐怖と発情による情欲で震える背中を、ユーリスは出来るだけ刺激しないようにゆっくりと撫でた。

オメガの出仕が許されてからずいぶん経ったとはいえ、王宮には依然としてオメガは不要である、という空気がある。王宮で働くオメガたちは多かれ少なかれ、そういった雰囲気の中で働くしかないというのが現状だった。

とはいえ、抑制剤を隠すという行為は明らかにやりすぎだった。

彼だけではなく、周囲にいるアルファたちも巻き込んでしまう危険があるからだ。

現に、今この青年は明らかに発情期を迎えていた。行きあったのが同じオメガのユーリスであったため、彼のフェロモンを感じることはなかったが、これが護衛騎士たちであったならば取り返しのつかない事態になっていたかもしれないのだ。

「医務室に行きましょう」

番《つがい》のいるユーリスは、発情抑制剤を携帯していなかった。

背中で青年の身体を支えるようにして、ゆっくりと立ち上がる。今にも爆発しそうな情欲に耐えている青年は、苦しげな息を吐いて自嘲気味に呟いた。

「本当に大丈夫ですから、もう、放っておいてください」

どうせ自分なんて、と言った彼の精神は不安定で今にも崩れてしまいそうだった。当然、ユーリスに彼を放っておけるはずがない。

「このまま、ここにいるのは危険です」

青年が分かり切っているだろうことを敢《あ》えて言うと、それでもいいのだ、と青年は返した。

「どうせ、私は顔も知らないアルファの妾《めかけ》になるんです……だったら、ここで無理やり犯されたって何も変わりません」

「そんなことは……」

ない、とは言い切れないところが、この国で生きるオメガの現実だった。そのことを誰よりもよく知っているユーリスは、青年の言葉を否定することが出来なかった。

けれど、それでも――

「自分のことを大切にしてください。いつかあなたの愛するアルファが心を痛めないでいいように。政略結婚でも、きっと相手を心から愛せるようになります」

それはユーリスにとっても祈りのような言葉だった。

ユーリスは結婚してからずっと、それを願っているのだ。

いつか、ギルベルトが自分を愛してくれる日が来るのを、ずっと願っている。

そこに自分たちの意思のない政略結婚だとしても、ともに長い時間を過ごすことでふたりの間に「愛」や「情」と呼ばれるものが芽生えることを。

それが家族愛のようなものでも構わない。自分がギルベルトを想うように、想いを返してもらえなくてもいいから。少しでも彼の心に居場所が欲しかった。

自分で言っていて、なんとも滑稽《こっけい》なことだ、とユーリスは思った。それでも口にせずにはいられなかった言葉を聞いて、青年はどう思ったのだろうか。

発情で力が入らないであろう彼を背負って、ユーリスは医務室を目指した。小柄で細身なユーリスではあるが、それでも一応は成人した男である。同じような体格のオメガの青年ひとりならば、運ぶことくらいは出来た。

医務室で医務官に彼を引き渡したとき、ユーリスは名前を名乗らなかった。

偉そうに説教をしてくる相手が、夫夫《ふうふ》仲が不仲で有名なオメガだと青年に気づかれたくなかったからだ。――にもかかわらず、ギルベルトにまで話が伝わっていることには少し驚いたが、ひょっとしたらアルファの騎士たちは、事態に気づきながらもオメガの凶悪なフェロモンのせいで近寄ることが出来なかったのかもしれない。

＊　＊　＊

この世界には、六つの性がある。

見た目で分かる男女の性と、二次性と言われる三つの性。それらを掛け合わせて合計六つの性だ。三つの性はアルファ、ベータ、オメガの三種類あり、それぞれの割合や特性は大きく異なっていた。ユーリスの住まうシュテルンリヒト王国に一番多いのはベータで、彼らは国民の九割以上を占める。ベータの人々は一次性である男女の区別以外の特性を持たず、二次性に振り回されることはない。その次に多いのがアルファ。アルファは優秀な能力を持つ者が多く、王国騎士団や王宮魔法使いのほとんどがアルファであるという。国民の一割に満たない彼らは、しかしその優秀さによってこの国を支えてきた人材と言えるだろう。

そして最も少ないのがユーリスたちオメガである。

希少なアルファよりもさらに希少。けれど、どれほど希少でも自らがオメガであると言われて喜ぶ者はいないだろう。ユーリスだって、自らの二次性が発覚したときは著《いちじる》しく悩んだものだ。

庭園での出来事でも分かるように、この国におけるオメガの社会的な地位はひどく低かった。貴族であっても家族や周囲の者たちに疎《うと》まれ、嫌厭《けんえん》されるのが当たり前で、平民であればまともに生活を送ることすら難しい。その理由はオメガにのみ存在するとある特性のせいだった。――オメガには、発情期があるのである。

性的に成熟したオメガには、通常二、三か月に一度発情期がやってくる。

期間は個人差や外的要因で変化することも大きく一概には言えないが、だいたい三日から十日ほど。この期間のオメガは発情による性的興奮のため、まともな生活が送れなくなるのだ。

どれほどの人格者でも、どれほど優秀な人物でも発情期の期間は人が変わったようにアルファの精を求める。それだけでも十分生きづらいというのに、シュテルンリヒトの守り神である星女神はオメガにもうひとつ、発情期にまつわる大きな特徴をお与えになったのだ——それこそがオメガが最も忌避《きひ》される要因になっているフェロモンである。

発情期のオメガはアルファを誘惑するフェロモンを放つ。それはアルファの理性を容易《たやす》く溶かし、本人の意思を無視して強制的に興奮状態にしてしまうとんでもない代物だった。

優秀なアルファを誘惑し、無理やり性交に及ぼうとする者たち。——それがこの世界のオメガに与えられた評価で、どれほど個人が努力しようと覆《くつがえ》ることのない現実であった。


ユーリス・ヨルク・ローゼンシュタイン伯爵夫人はオメガである。

優秀なローゼンシュタイン伯爵をフェロモンで誘惑して、無理やり結婚したのだろう。だから夫《ふう》夫《ふ》仲はよろしくなくて、伯爵は夫人を嫌っているのだ。

そう口さがない人々に噂されるのは慣れている。しかし、それも仕方のないことだとは思う。ユーリスとて、自分と夫が仲睦まじい夫夫《ふうふ》であるとは決して思わないからだ。

結婚してからのこの三年間、夫であるギルベルトと顔を合わせたのはおそらく両手の指では少し足りない程度。三か月に一度の発情期のときのみだった。

ユーリスに与えられているのはローゼンシュタイン伯爵邸の最も奥にある小さな別館で、特別な理由がなければ本館に立ち入ることは許可されていない。本館で暮らす夫はユーリスの発情期でもなければ別館には足を運ばないから、普段はすれ違うことすらない生活を送っている。

ギルベルトは王国騎士団に所属する近衛騎士だ。その仕事内容は多忙を極め、昼間の茶会だって主催である国王夫妻の近くに護衛として控えていた。

誘われる夜会は仕事を理由にことごとく断っている様子で、一度だって同伴を求められたことはない。どうしても断れないものにはどうやらひとりで行っているらしいと見知らぬ他人から教えられて、倒れそうなほど衝撃を受けたのはまだ結婚生活に希望を捨てられなかった新婚の頃だった気がする。

だから、社交界で自分たちが不仲であると噂されるのは理解出来る。

ギルベルトは騎士候補生《エスクワイア》だったときから美しく優秀なアルファだったのだ。

つまり、良くも悪くも若い頃からとても目立つ存在で、多くの独身女性たちが彼の関心を引こうと努力していたのをユーリスは知っている。

そんなギルベルトがよりにもよってオメガのユーリスと結婚してしまったのだ。三年前の社交界には大きな衝撃が走ったらしい。

けれど、不仲とはどの程度から言うのだろうか、とも思う。

浮気をしたり、お互いの存在を無視したりすることだろうか。それとも暴力を振るわれたりすることだろうか。

そうであるならば、自分たちは決して不仲ではないはずだ。

夫であるギルベルトは生真面目すぎるほどに品行方正な男で、ユーリスと婚姻関係にあるうちは決して浮気はしないだろう。滅多に顔を合わせない自分たちであるが、用があるとユーリスが声をかけたときはきちんと時間をとって対応してくれるし、暴力だって振るわれたことはない。三か月ごとの発情期には必ずやってきて、その熱を発散することを手伝ってくれるし、衣食住だって贅《ぜい》沢《たく》すぎるほどに保証してくれている。

その上、ギルベルトはユーリスを自らの番《つがい》にしてくれた。それはオメガの地位が著《いちじる》しく低いシュテルンリヒト王国では、ひどく珍しいことなのだ。

貴族に生まれたオメガは、必ず貴族のアルファと婚姻関係を結ぶ。しかし、そこには「番《つがい》」というお互いを無二の存在とする関係性は存在せず、ただ家と家を結ぶための道具として、もしくは子を残すための器としてのみの役割が求められる。

裕福な高位貴族に至っては、本妻が別にいて妾《めかけ》として扱われることだって珍しくはない。

ユーリスも当然、自分も将来そうなるのだと思っていた。

けれど、ギルベルトはユーリスと番《つがい》関係を結んだ上に、本妻として――ローゼンシュタイン伯爵夫人として扱ってくれる。

滅多に顔を合わせず、夜会にだって同伴しない。結婚して以来、笑ったところは見たことがないし、会話が弾んだためしもない。――けれどもそれだけで、不仲だと言っていいのだろうか。

そこには確かにギルベルトからの誠意があるように思えるのだ。

だからこそ、ユーリスは彼との関係を諦めきれないのだけれど、だからといってギルベルトに嫌われていないか、と問われれば、それには少し自信がなかった。ユーリスとしては嫌われている自覚があるわけではないが、自分たちの日々の生活を考えるとどう考えても好かれているとは思えないからだ。

＊　＊　＊

王宮への出仕は、勅命を受けたあの夜から二日後からだった。

その性急さにユーリスが驚くと、ギルベルトはその端整な顔を微かに曇《くも》らせた。どうやら婚約者であるアデル・ヴァイツェンの置かれている状況は、なかなかまずいものらしい。

アデルは平民出身ということで貴族の作法というものをまったく理解していない上に、本人の気質がそういったものに向かないという。

良く言えば無邪気で天真爛漫《てんしんらんまん》。悪く言えば無鉄砲で礼儀知らず。

王太子が惚れ込んだそういったアデルの気質は、一学生、一国民としてはなんの問題もないものだ。だが、未来の王太子妃としては言語道断と言ってもいいだろう。だからこそ王太子は愛しい婚約者のために、大急ぎで教育係を用意した。

婚礼まではあと一年。王太子の結婚は春の祝祭とともに行われることになっている。

それまでにどうにかして王太子はアデルに適切な教育を施そうとした。たとえ付け焼刃であろうとも、この一年でなんとか妃としての自覚をもってもらいたい。そんな思いだったらしい。

しかし、当のアデルは王太子妃教育をひどく嫌がったという。

授業を受けないのは当たり前。教育係と顔を合わせるのを厭《いと》うてか、たびたび王宮から逃亡する始末。その中でも、特に礼儀作法とダンスの授業を嫌い、教師をことごとく解雇してしまったらしい。

ユーリスが依頼されたのは、礼儀作法と王宮の行事と習わし、それからダンスの授業だった。

――つまり、アデルが最も嫌うカリキュラムである。


王宮には伯爵家の所有する馬車で向かう。同じように王宮に出仕するギルベルトは自ら馬を駆って王城に上ったので、馬車にはユーリスしか乗らなかった。

王宮は伯爵邸から三十分もかからない位置にある。王都の北に位置する王宮は周囲を高い城壁と堀にぐるりと囲まれており、その堀の南東側の整えられた区画が貴族たちの居住区画だ。

代々、王家の近衛騎士を務めてきたローゼンシュタイン家はその役割の都合上、広々とした邸宅が連なる貴族区の中でも最も王宮から近い場所に居を構えることを許されていた。

美しく整然とした貴族屋敷が立ち並ぶ東区と、狭い町並みに所狭しと庶民の家々がひしめき合う西区。それを隔《へだ》てるのは王都の中心を南北にまっすぐ貫く大通りで、その終点は王宮に入るための城門だった。

その城門を抜けて、ユーリスを乗せた馬車は通用口の方に向かっていく。

城門の中には王族や賓客《ひんきゃく》が利用する正門とは別に、いくつかの通用門がある。果てしなく広い王宮には様々な仕事があり、様々な身分の者が勤めているからだ。

ユーリスがこれから使うことになるのは、王宮に勤める通いの下級貴族が使用する入り口だ。

清潔ではあるが質素で飾り気のない入り口から、王族の住まう王宮までは少し遠い。慣れない者であれば、あっと言う間に迷ってしまうだろう。「宮殿」と呼ばれる大抵の建物がそうであるように、広い王宮内はまるで迷路のように通路が張り巡らされている。

御者《ぎょしゃ》に礼を言って馬車を降りると、通用門にはひとりの騎士が控えていた。

それは大勢の人々が行き交う場所にいても、目を惹く美丈夫だった。

シュテルンリヒト王国では珍しい栗色の髪と紫色の瞳。アメジストのように輝くその双眸《そうぼう》は、遠目で見てもとても美しい。堂々とした体躯の男が纏《まと》うのは、王国騎士団の証である黒い騎士服と濃紺のペリースだ。ペリースを留めているのは獅子《しし》を象《かたど》った銀細工で、近衛騎士を示している。

それは間違いなく朝、別れてきたユーリスの夫——ギルベルトだった。

「ユーリス」

「ギルベルト様。どうされたのですか」

ペリースの裾を払うようにして、ギルベルトはユーリスに向かって歩を進めた。まるで自分を待っていたようなその態度に、ユーリスは慌てて彼の方に駆け寄った。

王の近衛を務める上に伯爵位を持つギルベルトは、通常この門は使わない。もっと身分の高い者が使用する別の門の使用を許可されているからだ。

となれば、彼がわざわざここにいた理由などひとつしかないだろう。

家を出るとき、ギルベルトは特に何も言っていなかった。けれど、アデル・ヴァイツェンのことで何か伝え忘れたことでもあったのかもしれない。

そう思って精悍な顔を見上げたユーリスであったが、ギルベルトの薄く形のいい唇からは予想外の言葉が零《こぼ》れ落ちた。

「お迎えに上がりました」

「迎え？」

「アデル様のところまで案内します」

「ギルベルト様が、ですか？」

ギルベルトの申し出の意味が分からなくて、ユーリスは首を傾げた。

——迎え、とは？

通常、貴賓《きひん》の迎えは騎士ではなく従僕や侍女が行うものだ。

それを何故、騎士であるギルベルトが代役するのだろうか。というか、そもそもユーリスは貴賓《きひん》ではなく教育係である。当然、騎士の迎えも護衛も必要のない立場だ。

しかも、ユーリスがこの王宮内で迷うことは決してない。この通用門からであれば、目を瞑っていても王太子宮までたどり着ける自信があった。

何故ならば、五年前まで侍従としてこの王宮に勤めていたからだ。それも八年もの間。

もちろん、そのことはギルベルトも知っている。

「あなたが王宮内で迷うはずがないことは理解しています。しかし、ルードヴィヒ殿下のたってのご希望です」

困惑した顔のユーリスに、ギルベルトが補足するように付け足した。だが、その素っ気ない回答で、ますます謎は深まってしまう。

何故、ルードヴィヒ王太子殿下の名が出たのか。

ギルベルトは現在、国王付きの近衛のはずだ。

そんなユーリスの疑問を察したのだろう。ギルベルトはいつもの無表情のまま口を開いた。

「私は二日前に、王太子付の近衛騎士に任命されました」

二日前。つまり、彼が王家からの勅命を持って帰ってきた日のことだ。

ギルベルトは王太子付きの近衛騎士になったから、王太子の命を受けてユーリスを迎えに来た。

そういうことだろうか。

「ルードヴィヒ殿下は、あなたのことをよく覚えておられます。今回の教育係の任命の決定打は茶会での件《くだん》の事件ですが、もともとはルードヴィヒ殿下の強い希望があってのことです」

王太子であるルードヴィヒは、先日、王立魔法学校を卒業し成人を迎えたばかりだ。

待望のアルファの跡取りとして、国王夫妻に甘やかされて育った純粋培養の温室育ちではあるが、優秀で心優しい青年だと聞く。金髪碧眼の、目の覚めるような美貌の貴公子であると。

けれど、ユーリスの記憶にあるルードヴィヒはまだ幼い少年の姿のままだった。

あの子は少し泣き虫で、甘えん坊で、いつだって彼《か》の人の後ろにはにかむように隠れていた。

美しい離宮の中で笑い合う仲の良い兄弟。若葉のように愛らしいその姿が脳裏に浮かんで、ユーリスは無意識のうちに呟いていた。

「……大きくなられたのでしょうね」

「すぐにお会い出来ます。アデル様と玻璃宮《はりきゅう》でお待ちです」

「玻璃宮《はりきゅう》？　アデル様は玻璃宮《はりきゅう》にお住まいなのですか？」

てっきりアデルはもうすでに王太子宮に入ったものだとばかり思っていたユーリスは瞬《またた》いた。それと同時に、ルードヴィヒの気遣いに感謝する。だからこその迎えなのだ。

同じ王宮内であるとはいえ、王太子宮と玻璃宮《はりきゅう》はそれなりの距離があった。間違って王太子宮に赴《おもむ》いたユーリスが、改めて玻璃宮《はりきゅう》に向かうのは大変骨が折れるだろう。

しかし、玻璃宮《はりきゅう》とは。その離宮を使うことの意味を考えて、ユーリスは微かに眉根を寄せた。

「アデル様は婚礼後、王太子宮に入られるまでは玻璃宮《はりきゅう》でお過ごしになります。王太子殿下は、本日は視察の公務が入っておられます。玻璃宮《はりきゅう》に滞在出来る時間は僅かです」

それだけを簡潔に告げて、ギルベルトは踵《きびす》を返した。多忙なはずの王太子を待たせるわけにはいかない、ということだろう。こちらの返事を待つことなく歩き出してしまったギルベルトの背中を、ユーリスは慌てて追いかけた。

それからのギルベルトは始終無言で、それ以上の説明をしてはくれなかった。けれど、それでよかったのだと思う。話しかけられても、きっとユーリスの頭には何も入らなかったに違いない。

このときのユーリスの心は、あの美しい離宮のことで占められていた。

――玻璃宮《はりきゅう》だなんて。

なんて、懐かしい。

胸の奥を締め付けるような哀愁《あいしゅう》とともに思い出すのは、きっともう二度と会えない尊い人だ。柔らかい金色の髪と緑色の瞳をした、星のように綺麗で儚《はかな》く、それでいて誰よりも芯の強いユーリスのかつての主。

前を行く夫の背中をちらりと見て、ユーリスは小さく嘆息した。

ギルベルトは再び玻璃宮《はりきゅう》に足を踏み入れることをどう思っているのだろうか。

あの方の気配がそこかしこにあるあの離宮を、別の誰かが使うことに胸は痛まないのだろうか。

絶対に問うことは出来ないけれど、ギルベルトがあの離宮をどう思い出しているのか、ユーリスには気になって仕方がなかった。


玻璃宮《はりきゅう》は王城の端にある小さな離宮だ。

数代前の国王が寵妃のために作った離宮で、国王夫妻が住まう星宮《せいぐう》とも王太子宮とも離れた場所にひっそりとあった。

玻璃宮《はりきゅう》の名前に相応《ふさわ》しい硝子《ガラス》張りの入り口を潜《くぐ》ると、広々とした前室がある。そこで警備の騎士たちに軽く身体検査をされて、応接室に通された。応接室も一面が大きな硝子《ガラス》窓になっており、そこから春の日射しが燦燦《さんさん》と降り注いでいた。

玻璃宮《はりきゅう》の内装は豪華絢爛の一言に尽きる。贅《ぜい》を凝《こ》らした調度やこれでもかというほど施された繊細な装飾。それら全てが優美で見事なものであるが、それ以上に玻璃宮《はりきゅう》には大きな特徴があった。

宮内のいたるところに嵌《は》め込まれている硝子《ガラス》は、そのほとんどが嵌《は》め殺しなのだ。僅かにある開閉可能な窓は、その全てに繊細な彫刻を施した金の格子がつけられている。

玻璃宮《はりきゅう》は鳥籠《とりかご》なのだ。

中の美しい鳥が、決して逃げないようにと用意された、どこまでも美しい檻《おり》。

「ユーリス！　久方ぶりだ！　元気であったか？」

応接室の中央。薔薇《ばら》の刺繍がされた布張りの長椅子《ソファー》には、ふたりの貴人が並んで腰かけていた。

そのふたりのうち体格のいい金髪の男性が、ユーリスの姿を認めるなり席を立って声を上げた。

その煌《きら》めくような青い目がこちらを見て、嬉しそうに笑みの形を作っている。

紹介されずともすぐに分かった。彼が王太子ルードヴィヒだ。

ユーリスが最後に彼に会ったのは、五年前。この離宮を辞して去るときだった。

当時、ルードヴィヒは僅か十三歳。ちょうど、彼の二次性がアルファだと分かった後のことだった。

あのときは、まだほんの子どもであったというのに。

見上げるほどの立派なアルファの青年を見て、ユーリスの身体は自然に動いた。

「こちらこそご無沙汰しております。王太子殿下」

失礼にならない程度に近寄って、ユーリスはルードヴィヒの前に跪《ひざまず》いた。右手を胸の前に当て、そのまま頭を下げる。これはシュテルンリヒト王国における最敬礼だ。

王族や国家に対する忠誠を誓う、最も厳粛で丁寧な礼。

それを捧げた王太子は、きっと鷹揚《おうよう》にユーリスを見下ろしていることだろう。

「顔を上げてくれ、ユーリス。椅子にかけて楽にせよ。茶を飲むか？」

「お気遣いありがとうございます。殿下、本当に立派になられて」

勧められるまま、ユーリスはルードヴィヒの前に腰かけた。その様子を満足そうに見て、ルードヴィヒは控えていた侍女に小さく指示を出す。騎士としてこの場にいるギルベルトはユーリスの背後に立ったままだ。

「このたびは我が婚約者アデル・ヴァイツェンの教育係を引き受けてくれて、感謝する」

そう言って、ルードヴィヒは自らの隣を見た。そこにはひとりの青年が座っている。

線の細いオメガ然とした青年は、可愛らしさという概念を形にしたらきっとこんな風になるのだろう、と思わされる容姿の人物だった。

ストロベリーブロンドというのだろうか。初めて目にする桃色の混ざった金髪に、ユーリスより明るい印象を受ける緑色の瞳。整った顔立ちは愛らしく、美貌の貴公子と称えられるルードヴィヒの隣にいても遜色《そんしょく》のない青年だ。

その細くたおやかな首には、オメガの嗜《たしな》みとしての首環《ネックガード》がはめられている。

可愛らしい青年は、窺《うかが》うようにユーリスを見ていた。なんだかひどく警戒されている気がするが、これは気のせいではないだろう。

——全身の毛を逆立てて、めいっぱいこちらを威嚇《いかく》する桃色の子猫。

そんな風に思えてしまって、ユーリスは慌てて口角を上げた。その微笑ましさにうっかり表情を崩すところだった。

可愛らしい子猫——もとい、婚約者をルードヴィヒは可愛くてたまらないと言わんばかりの瞳で見つめている。

「こちらが婚約者のアデルだ。アデル、ユーリスに挨拶を」

「初めまして、アデル・ヴァイツェンです」

「初めまして。ユーリス・ヨルク・ローゼンシュタインです。これからアデル様の教育係を務めさせていただきます」

よろしく、と差し出されたのはアデルの手だ。

その行動にユーリスは一瞬呆気にとられる。けれどすぐに気を取り直して、そのほっそりとした手を取った。心の中で苦笑してしまったことはおそらく伝わらなかったはずだ。

一方のアデルは、驚いたような顔をしてユーリスを見ていた。握られた自分の手とユーリスの顔を交互に見て、ぱちぱちと何度も瞬《また》いた。

その少し稚《いとけな》さを感じる表情はとても愛らしく、ルードヴィヒが心を奪われた理由が分かるような気がする。

「今までの教育係は、誰も握手を返しませんでしたか？」

「え」

ユーリスの言葉に、アデルが小さく声を漏《も》らした。

なんで分かるの。見開かれたままの大きなアデルの目は如実《にょじつ》にそう語っている。

それにユーリスは微笑んで、ゆっくりと口を開く。毛を逆立てた子猫を、これ以上刺激しないように出来るだけ穏やかな口調を心がけた。

「貴族の礼として、握手は自らと対等な相手としかしません。目上の方に触れることは無礼に当たりますからね。また、対等な関係であっても直接肌に触れ合うことはしません。握手を求めるならば、手袋は必須です」

当然、そんな作法を知らなかったらしいアデルは手袋などしていない。ユーリスも夜会ではないので素手のままだ。

「もっと言ってしまえば、アデル様はオメガで王太子殿下の婚約者です。アルファは自らのオメガに他人の匂いがつくのをひどく嫌いますから、今までの教育係はアデル様の手を取れなかったのですよ」

「そ、そうなんですか」

「はい。私はオメガで、番《つがい》がいるので匂いはあなたに移りません。それに、握手は市民にとっては親愛の証なのでしょう？　無視する方が無礼かと判断いたしました。王太子殿下、アデル様のお手に触れた無礼をお許しください」

「許す。ユーリス、私の作法の教師はそんなことは教えなかったが」

「王族に握手を求めることが出来る貴族はおりませんから。敢《あ》えて教えられなかったのでしょう」

王太子と対等な関係の者など、この国には存在しない。王と王妃はこの国の至高であるし、その他は全てが目下だ。ルードヴィヒの家庭教師が「握手」の項目を必要ないとして省《はぶ》いたのは当たり前のことだった。

きっとアデルは、紹介された教師たちと最初は上手くやろうとしたのだろう。

けれど、アデルには貴族社会の礼儀作法の基本的な知識がない。教師たちの「常識」においては王太子の婚約者と握手など、とんでもないことであると知らなかったのだ。

ユーリスの前任である彼らが、この愛らしい婚約者の手をどのように辞退したのかは分からない。

しかし、その態度はアデルを大きく傷つけた。

彼は拒絶されたと感じてしまったのだ。そして傷ついた彼は教師たちに不信感を抱き、遠ざけた。

それは確かに小さな誤解からの行き違いではあるが、アデルにとっては死活問題だ。

――平民出身のオメガ。

それはアデルを表す事実であるが、貴族たちの間では明らかな蔑称《べっしょう》として口にされている。当然、そのことをアデル本人も知っているはずだ。

彼は決して歓迎されてはいない。

平民で、オメガ。

アデルは尊い王太子の婚約者として相応《ふさわ》しくないと多くの貴族たちが思っていることは、周知の事実だった。

「大丈夫です。アデル様」

握ったままだった手にもう片方の手を添えて、ユーリスはぎゅっと力を入れた。

緑色の瞳が不安げに揺れる。そのエメラルドのような瞳が最後に見た彼《か》の人と重なって、胸の奥が締め付けられるようだった。

彼《か》の人――ヴィルヘルムも同じ緑色の瞳をしていた。

緑の瞳はシュテルンリヒト王国では珍しいものではない。鏡で見るユーリス自身の瞳だって緑色だ。けれど、その緑色の中に微かな絶望を孕《はら》むのは、きっとオメガ特有のものだろう。この国はオメガにはとても生きづらいのだ。

――そんな顔をしなくても大丈夫。

その一心でユーリスはアデルの手を握りしめる。

ユーリスはアデルに――未来の王太子妃に、その身を守るための知識の盾を授けるために来たのだ。

「知らないことを学ばれるために、私が呼ばれたのですから。貴族としての礼儀も作法も、全て私がお教えいたします」

礼儀作法は決して相手を傷つける武器にはならない。しかし、こちらを相手の悪意から守るための最低限の盾にはなるはずだ。

そう言って微笑むと、アデルもつられたように微笑んだ。それはまるで花が綻《ほころ》ぶような笑顔で、無邪気で天真爛漫《てんしんらんまん》と称されるに相応《ふさわ》しいものだと思った。


王宮から市街地へと延びる目抜き通りを、一台の馬車が走っていた。

馬車には剣と薔薇《ばら》の紋章が描かれており、ローゼンシュタイン伯爵家の所有であることを示している。

その上品ではあるが飾り気のない馬車の中で、ユーリスはひとり身を強張らせていた。

ユーリスの新しい主アデル・ヴァイツェンはとても可愛らしい青年だった。慣れない環境で、精一杯背筋を伸ばして立っている様子は、ユーリスでなくても手を差し伸べてあげたくなるだろう。

そんな彼との顔合わせ。先ほどの挨拶は、上手くいったのだろうか。

いくらユーリスが彼と同じオメガであるとはいえ、王太子の婚約者の手を取るなんて。

自分がとんでもなく大胆なことをしでかした自覚はあった。きっとまともな礼儀作法の教師が、ユーリスのあのときの行動を見ていたならば、白目を剥いて倒れるだろう。

それでもあのときのアデルは握手を望んでいたし、ルードヴィヒもそれを許したのだから王家からはなんのお咎めもないはずだ。

――大丈夫。きちんとやれたはず。

そう思い直して、ゆっくりと息を吐く。

結婚して以来、ユーリスはほぼ屋敷に引きこもっていたのだ。数年ぶりに使用人以外とまともに言葉を交わした身としては、今日の出来は悪くないはずだ。

怖くて、後ろは振り向けなかったけれど。

謁見の間、ずっとユーリスの背後に立っていたギルベルトは、一度も言葉を発することはなかった。それが護衛騎士の役割と作法であるとはいえ、控えていたのは背も高く見目のいいギルベルトだ。見えずとも、何も言葉を発さずとも、その存在感だけはしっかりとあった。

無言であることが恐ろしく、振り返って彼の表情を確認出来ないことがひどく不安だった。

王宮での言動は、その人物の帰属する家の総意であると捉えられるものだ。つまり、ユーリスの行い全てが、「ローゼンシュタイン伯爵家」の意思であると王家にとられるのだ。

勝手な行動はローゼンシュタイン家に迷惑をかけるし、当主の意思に反することは出来ない。

そう考えると、自らの背後にその「当主」がいれば緊張だってするというものだ。

馬車が石畳を走る音が響いていた。丁寧に整備された車輪が、均一に並べられた薄い石を叩く音。それと同時に聞こえてくるのは軽快に走る馬の蹄《ひづめ》の音だ。

ローゼンシュタイン家の馬車を引く馬は二頭。鹿毛の牝馬で、その性格の穏やかさからもっぱらユーリスやミハエルが外出するときの馬車を引かされている馬たちだ。

けれど、ユーリスの耳に届く蹄《ひづめ》の音は、二頭の牝馬のものだけではなかった。硬い蹄鉄《ていてつ》で石畳を踏みしめる馬はもう一頭いる。視線を窓にやればユーリスのすぐ隣に覗く、馬車を護衛するように並走する青毛の軍馬。

漆黒の毛並みに跨《また》がるのは、同じような漆黒の衣と濃紺のペリースを纏《まと》う騎士ギルベルトだ。

ユーリスが王宮を出るとき、何故かギルベルトもついてきた。いや、出発地点と目的地が同じなのだから、ついてきたという言い方には語弊《ごへい》があるかもしれない。

たまたま彼の退勤とユーリスの帰宅の時間が重なった。それだけだろう。

そう思うのに、ひょっとしたら先ほどのやり取りの中に、何か気に食わないことがあったのではないかと勘繰ってしまう。あの謁見の場で、馬車を降りた途端に叱責されるような失態があって、彼がわざわざユーリスとともに帰宅したのではないか。

そんな風に考えてしまうのだ。そうやって物事を悪い方に考えすぎるのは、昔からのユーリスの悪い癖だった。

ユーリスの生家はヒンメル子爵家という、田舎《いなか》に小さな領地を持つ貴族であった。

狭くとも肥沃《ひよく》な領地は毎年確かな実りを産んで、ヒンメル家を潤した。国有数の大金持ちということは決してなかったが、貧しいわけではない。シュテルンリヒト王国に数多くいる、爵位を持つ家柄のひとつだ。

その長子として生まれたユーリスは、跡取りとして厳しく育てられた。

文字の読み書きや計算といった基本の教養から、領地経営について学ぶ跡取りとしての生活が一変したのは十五年前。ユーリスの二次性がオメガであると判定されたことがきっかけだった。

シュテルンリヒト王国では、国民が十二歳になると二次性の判定をするように義務付けられている。本格的に身体が成熟し、二次性としての性徴――つまり、オメガの発情期やそれに誘発されるアルファの発情を経験する前に自らの二次性を自覚することが大切である、という理念の下に教会の司祭たちが行うのだ。

おそらく、そこには国家にとって有用なアルファと不要なオメガの正確な数を把握しておこうという考えもあるのだろう。

判定の儀式は毎月教会で行われており、ユーリスは十二歳の誕生日を迎えたその月の儀式に参加した。

儀式といってもその方法はとても簡単なものだ。司祭たちが聖なる水と呼ぶ、特殊な魔法液が溶けた水盤に、対象者の血液を一滴垂らせばいいのだ。すると魔法液が血液に反応して、変化が起こる。

水盤内に湛《たた》えられた水は、アルファであれば金色に輝き、オメガであれば銀色に輝く。ベータは特に何も起こらない。

金は祝福。銀は絶望の始まりだ。

あの水盤が銀色に光ってから、ユーリスの生活は一変した。

自室は屋根裏部屋になり、家族で囲んでいた晩餐《ばんさん》には参加出来なくなった。食事は残り物で、使用人が嘲笑とともに持ってくるのだ。

父親はユーリスを常に罵倒《ばとう》していたし、母親はずっと泣いていた。今でもあの頃を思い出そうとすると、脳裏には自分をひどく罵《のの》る声が蘇《よみがえ》ってくる。

十四歳で王宮に出仕したので、そんな生活は二年足らずで終了したが、それでもあの暗い暮らしがユーリスに与えた傷は小さくはなかった。

屋敷に着いたら、ギルベルトはユーリスを責めるだろうか。王太子やその婚約者に対し、あの態度はなんだと怒鳴るだろうか。

そう悪い方に考えてしまって、はたと気づく。

そういえば、ギルベルトが怒っているところをユーリスは一度も見たことがなかった。

ギルベルトがユーリスに話しかけるときの口調は、いつだって丁寧で淡々としたものだ。叱責されるほど言葉を交わしたことがない、と言われればその通りであったが、それでもギルベルトの態度は一貫している。

いっそ冷淡なほどの丁寧さ。それを一言で言い表せば、他人行儀というところに落ち着くのだろう。その証拠に、ギルベルトは結婚してから三年がたった今も変わらず敬語のままだ。

けれども、怒鳴り散らされるよりもずっといいと思う。

馬車はあっという間にローゼンシュタイン家へ到着した。行きは緊張していたためか、王宮までの道のりがいやに長く感じられたが、四半刻もせずに行き来出来る距離なのだ。

庭師が丹精込めて世話をしている前庭を通り過ぎ、屋敷本邸の玄関前にある馬車止めに至る。

御者《ぎょしゃ》が扉を開けたのを合図に馬車を降りようと身を乗り出すと、そこに差し出された手があった。

革手袋に包まれた、騎士としては意外なほどほっそりとしたその手は、間違いなくユーリスに向かって差し出されている。

愛馬から降りたギルベルトが、ユーリスをエスコートしてくれようとしているのだ。

その手を取っていいのか逡巡《しゅんじゅん》して、結局ユーリスはギルベルトの手に自らのそれを重ねる。そうする以外に、どうしていいのか分からなかったからだ。

夫のエスコートの手を断る権利など、ユーリスにはない。

ギルベルトの手を支えに、ユーリスはゆっくりと馬車を降りる。緊張のあまり、たった二段のステップが王宮の大階段のように思えてしまった。

「ありがとうございます」

貴婦人が馬車から降りる際、こうやって紳士がエスコートすることは親しい間柄ではよくあることだ。もちろん、ただの友人であれば馬車を降りればすぐに手を離すし、夫婦や恋人であれば握ったままで歩くこともある。

ギルベルトと外出をしたことがないユーリスは、彼にエスコートをされるのは初めてであった。

もちろん、これはギルベルトの「夫としての義務感」から行われたもので、当然ステップを下り終えれば手は離すものだと思っていた。

――しかし。

「あの……」

ユーリスは困惑した顔でギルベルトを見上げた。

ステップを下り終えても、ギルベルトが手を離してくれないのだ。

手を離してほしい、と言うことも出来ず、控えめに手を引くことしか出来なかった。その様子でユーリスの意図は伝わっているはずなのに、ギルベルトは握りしめた手の力を緩めない。

手袋越しに伝わるギルベルトの体温に、とうとう心臓が爆発しそうになったときだった。

「お見事でした」

「……何がでしょうか？」

突然の賛辞にユーリスは瞬《またた》いた。褒められるようなことなど、何もしていない。

意味が分からず首を傾げると、ギルベルトは感情の読めない紫の瞳で静かにユーリスを見つめ返した。

「先ほどのアデル様とのやり取りです。……アデル様の教育係は、私が知っている限りで三回は変わっています。ルードヴィヒ殿下が貴方を指名したわけが分かりました」

「どういうことでしょう」

三回、という単語にユーリスは素直に驚いた。幾度か教育係を変更したと聞いたが、それがなんと三回も。しかも、ギルベルトの言葉が本当であるならば、「少なくとも」であるという。

「みな、何故アデル様があのような態度を取られるか理解出来ていなかったのです。ルードヴィヒ殿下さえも」

もともと、無邪気で自由な気質だというアデルは、その天真爛漫《てんしんらんまん》な性格故に、真面目な王太子ルードヴィヒの心を射止めた。王太子として育てられたルードヴィヒには、型にはまらないアデルの伸びやかさがとても魅力的に見えたのだろう。

しかし、彼の長所は決してそれだけではなかった。

魔法学園でのアデルは、多少礼儀知らずな面もあるが優しく思いやりのある生徒であったらしい。多くの生徒に慕われ、友人も多かったという。

それなのに、紹介される教育係はことごとく気に入らないと解雇してしまったのだから、ルードヴィヒはずっと頭を悩ませていたそうだ。

「アデル様が意味もなくそんなことをする人物ではない、と誰よりもルードヴィヒ殿下は理解されていました。だからこそ、もしかしたら自分との結婚が嫌なのではないかとまで考えられていて」

「そうだったのですね」

帰り際、ルードヴィヒは実に晴れやかな顔でユーリスたちを見送ってくれた。

あれは、ようやく教育係が見つかって安心したのだと思っていたけれど、もっと別の安堵もあったのだ。

「まさか、握手が原因であるとは誰も気づきませんでした」

「今までの教育係との顔合わせの場には、誰も同席しなかったのですか」

「騎士は基本的に部屋の中に入ることは許可されておりません。ルードヴィヒ殿下もご公務がお忙しく、今回もずいぶん無理をして時間をお作りになりました。玻璃宮《はりきゅう》をお訪ねになったのは久方ぶりと聞き及んでおります」

「なるほど……」

あの鳥籠《とりかご》のような離宮で、たったひとりきり。

愛する王太子とともに歩む輝く未来のためだとしても、これまで生きていた世界とはまったく常識が違う上に、四面楚歌《しめんそか》のような場で過ごしてきたのだ。

成人したとはいえ、アデルはまだ十八歳。青年と言うには少々幼い印象の残る、可愛らしい顔を思い出して胸が痛んだ。

ユーリスは、一瞬それをとても気の毒だと思った。

けれど――

「……アデル様のお力になれるように、全力を尽くします」

色々な思いに蓋をして、ユーリスはそれだけを口にした。

ユーリスが何を感じ、何を思ったとしても、結局のところ出来ることは限られている。

――アデルに王太子妃教育を施すこと。

勅命により、無理やり押し付けられた役目ではあるが、引き受けた以上ユーリスにはやり遂げる責任があった。

婚礼までの一年。それまでの間、アデルの気が変わらなければ、ずっとユーリスはアデルのそばに控え教育を施すことになる。

ユーリスがあの玻璃宮《はりきゅう》でかつて学んだことの全てを、玻璃宮《はりきゅう》で教えるのだ。

しかも、その場にはまたギルベルトもいるのだという。その奇妙な偶然が、ユーリスにとってはまるで運命の悪戯《いたずら》のように感じられた。

「……あの」

「なんでしょうか」

「そろそろ、手を離していただけますか……」

ギルベルトが話し終えて数分後、ユーリスはとうとうそう口にした。

話し終えてもずっと手を握りしめられたままだったのだ。そろそろ心臓が限界を迎えそうだった。

どくどくと早鐘を打つ心臓のせいで、顔がひどく熱い。きっと耳まで真っ赤になっている。

「すみません」

そう謝罪の言葉を口にして、ギルベルトはあっさり手を離した。

握っていたことをうっかり忘れていた、と言わんばかりの無表情に、ますますユーリスは困惑する。それから、離れていく体温にほっと息をついた。そこには安堵と少しの名残惜しさが込められている。

ギルベルトにいったい、どんな意図があってこんな行動をとったのかさっぱり理解出来なかったが、とにかくユーリスには刺激が強すぎた。

だというのに、ギルベルトはさらなる追い打ちをかけてくる。彼はゆうに頭ひとつ分は下にあったユーリスの耳元に、ぐっと顔を近づけてきたのだ。

「ユーリス」

「は、はい」

耳元で名前を囁かれて肩が跳ねた。こんなに近くで呼びかけられたことなんて、おそらく今まで一度もないはずだ。

「明日から、私が玻璃宮《はりきゅう》の警護につくこともあります。私は室内に入る許可を得ておりますので、何かあればすぐにご相談ください」

「はい……」

「では、失礼します」

それだけを言って、ギルベルトは踵《きびす》を返した。

向かう先はおそらく本館の、彼の執務室だろう。別館に戻るユーリスとは方向が違うので、別々に戻るのは当たり前のことだ。

翻《ひるがえ》る濃紺のペリースが玄関扉の奥へと消えても、ユーリスはしばらくその場を動けなかった。

春だというのに、もう汗ばむほどに暑かった。薄いサテン生地の首環《ネックガード》をはめた首筋に、じんわりと汗をかいている。

早く戻って、ミハエルを抱きしめてやらなければならないと思う。生まれてから、ほとんどユーリスと離れたことのないミハエルは、母と離れてきっと寂しがっている。

子育てに慣れた別館付きの侍女たちがいるとはいえ、朝の別れ際も泣き叫んでいたし、明日からだってしばらくはゆっくり相手をしてあげられないのだから。

そう思うのに、ユーリスの足はその場に縫い付けられたかのように動かない。

手に残るギルベルトの温《ぬく》もりと、甘いアルファの匂い。

普段、発情期のときしか触れ合うことのないそれらは、ユーリスの心を切なく締め付ける。

結婚してから、ユーリスはギルベルトと三か月ごと——それも、理性がぐずぐずに溶けた発情期しか顔を合わせないという生活を、三年間も送ってきたのだ。

一昨日と今日の二日間、彼と会い、あまつさえ会話までしたことは、ユーリスの中でどう考えてもギルベルトの過剰摂取だ。

手まで握ってしまって、今もまだ匂いが残っている。

よく心臓が止まらなかったものだとユーリスは思った。

だというのに、明日からも出仕先が——職場が一緒だという。

——あの頃だって、毎日毎日心臓が爆発しそうだったのに。

玻璃宮《はりきゅう》でのこれからを思って、眩暈《めまい》がするようだった。

＊　＊　＊

ユーリスがギルベルトと初めて出会ったのは、今から十二年前――十五歳のときだった。

当時、ユーリスは侍従として王宮に出仕していた。

仕えていた主はシュテルンリヒト王国の第一王子ヴィルヘルム・フリードリヒ・シュテルンリヒト。現在の王太子ルードヴィヒの七つ年上の実兄であり、元王太子であった王子だ。

ヴィルヘルムが廃位され、まだ幼いルードヴィヒが王太子に選ばれた理由は単純明快だった。

――彼は、王国に百年ぶりに生まれたオメガの王子だったのだ。

シュテルンリヒト王国は建国より数百年、アルファを中心に繁栄を築いてきた。

王は当然のこと、王の子を産む国母《こくも》たる王妃も歴代全てがアルファで、生まれてくる王子王女たちも、その多くがアルファだ。ごく稀《まれ》にベータの王族が生まれることもあったが、彼らはみな臣下に下り、王家はアルファの血を濃く残していった。

そんな王国の中枢で起こったとある大事件によって、ユーリスはヒンメル家の屋根裏部屋を出て王宮に召集されることになった。

それは当時、王太子であったヴィルヘルムの二次性判定の儀式だ。

厳《おごそ》かな国教会で彼の血を垂らした水盤が、銀色に光り輝いたときの周囲の衝撃はどれほどのものだったのだろうか。

王妃の産んだ第一王子。勉学や剣術、教養など全ての分野に優れ、性格も明るく穏やか。そんなんの瑕疵《かし》もない王太子の二次性がオメガであるとは。

王家には生まれないはずのオメガの王子は、判定の儀の次の日にはあっさりと廃位され、幾度かの暗殺未遂事件を経《へ》て玻璃宮《はりきゅう》に閉じ込められた。そんな彼の身の周りの世話をするべく集められたのが、ユーリスたちオメガの貴族令息たちだったのだ。

当時、オメガが王宮に出仕することは国法では認められていなかった。王宮内に勤めている者は、騎士はもちろん、王宮魔法使いや文官に至るまでそのほとんどがアルファで占められていた。

そんな中で、オメガであるユーリスが侍従として王宮に出仕出来たのは、全てヴィルヘルムのおかげだった。

彼がオメガであり、自らの侍従としてオメガ性の者が欲しいと国王夫妻に訴え出てくれたからこそ、ユーリスは彼の侍従になれたのだ。

ヴィルヘルムはルードヴィヒによく似た金髪とシュテルンリヒト人らしい緑色の瞳を持った美しい人だった。それと同時に、とても頭のいい心の強い人でもあった。

だからこそ、ユーリスを始めとするオメガたちを取り巻く環境に心を痛めていたのかもしれない。

「調べてみたら僕は別に王国史上初めての王家のオメガではなかったよ。百年ほど前にオメガ性の王子がいたらしい。それはそうだろうね。統計的にある程度の割合でオメガが生まれることは分かっている。王家がいくらアルファの多い血筋とはいえ、どこかでオメガが生まれるに決まっている」

そう言って笑っていたヴィルヘルムは、決して自らの境遇を嘆いたりはしなかった。

玻璃宮《はりきゅう》に閉じ込められてもなお、それまでと変わらず国法を学び、領地経営を、魔法を学んでいた。そんなヴィルヘルムが王立魔法学園に通いたいと言い出したのは、当たり前のことだったように思う。

当時も魔法学園はオメガの生徒を受け入れてはいた。しかし、それは「入学を禁じていない」ということに過ぎず、決して歓迎されるわけではなかったし、アルファやベータの学生たちとは違い入学は義務ではなかった。

生家が魔法学園に通うこと自体を許さず、望んでも通えないオメガも多かったのだろう。だが、愛する息子の不遇に誰よりも心を痛めていた国王は、ヴィルヘルムの望みを叶えようとした。そのために、彼と同い年のまだ幼い騎士たちを集めたのは、ヴィルヘルムが魔法学園に入学する二年前のことだ。

閉ざされた玻璃宮《はりきゅう》の中とは違い、学校に通うために外に出るのであれば、護衛の騎士が必要になる。しかし、シュテルンリヒトにオメガの騎士はおらず、必然的に騎士はアルファかベータになる。成人したアルファの騎士をオメガのヴィルヘルムに付けることを嫌がったのは、彼の母たる王妃だったという。

王国騎士団の騎士見習いたちは、最も早くて十三歳で入団を許される。

そこで王妃はまだ性的に成熟していない年齢のアルファたちを集めて、騎士見習いとしてヴィルヘルムに仕えさせた。それに十三歳であれば当時のヴィルヘルムと同い年である。魔法学園内でも同じ授業を受けられるため、護衛には最適と判断されたのだ。

その騎士見習いたちのひとりがギルベルトだ。

ギルベルトは代々、王家の近衛騎士を務めてきたローゼンシュタイン家の代表として玻璃宮《はりきゅう》にやってきた。

初めて顔を合わせたときのことを、ユーリスは昨日のことのように鮮明に覚えている。玻璃宮《はりきゅう》の応接室にずらりと並んだ十三、四歳の少年たち。彼らはアルファといえどもまだ幼く、小さな体に騎士服を纏《まと》って、緊張した様子でそこに跪《ひざまず》いていた。

その中で、一等目を惹いたのがギルベルトだった。

明らかに異国の血が混ざった栗色の髪に、紫色の瞳。

ヴィルヘルムへ向けた最敬礼が解かれ、幼い騎士たちが顔を上げた瞬間、ユーリスは雷に打たれたような衝撃を受けた。

シュテルンリヒトの国民の多くは、薄茶色か亜麻色《あまいろ》の髪に榛色《はしばみ》の瞳をしている。ユーリスやアデルのような緑の瞳も、ルードヴィヒのような青い瞳も貴族には多く、珍しいわけではない。

そんな見慣れた色の中に交ざった、異質で、けれどとても美しい紫。

栗色の髪と紫の瞳は隣国ファイルヒェン王国の色である。数代前にファイルヒェンと婚姻を結んだ貴族がいたと聞いたことがあったが、それがローゼンシュタイン家だったのだ。

ユーリスにとって衝撃だった出会いを、きっとギルベルトは欠片《かけら》も覚えていないだろう。

そのときのユーリスは、騎士たちにとってヴィルヘルムを囲む侍従のひとりに過ぎなかっただろうし、そもそも職場が同じとはいえ、一介の侍従が騎士たちとそう親しく出来たわけではない。

幼くともアルファである彼らは、ヴィルヘルムや侍従たちへの直接の接触を禁じられており、たまに交わす言葉と言えば最低限の業務連絡くらいであった。その上、その数少ない業務連絡すらも大抵は筆頭侍従がその役を担《にな》っていた。

それでも応接室の片隅にギルベルトが控えていれば、つい視線がそちらに向いてしまう。

――珍しくて綺麗な目と髪をしているから、気になってしまうのだろうか。

最初は、そんな風に思っていた。

しかし、その感情がもっとはっきりとした憧憬《しょうけい》を孕《はら》んだのは、ともに働き出して一年ほど経ったあたりだったろうか。


その頃、ユーリスはもうすぐ入学するヴィルヘルムを補佐するために、先に魔法学園への入学を許されていた。

侍従としての仕事をこなしながらの学園生活は、なかなか大変なものではあったが、それでも充実した日々を過ごせることは幸せだった。

朝、登校前に玻璃宮《はりきゅう》に赴《おもむ》いてヴィルヘルムの予定を確認し、放課後は学園からまっすぐ玻璃宮《はりきゅう》に向かい侍従として仕える。

今思えば少々無茶な日程をユーリスは毎日こなしていたのだ。

しかし、辛いと思ったことは一度もなかった。当時のユーリスは王宮の敷地内にあるオメガ侍従専用の寮で暮らしていたし、魔法学園は魔法局の管轄で、王宮と敷地を接している。

移動距離は長いとはいえ王宮内のみで、そう大変なこともなかった。何より、他にも同様の生活をしているオメガの侍従たちがいた。

ユーリスたちオメガにとって、自らが王宮に出仕し、その上魔法学園で学べるということはそれだけで奇跡のような待遇だったのだ。

そんな日々を送っていたある日のことだ。

いつもの通り授業後に玻璃宮《はりきゅう》に戻ると、そこは蜂の巣をつついたような大騒動だった。

おろおろと狼狽《ろうばい》する同僚を捕まえて何が起きたのかを聞いたところ、ヴィルヘルムが飼っている猫がいなくなったという。

夜《ナハト》と名付けられたその黒猫は、とても大人しい猫だった。

主人の膝が大好きで大抵はヴィルヘルムの膝の上か、応接室の窓近くの日向でごろごろしているようなのんびり屋で、それまで勝手に外に出たことなどなかった。だからこそ、姿が見えなくなってみなが心配したのだ。

特に主であるヴィルヘルムは、常にないくらい取り乱していた。王太子を廃されたヴィルヘルムは、それまでに培《つちか》ったものや持っていたもの、それら全てを取り上げられ玻璃宮《はりきゅう》に閉じ込められた。そのときにたったひとつ、彼が玻璃宮《はりきゅう》に持ち込んだものがナハトだった。

小さな子猫のときからずっと一緒で、オメガであると判明した後も態度を変えなかった唯一の家族。友だちであり、兄弟であるナハトのことを、ヴィルヘルムはそれはそれは大切にしていたのだ。

主の懇願《こんがん》で、手の空《あ》いた者でナハトを探すことになった。とはいえ、玻璃宮《はりきゅう》にはそう人手は多くない。数人はヴィルヘルムについていなければならないため、捜索に充てられたのはユーリスも含めたたったふたりだけだった。

――広い王宮内を、たったふたりで。

考えただけでも眩暈《めまい》がしそうであったが、ナハトの行き先には心当たりがあった。

ナハトがいなくなる直前に、玻璃宮《はりきゅう》の掃き出し窓を少し開けていたらしいのだ。掃き出し窓、といっても細かい飾りが施された格子付きではあったが。

しかし、金箔付きの鉄格子は、人は通れないが猫ならば通ることが出来るだろう。ナハトはそこから外に出たのではないか。そうみなで結論付けた。

窓は玻璃宮《はりきゅう》の外を彩《いろど》る小さな庭園へと続いている。花の咲き乱れるそこを抜けると、王宮を囲む雑木林に入るのだ。

庭園か、雑木林か。おそらく慎重な性格のナハトは人の気配が多い場所には行かないはずだ。ともに捜索を仰せつかった侍従と相談して、二手に分かれることにした。ユーリスの担当は雑木林だ。

新緑の午後。木々の隙間から零《こぼ》れ落ちる木漏れ日が、ユーリスの亜麻色《あまいろ》の髪の上に降り注ぐ。

ナハトは黒い猫だ。明るいうちならば、探しやすいはず。――そう思っていたけれど。

しばらく探しているうちにユーリスはすっかり途方に暮れてしまっていた。

雑木林は広い上に、障害物が多い。根の陰や幹の洞にでも入り込んでいたら見つけ出すのは難しいかもしれない。

「ナハト～、出ておいで～」

そんなことを考えながらも、上下左右にくまなく視線をやる。行く者を阻《はば》むように地面に張り巡らされている木の根を避けつつ、ユーリスは林の奥へ進んだ。

雑木林は行けども行けども、同じような景色が続いていた。落葉樹が多く植わるこの林は、秋になれば赤や橙《だいだい》といった鮮やかな色に染まっていく。そして冬になれば全ての葉が落ちて、雪の花が咲くのだ。これが冬であったならば、真っ黒なナハトはすぐに見つかっただろうか。

玻璃宮《はりきゅう》から見える庭園とその奥の雑木林は、玻璃宮《はりきゅう》が整えられたときに同様に整備されたと聞いた。あの離宮の最初の主は、離宮から一歩も出ることは許されなかったらしいから、きっとその心を慰めるための庭と林であったのだろう。

かつての王の寵姫。その彼——あるいは彼女は、おそらくオメガだったのだ。

王の——アルファの執着を表すような離宮を少し恐ろしく感じつつも、ユーリスは焦っていた。鬱蒼《うっそう》と茂る緑の葉に隠された空が徐々に橙《だいだい》色に染まっていくのが見える。西の空はまだ明るくはあったが、東の空には小さな星が見え始めていた。

——早く、見つけなければ。

このまま陽が落ちてしまえば、黒猫など到底見つけ出せるものではない。

ナハト、ナハト、と何度も名前を呼んであたりを見回す。庭園の方にいるのだろうか。

——一度、戻って捜索係の相方と落ち合うべきだろうか。

そんなことを考えていると、耳に届いた小さな声があった。ユーリスは反射的に足を止めて、耳を澄ませた。

微かに、にゃあ、という鳴き声を聞いた気がしたのだ。

「ナハト？　ナハト、いるの？」

ヴィルヘルム様がとても心配しているよ。

そう優しく声をかけながら、ユーリスはあたりを見回す。そして、そばに生える大きな木の枝に張り付くようにして蹲《うずくま》るナハトを見つけたのだった。

「ナハト、ひょっとして、降りられないの……？」

青々と茂る緑の葉に隠されるようにして鳴くナハトに、ユーリスは声をかけた。

ナハトがいるのはユーリスの遥《はる》か頭上。天に届けと言わんばかりに高く育った木の枝の上だ。

大きな木からすれば、小さな子猫がしがみついているのは下枝あたりではあったが、それでも手を伸ばして届く高さではない。あたりを見回しても、庭師も常駐していない雑木林のど真ん中だ。

当然、梯子《はしご》などありはしなかった。

「ナハト、飛び降りておいで。僕が受け止めてあげるから」

両手を差し出しながらそう呼びかけても、怯えた猫は降りてはこない。ただ助けを求めるようににゃおにゃおと鳴くだけだ。

「う～ん」

ユーリスは木をじっと見つめて、首を傾げた。

――この木に、登れるだろうか。

ごつごつとした木の幹は滑りにくそうではあったし、所々にある節は足をかけるのにちょうどいいだろう。

このまま玻璃宮《はりきゅう》に戻って梯子《はしご》を取ってくるという方法もあったが、それでは日が暮れてしまう。この似たような景色が続く雑木林の中で、陽が落ちてからもう一度同じ場所に戻ってくるのはなかなか骨が折れる行為だ。むしろ迷う気しかしない。

――よし、登ろう。

逡巡《しゅんじゅん》は一瞬で、ユーリスは迷わず木に手をかけた。


「だ、ダメだ……」

登れない。自分には無理だ。

そうユーリスが理解したのは、木の幹から三度滑り落ちたときだった。

両手で頭よりも少し高いところにある木の節を持って、片足を幹にかける。そしてぐっと力を入れて身体が持ち上がったら、地面を蹴ったもう一方の足を幹にかけて……――滑り落ちる。

という行為を三回続けて、これはたぶん無理だな、とようやく気づいたのだ。

「どうしよう……」

どうやらユーリスには登れないらしい高い木を見上げる。未だに震えているナハトをどうやって助けたらいいのだろうか。

言い訳をさせてもらえば、今着ている侍従のお仕着せがいけない、とユーリスは思った。

ぴったりと身体に添うように仕立てられた服は、はっきり言って動きにくい。これは貴人のそばで佇《たたず》むための服装であって、両手両足を大きく開くような動作――例えば、木登りとか――には、まったく向いていないのだ。

おまけに足元はつま先の硬い革靴である。ソールは滑《なめ》らかで、足音がしにくいように作られている。どう見ても木の節に足をかけるための靴ではなかった。

せめて魔法学園の制服だったら……と考えかけて、ユーリスはそれでも無理だな、と思った。学園の制服は確かに侍従のお仕着せよりも動きやすいが、それでも自分にこの木が登れる気はしなかった。運動するために作られた乗馬服や騎士服を着ていたって、きっとユーリスには登れまい。

それくらい手も足も出なかったのだ。

「ナハト～、自分で降りてこられない？　登れたんだから、がんばったら出来るよ」

どう？　と問うと、にゃあん、となんとも頼りない返事が返ってくる。

無理です。たぶんナハトはそう言ったのだろう。

「う～ん」

顎に手を当ててユーリスは思案する。

やっぱり梯子《はしご》を……いや、それよりも風魔法で掬《すく》い上げてはどうだろう。

そう考えて、いや、それもダメだな、と首を振る。

昨年、王立シュテルンリヒト魔法学園に入学したユーリスであったが、魔法の才能は平凡の一言に尽きた。魔法属性は水と風の二種類を持ってはいるが、一年学んでまともに使えるようになったのは水魔法だけだ。

ナハト相手に風魔法なんてとてもじゃないが使えない。魔法が発動しないならばまだいいが、まかり間違って暴走して傷つけでもしたら大変なことになる。

「やっぱり、もう一度やるしかないかな」

それでダメなら梯子《はしご》を取りに戻ろう。暗くなって、ナハトを見つけにくくなってもどうにかして見つけよう。

そう思って、ユーリスは両手で木を掴んで、幹に片足をかけた。それからぐっと力入れて地面を蹴って……――

滑り落ちた。

「……無理」

やはり、無理だった。

半分諦めた気持ちになって、尻もちをついたままユーリスはナハトを見上げた。

黒い猫は尻尾まで枝に巻き付けて怯えている。その様子は可哀そうで、早く助けてあげなくてはと強く思った。

――今から、急いで梯子《はしご》を……

そう考えたときだった。

「ヒンメル殿」

「わぁ！」

不意に声をかけられて、ユーリスは飛び上がった。

ひと気のない雑木林に、自分以外の誰かがいるとは思わなかったのだ。

変声期特有の少し掠《かす》れたアルトの声。その声の主を驚いたように振り返って、ユーリスはさらに驚いた。

「ロ、ローゼンシュタイン卿……」

そこにいたのはギルベルトだった。

黒い騎士服を着た幼い騎士。しかしまだ正規の騎士ではなかった当時の彼は、今のようにペリースを纏《まと》ってはいなかった。騎士見習いたちが着る丈の短い濃紺のローブを着て、彼はそこに立っていた。

「ヒンメル殿、どうされたのですか」

尻もちをついた――もとい、地面に座り込むユーリスを見て、ギルベルトは訝《いぶか》しむ。その様子に、ユーリスは慌てて頭上を指さした。

「ナ、ナハトが木の上にいて」

登って、降りられなくなったみたいです。

そう訴えると、ギルベルトは素直にユーリスの指さす方を見上げた。

そしてしばし何かを探すように視線を巡らせて、あ、と小さな声を上げた。

どうやらようやくナハトを見つけられたらしい。

もうだいぶん日が傾いてきている。薄暗い中、葉に隠れた黒猫を見つけるのはなかなか難しい時刻だ。

目を見開いてナハトを見つめるギルベルトの様子を見て、ユーリスは首を傾げた。

ナハトの捜索を命じられたのは、ユーリスを含めたたったふたりの侍従だった。ギルベルトはそのとき玻璃宮《はりきゅう》の警護についていて、ヴィルヘルムのそばを離れることは出来なかったはずだ。

——どうしてここに。

そんなユーリスの疑問が伝わったのだろうか。

ユーリスに視線を戻したギルベルトが「先ほど、交代したので」と一言だけ言った。

つまり、警護の職務が終わったから、と自主的にナハトの捜索を手伝いに来てくれたらしい。

そのありがたい気遣いに、思わず涙ぐんでしまいそうになる。

ユーリスの感激を知ってか知らずか、ギルベルトは無表情のままでじっとユーリスを見た。

「木に登ろうとされていたのですか」

「あ、はい。そう、なんですけど……」

登れなくて、と俯きながら呟くと、ギルベルトがユーリスのすぐそばに膝をついた。

「迎えに行こうと思って何度か登ろうとしたんですけど……僕には無理でした」

「俺が登ります」

「え？」

「少し離れていてください」

そう言って立ち上がったギルベルトが、ユーリスに向かって手を差し出した。その手を取ると、ぐいっと力強く引っ張られた。どうやら立ち上がらせてくれたらしい。

すぐに離された手は、温かかった。このとき、ユーリスは手袋をしていなかった。ナハトの捜索に邪魔になると思って、侍従としていつも着けている白い手袋は早い段階で懐《ふところ》に仕舞っていたのだ。そして、ギルベルトも素手であった。

騎士として彼らはいつも革の手袋をしているけれど、どういうわけかこのときは何も着けていなかった。並んだ背は僅かにユーリスの方が高いのに、手のひらはギルベルトの方が大きくて、それがこのときのユーリスには少し不思議だった。

柔らかく嫋《たお》やかなユーリスの手とは違う、やや骨ばった大きな手。けれど少年らしい繊細さと、騎士らしくないほっそりとしたそれは、確かにごつごつとした胼胝《たこ》がある武人の手だった。

「あの」

「これを持っていていただけますか」

ギルベルトはそう言って着ていたローブを脱いで、ユーリスに丁寧な仕草で手渡した。その瞬間、ふわりと香ったのは間違いなくアルファの匂いだ。それに戸惑うユーリスを尻目に、ギルベルトは木に手をかけてするすると登っていく。

その見事な身のこなしをユーリスは唖然と見上げるしかなかった。こげ茶色のブーツが器用に木の幹を蹴って、あっと言う間にナハトのいる枝に手が届いた。

「すごい……」

「捕まえた」

気づけばギルベルトは、ナハトを腕に抱えて木の枝に腰かけていた。

黒い猫は、しっかりと大きな手のひらに収まっている。

「怪我などはしていないようです」

「そうですか。それはよかったです」

ナハトの身に何かあれば、ヴィルヘルムはひどく悲しむだろう。

主人の大切なナハトを一番に案じてくれたことが嬉しくて微笑むと、ギルベルトがその美しい紫色の目を見開いた。何かに驚いたような顔は、間違いなくユーリスを見ていた。

「……？　あの、どうかされましたか」

「いえ。なんでもありません」

ユーリスの問いにギルベルトは簡潔に答える。そして、それまで確かに絡んでいた視線が、すっと逸らされた。

——本当に、どうしたのだろう。

そう思うと同時に、逸らされた視線を少し寂しく思う。

「降ります」

「わッ⁉」

そう言って、ギルベルトは木の幹から飛び降りた。

そう。飛び降りたのだ。

ユーリスの背丈よりも高いところにある枝——つまり、自身より高い位置から、ギルベルトはなんの躊躇《ためら》いもなく飛び降りた。ナハトを抱えたまま。それこそ、まるで猫のようなしなやかな動作で、音もなく地面に降り立つ。

なぁん、と一言だけ小さくナハトが鳴いたから、きっと彼も驚いたのだろう。

「ロ、ローゼンシュタイン卿！　だ、大丈夫ですか」

着地したときに地面に着いた膝を払いながら顔を上げたギルベルトに、ユーリスは駆け寄った。

木登りから着地までの一連の流れ。その全てが見惚《みと》れるほどに見事なものだった。

「大丈夫です。問題ありません」

「そうですか。よかった」

「ナハトも元気そうです」

「そのようですね。ナハト、おいで」

ユーリスが飛び降りた衝撃に固まっているナハトに向かって手を伸ばした。ギルベルトも、自らの懐《ふところ》に抱き込むようにして抱えていたナハトを胸元から引き離そうとした。――……けれども。

「……離れませんね」

「そう、ですね」

木の上がよっぽど怖かったのか、それともそこから助け出してくれたギルベルトを気に入ったのか。

差し出したユーリスの手など気にも留めずに、ナハトはギルベルトの懐《ふところ》から動こうとはしなかった。それどころか、しっかりと騎士服に爪を立てて離れまいとしがみついている。

「このままで構いません」

ギルベルトに失礼になるのでは、と焦るユーリスに向かってギルベルトは表情を変えないまま、玻璃宮《はりきゅう》に向かいましょう、と言った。奔放《ほんぽう》なナハトの行動を申し訳なく思うものの、ナハトはどうにもギルベルトから離れない。ユーリスはギルベルトの申し出に素直に頷くしかなかった。

どのみち、終業後とはいえギルベルトも一度報告に戻る必要があると思ったからだ。

夕暮れの林の中は、どこまでも静寂に包まれていた。

もとより王宮の喧騒とは離れた離宮の、そのまた端にある雑木林だ。

ひと気はなく、もちろん大きな獣もいない。昼の日射しとともに空を飛ぶ鳥さえも隠れてしまえば、もはやそこにはなんの気配もなかった。

ユーリスとギルベルト。それからギルベルトの腕の中で寝ているナハトだけが、この世界から切り取られたようにそこに存在していた。

落ちかけの太陽が西の空で小さく輝いている。茂る葉に隠されて、ギルベルトの瞳に似た深い紫が、空を一面に染め上げていた。それは一日のうちでたった一瞬だけ見ることが出来る、夜と夕暮れの狭間《はざま》の色だ。

その中をユーリスとギルベルトは、手を繋いで歩いていた。

どうしてこうなったのか、と問われれば、よく分からない、としか答えられない。

ナハトを抱いたまま、では玻璃宮《はりきゅう》へ戻ろうと言ったギルベルトは、流れるような動作でユーリスに向かって手を差し出した。

ちょうど、尻もちをついたユーリスを助けてくれたときと同様に。

そして、暗いし足元が悪いので、と言われてしまうと、強く断ることなど出来なかった。手伝いに来てもらった上に、せっかくの親切を無下《むげ》にすることは心が痛んだのだ。

そのうえ、申し訳ありませんが、両手が塞がっているのでローブを持っていてもらえますか、と頼まれて頷いてしまったから、彼の――アルファの匂いがするローブは未だにユーリスの手にあった。

触れ合った手のひらがしっとりと汗をかいていた。心臓がどくどくとうるさくて、この音がギルベルトにまで聞こえてはいないだろうかと不安になる。

――周りが、暗くてよかった……。

少し前を歩くギルベルトに先導されるように手を引かれて、ユーリスは小さくため息をついた。きっと今の自分は耳まで真っ赤になっているだろう。けれど、これだけ薄暗ければ、彼が振り向いてもきっと顔色までは分からない。そのことにユーリスはひっそりと安堵していた。

振り向いてほしくはなかったけれど、その美しい紫の瞳は見たいと思った。しかし、ギルベルトは一度も振り向かなかった。

ただ握りしめたユーリスの手を、気遣うように、確かめるように、ときおりそっと握り直して、ゆっくりと歩いていく。

地面に張り巡らされた木の根に、ユーリスは革靴を何度もひっかけた。そのたびにギルベルトが支えてくれて、なんとか転ばずに済んでいた。

しばらく無言のまま足を動かすと、遠くに明かりが見えた。それは見慣れた玻璃宮《はりきゅう》の明かりだった。あの光の下で、ヴィルヘルムがナハトを待っている。もうずいぶんと暗くなってしまったから、ナハトのことだけではなくユーリスについてもとても心配しているはずだ。

「着きましたね」

「はい」

林から出れば、玻璃宮《はりきゅう》の騎士や侍従たちがこちらに気づくだろう。その前に、ユーリスとギルベルトは何も言わずにそっと手を離した。

玻璃宮《はりきゅう》では侍従と騎士が——オメガとアルファが、言葉を交わすことすら禁じられているのだ。手を繋いでいるところなど、見せられるはずもなかった。

遠ざかる温《ぬく》もりが寂しくて、ユーリスは心の奥を引っ掻かれるような、なんとも言えない気持ちになる。しかし、それを口に出すことは出来ない。

そもそも、このときのユーリスはこの感覚がどんな気持ちから来るものなのかを知らなかった。

「ヒンメル殿、ローブをありがとうございました」

「あ、はい。——……あの、ローゼンシュタイン卿」

「はい」

ローブを受け取り、玻璃宮《はりきゅう》の方に向かおうとするギルベルトを、ユーリスは咄嗟に呼び止めた。

その呼びかけに、ギルベルトは振り向いた。

「僕が木に登ろうとして滑り落ちたことは、内密にお願いします……」

どうしてそんなことを口にしたのか、自分でもよく分からなかった。

ナハトを助けるために木に登ろうとしたことも、結局登れずに尻もちをついたことも、別に誰に知られてもよかった。

ただ、ユーリスはギルベルトをほんの少しだけ、引き留めたかったのだ。

「はい」

ユーリスのささやかなお願いに、ギルベルトは大きく頷いた。紫色の瞳がまっすぐにユーリスだけを見つめて、――そして。

「誰にも言いません。俺とヒンメル殿だけの秘密です」

そう言ってふわりと彼は笑ったのだ。

幼い頃より騎士となるべく教育されている彼ら騎士候補生《エスクワイア》たちは、常に無表情を保つことを求められている。どれほど過酷な任務でも、どれほど心を損なう光景でも、己の感情を殺し、職務を全《まっと》う出来るように。彼らはそう訓練されていた。

忠実なる王家の番犬。王国の剣。

それがシュテルンリヒト王国の誇る魔法騎士たちだ。

たった十四歳のギルベルトだって、ヴィルヘルムに仕えてからの一年間、ただの一度も微笑んだことはなかった。――ひょっとしたら、気安い騎士仲間同士ではそうではないのかもしれないけれど。しかし、職務中の彼らは一切の笑みを見せない。

故に、ユーリスは彼の笑顔をこのとき初めて見たのだ。

その瞬間、ユーリスは恋に落ちた。

今よりもずっと幼く、細く、小さな彼に間違いなくユーリスは心を奪われた。

そして、それに反応するように、ユーリスのオメガ性も花開いた。

ギルベルトとともにナハトをヴィルヘルムに渡し、帰宅した後、ユーリスは生まれて初めての発情期を迎えたのだ。

初めての熱情、初めての耐え難いほどの疼《うず》き。それらに苛《さいな》まれながらユーリスが求めたのは、あの林の中でずっと抱えていたあの濃紺のローブの香りだった。

＊　＊　＊

実際に授業を行ってみると、アデルはとてもよく出来た生徒であった。

勅命を受け、アデルの家庭教師を引き受けてから一か月あまり。ユーリスは彼の優秀さに感心しっぱなしだった。

まず、記憶力がいいのだ。一度読んだ本の内容はそのほとんどを諳《そら》んじることが出来るし、すぐに理解することが出来る。また得た知識を応用して活かすことも得意で、物事に対して柔軟な捉え方をする聡明さを持っている。

聞けば、特待生として通っていた王立魔法学園の成績は非常に優秀で、ルードヴィヒを筆頭とした高位貴族たちと上位争いを繰り広げていたらしい。

特に、貴族の基本として学ぶ魔法学の知識は素晴らしく、六つの魔法属性を持っていると言われて驚きすぎて変な声を出してしまった。

「魔法属性を六つもお持ちだなんて、素晴らしいですね」

「確かに人よりも多いですかね。ルートも他のみんなも多くて四つくらいだったし」

「アデル様はその全ての系統魔法を扱えるのですか？」

「属性が身体の中にあるんだから、使えるものなんじゃないですか？」

魔法学の話になったのは、作法の授業の休憩中のことだった。

授業は顔合わせを行った硝子《ガラス》張りの応接室で、午前中と午後に昼食を挟んで合計六時間ほど行われる。

あまり厳しい指導は性に合わないユーリスは、アデルが疲れるとその都度休憩を取るようにしていた。

侍女が淹《い》れてくれたお茶に口をつけながら、アデルがなんでもないことのように答えた言葉がユーリスには信じられない。

魔法はこの世界にある技術のひとつだ。しかし、知識を元に活用する学問であるにもかかわらず、その実力は本人の資質に大きく依存するものだった。

シュテルンリヒト王国の国民は、必ずひとつ以上の魔法属性を持って生まれると言われている。

魔法属性は光、闇、火、水、風、土、植物の七つあり、それは生まれる前に女神から魔力とともに与えられるとされていた。故に、どれほど努力しても魔力と属性が増えることはないし、怠《なま》けても減ることはない。まさに天賦《てんぷ》の才なのだ。

この世界に魔法は数あれど、自らの中にない属性の魔法は発動することが出来ない。つまり、理論的には多くの魔法属性を持っている者は多くの魔法を使えるということだ。

爵位を持つ高位貴族は平民より多くの魔法属性を持っているとされているし、事実ルードヴィヒやギルベルトは四つの魔法属性を持っている。けれど六つの属性を持ち、その全てを扱えるなんて聞いたことがなかった。

多くの者は属性を持っていたとしても得手不得手があり、魔法を発動させられるほどに扱える属性はひとつかふたつだ。

だからこそ、素質のある貴族の子弟を全員魔法学園に通わせて、その才能を育《はぐく》むのだ。もちろん平民にもごくごく稀《まれ》にアデルのような「天才」が生まれることも分かっているので、狭き門ながら特待生も招いている。

「アデル様は女神の愛し子なのですね」

「それ、ルートもよく言うんですけど、なんですか？」

茶菓子を齧《かじ》りつつ首を傾げるアデルにユーリスは苦笑する。

ものを食べながらしゃべってはいけない。その優秀な頭脳で理解はしているのだろうが、今までの生活様式が身体から抜けきることはなかなか難しいらしい。

ちなみに、「ルート」というのは、ルードヴィヒの愛称である。

「女神の愛し子というのは、魔法属性を四つ以上持ち、かつその系統魔法を四つ以上扱える者のことですよ。私が知っているのはルードヴィヒ殿下とギルベルト様くらいですが、あとは王宮魔法使いの方々にもそういう方はいらっしゃると聞いたことがあります」

「四つくらいなら、珍しくはないんじゃないかな。ライナルトとアロイスと、ゲオルグも四つ使えましたよ。あとリリエル様も」

「……その方々は王国最高峰の魔法使いたちですからね」

アデルが口にしたのは、四人ともがこの国の四大公爵家の令息たちだ。

そこにアデルとルードヴィヒを入れた六人は、みな魔法学園の同級生なのだという。

まだ成人したばかりの青年貴族たちは、将来間違いなくこの国を背負って立つ人材だ。つまり、とびっきり有能で、優秀な人々ということになる。

さすがに、それを基準にしてはいけないと思う。

「普通は系統魔法をふたつ以上使えれば、貴族ですらそれを活かして暮らせるんですよ」

それくらいすごいことなのだ、と強調すると、いまいち理解していない様子でアデルは瞬《また》いた。

「そうなんですか？　ユーリス先生はいくつ使えるんですか？」

「私は、ひとつと、半分くらいでしょうか」

「半分？」

「……半分です」

女神の愛し子には理解し難いことなのか、アデルは不思議そうな顔をしてユーリスを見る。

魔法学園は抑制剤の服用やアルファとの過度な接触の禁止など、様々な制限がありはするが、オメガの入学を禁止してはいない。

だからこそユーリスはヴィルヘルムの補佐という職務の一環としてではあるが、十五歳から十八歳までの四年間を学園で過ごし魔法を学ぶことが出来た。

ユーリスの持つ魔法属性は水と風のふたつだ。そのうち水魔法は人並みに使えるのだが、もうひとつの属性――風魔法との相性が悪かった。

風魔法だけは昔から真面目に練習しても、どうしてもうまく扱えない。苦労してどうにかこうにか基礎中の基礎と言われるような風魔法は発動させられるようになったのだけど、それ以上は無理だったのだ。

「だから半分ですか？」

「そうです。言っておきますけど、私は普通です。別に落ちこぼれていたわけではありませんからね」

気まずげに言うと、アデルが声を上げて笑った。

最近、慣れてきたのかアデルはよく笑うようになった。初対面のときは緊張して警戒した子猫のようだった彼ではあるが、もともとは人懐っこい気性なのだろう。

明るく、心根も素直で物覚えもいい。これならば、一年後の婚姻に十分間に合うだろう。

実のところ、ユーリスはアデルに直接会うまで彼のことを少々誤解していたのだ。

それはこの可愛らしいオメガの青年が王太子の婚約者に収まった経緯が実に強引で、常識ではあり得ないやり方であったためだった。

アデルが王立シュテルンリヒト魔法学園の卒業祝賀会の場で、王太子ルードヴィヒに請われて婚約者になった、という事実は、今やシュテルンリヒト王国の国民であれば誰だって知っていることだ。

当然、貴族たちからはとんでもない醜聞《しゅうぶん》であると後ろ指をさされてはいるが、市井《しせい》ではとんでもないロマンスだと認識されており、民衆の人気も高いという。

国民からすれば、王太子なんて遥《はる》か天上の存在なのだ。

そんな王太子が、貧しい平民出身のオメガへの愛を、その立場が悪くなることを厭《いと》わず貫いたところが好意的に捉えられて支持されているようだった。なんでも、王太子の前代未聞のロマンスを歌劇にする計画まであるらしい。

そんな市井《しせい》の民から絶大な人気を誇る彼らの求婚劇ではあるが、問題はそのロマンスにもうひとり役者がいたことだろう。

――リリエル・ザシャ・ヴァイスリヒト。

ヴァイスリヒト公爵家の令息で、オメガの青年だ。

ユーリスがアデルに非常に複雑な感情を抱いているのは、このリリエルに起因している。

王宮を辞して、ギルベルトと結婚するまでの二年間。ユーリスはヴァイスリヒト家でリリエルの家庭教師をしていた。

リリエルは物静かでとても美しい少年だった。白銀のまっすぐな髪に、紫色の瞳。その相貌はまるで精緻《せいち》な人形のようで、幼いながらも見る者を畏怖《いふ》させるほどの美しさを持っていた。

彼はその二次性がオメガであると判明してから、すぐに王太子の婚約者になった。

通常、未来の王妃はアルファの性を持つ貴族令嬢が選ばれる。

王家という至高の血統に、アルファの優秀な血を引き継ぐためだ。当然、ルードヴィヒの母である現王妃もアルファだ。

しかし、四大公爵家のひとつヴァイスリヒト家の少々強引な勧めにより、オメガであるリリエルが婚約者になった。これはシュテルンリヒト王国史上、初のことである。

リリエルは公爵令息として、幼い頃から王太子と交流があった。昔はよく一緒に遊んだ幼馴染みである、といつぞやリリエル自身が言っていたくらいだから、頻繁に引き合わされていたのだろう。

お互い気心も知れているし、家柄も申し分ない。オメガであるという点を除けば、リリエルは確かに理想的な未来の王太子妃だった。

けれどそれは、当事者同士の意思など介在しない、紛れもない政略結婚だった。

そこに愛や恋といった甘やかな感情がなかったことは、ルードヴィヒの行動を見ていればよく分かる。

だからこそ、あの美しいアルファの青年は、幼い頃からずっとともに過ごしていた幼馴染みの婚約者を捨て、身を焦がすような恋を選んだ。

ルードヴィヒはリリエルを愛してはいなかった。けれど、リリエルの方はどうだったのだろうか。

リリエルがルードヴィヒのことをどう思っていたのかは、ユーリスには分からない。

彼は婚姻を嬉しいとも悲しいとも話してくれたことはなかったし、寡黙なリリエルは感情を表に出すタイプではなかった。いつだって淡々と、未来の王太子妃としての勉強に励んでいた。

それこそ、これにはなんの意味があるのだろうか、と教える立場のユーリスですら思ってしまうほど難解な王家のしきたりを、リリエルは文句も言わずに学んでいたのだ。

ユーリスはリリエルが王太子の婚約者として、相応《ふさわ》しくあろうと努力していたことを誰よりもよく知っている。

そんなリリエルをルードヴィヒは断罪したのだ。それも卒業祝賀会という、人生の晴れ舞台とも言えるような場で。

リリエルとの婚約破棄の理由は、彼がアデルへ執拗《しつよう》な嫌がらせを行ったからであるという。

その話を聞いたとき、ユーリスは己の耳を疑ってしまった。

あのリリエルが、誰かに嫌がらせをするとは到底思えなかったからだ。

ユーリスの中のリリエル・ザシャ・ヴァイスリヒトという少年は清廉潔白。誰よりも真面目で、誰よりも努力家という印象しかなかった。

そんな彼が、いくら自分の婚約者の心を奪った相手であったとしても嫌がらせなどするだろうか。

そんなはずはない、というリリエルを信じる気持ちと同時に、これまた幼い頃のルードヴィヒが思い出されてユーリスはさらに混乱することになる。

ルードヴィヒは昔から正義感の強い子どもであった。

こちらはユーリスが王宮勤めをしていたときに知り合ったので、リリエルよりもさらに稚《いとけな》い少年だった彼を知っているのだけれど、あの頃のルードヴィヒはまさに正義感の塊のような子どもだった。

それは子どもらしいひどく独善的なもので、狭い世界の正義を振りかざしているに過ぎなかったが、それでも当時の彼は己の信念を持っていた。

そんな彼がなんの証拠もなしに、リリエルを裁くとも思えなかった。

人は成長すると変わるのだろうか。

ユーリスが知っているふたりではなくなった、というのであれば話はそうややこしくはない。けれど、そのままのふたりであったならば、その婚約破棄劇には大きな偽証があるということだ。

その偽りの証言は、どこから来たものなのか。単純に考えれば、もうひとりの登場人物であるアデルがルードヴィヒに嘘を教えて、リリエルを排除したとするのが妥当だろう。

だから、ユーリスは勅命を受けたときになんという理不尽かと思ったのだ。

王家は――ルードヴィヒは、ユーリスがリリエルの家庭教師をしていたことをもちろん知っている。

その上で、そのリリエルを貶《おとし》めたアデルの教育係に任命するなんて、と。

おそらく、この件はルードヴィヒの苦肉の策というところなのだろう。ルードヴィヒは何人もの教育係を拒絶したアデルのために、自らが知る限り最も害にならず、アデル自身が親しみやすいオメガのユーリスを選んだに過ぎないのだ。

それに、アデルはユーリスが思っていたような狡賢《ずるがしこ》いオメガではなかった。

噂で聞く通りの、オメガの色香で「王太子」を篭絡《ろうらく》したような人物ではなく、ただ純粋に「ルードヴィヒ」という青年を好きになってしまった平民の青年でしかなかった。

アデルがリリエルを貶《おとし》める嘘をつく性格ではないことは、この一か月でよく理解出来た。だからこそ、ルードヴィヒはアデルを信じたのだろう。

では、どうしてあんな——「アデルに嫌がらせをしたのがリリエルである」ということになってしまったのだろう。それも婚約を破棄されるに値するほど、過激な嫌がらせを。

リリエルはルードヴィヒたちの訴えを否定しなかったのだろうか。

そのときの状況を知らないユーリスがいくら考えても、真実はさっぱり分からない。

けれど、ユーリスは新しい主であるアデルを憎まずに済んだ。

そのことに、ユーリスはひっそりと胸を撫で下ろしていた。

＊　＊　＊

その日はとても穏やかな春の日だった。

空は青く澄んでいて、日差しに温められた風が格子窓の隙間から玻璃宮《はりきゅう》の中に心地よく吹き込んでいた。

ユーリスは春の陽気に眠そうなアデルを起こしながら、宮中行事についての授業をしていた。内容は、春の茶会——先日、ユーリスが招かれた園遊会についての講義だった。

かつては春の訪れを祝う、淑女たちのささやかな集まりだったとされるあの茶会が、いかにしてあれだけ派手で贅沢《ぜいたく》なものになったのかを説明しようとページを捲《めく》ったときだ。

突然、応接室の外が騒がしくなった。何事かと思いユーリスは身構える。部屋の外に控える騎士たちの慌てたような声に、心臓がいやな音を立てて軋《きし》んだ。

アデルは貴族社会に決して歓迎されているとは言えない存在だ。

――公爵令息を無理やり引きずり下ろし、その代わりに王太子の婚約者に収まった平民のオメガ。害そうとする者は多く、味方になってくれる者は少ない。

そんな環境の中でルードヴィヒがアデルを守ろうとした結果が、この玻璃宮《はりきゅう》とユーリスだった。

本来、王族ではないアデルの護衛は、王城を警護する騎士たちが担当するのが通例だった。

しかし、それでは様々な騎士が交代でアデルの傍に侍《はべ》ることになる。

王城警護の騎士たちの採用条件は、当然近衛騎士ほどは厳しくはない。本人の資質だけではなく、生家やその親族たちまで精査された上で任命される近衛騎士とは、どうしても質が違ってしまうのだ。

それをルードヴィヒが不安に思うのは当然のことだった。

故に、ルードヴィヒは自らの近衛騎士たちに命じてアデルの警護をさせている。しかし、これにも大きな問題があった。

オメガであるアデルの護衛に、番《つがい》のいないアルファを付けるわけにはいかなかったのだ。だからこそ、ギルベルトのようにすでに番《つがい》がいるアルファを護衛として選抜し任命した。――その数、たったの七人。

通常の護衛であれば考えられないほどの少人数だ。それほどまでに番《つがい》のいるアルファは少ない。

そんな限られた数の護衛たちが最小限の負担で警護出来るように、と用意されたのが玻璃宮《はりきゅう》である。

玻璃宮《はりきゅう》は鳥籠《とりかご》のように窓という窓全てに格子が嵌《はま》り、出入り口は正面玄関のみと限定されている。

中に入った人間が出にくい造りになっている、ということはつまり、外からの侵入も困難を極めるということだ。

正面玄関にふたり、アデルが過ごす部屋にひとり。常時配置されている騎士はたったの三人という少数精鋭で、アデルはこの魑魅魍魎《ちみもうりょう》の跋扈《ばっこ》する王城で過ごしている。

ユーリスはそのアデルを守るための、最後の仕上げのようなものだった。

鳥籠《とりかご》の中にもうひとり。長時間一緒にいる家庭教師を用意することで、ルードヴィヒはアデルがひとりで過ごす時間を極力少なくしようとした。

ユーリスに与えられた使命はふたつ。ひとつは勅命通り、家庭教師としてアデルに未来の王太子妃として相応《ふさわ》しい教養と礼儀作法を教えること。

そして、もうひとつ。――有事の際は、アデルの盾となること。

だからこそ、ルードヴィヒはギルベルトをアデルの護衛に引き抜いたのかもしれない。

何かあったときに、ギルベルト自身が己の番《つがい》の身を守れるように、という、いらぬ気遣いなのだろう。

――「夫夫《ふうふ》」という存在は必ず愛し合っているはず。

そう信じてやまない、純粋な王太子の考えそうなことだ。

けれど、その気遣いは、ユーリスにとってまったくもって不要なものだった。

王族を守る近衛騎士のギルベルトが、職務から逸脱してまでユーリスの身を守るとは思えないし、そもそも貴人の盾となることは従僕や家庭教師の役割のひとつだ。ヴィルヘルムのいた頃から侍従として仕えているユーリスは、その役割には慣れている。

とはいえ、荒事に慣れているわけではない。

「何かあったのでしょうか」

硬い声で問うと、アデルは顔を強張らせてユーリスを見た。

もちろんアデルも、自身の身に厳重な警備が必要な理由を理解しているのだろう。常であれば楽しげに輝いている緑色の瞳が、今は強い不安で揺れている。

「アデル様はそのままここでお待ちください」

少し、見てきます。そう言ってユーリスは席を立った。

そして、足音を立てないように慎重に扉のそばまで来て、思案する。

――このまま、扉を開けていいものだろうか。

もし今現在、何かしらの襲撃を受けているのだとしたら、この扉は最終防衛線だ。

このまま椅子やチェストを使って、扉を外から開《ひら》けないようにした方がいいのかもしれない。しかし、喧騒は聞こえるのに、何が起こっているのかがまったく分からない。

少しでも外の状況を把握した方が、これからどう動くかの判断材料になるだろうか。

ユーリスは白い扉に耳を付けたまましばし逡巡《しゅんじゅん》した。けれど、迷いは一瞬だった。

――外を覗こう。

すぐに閉めて、鍵をかけられるように慎重に。こっそりと。

そう決心して、金色のドアノブに手をかけたときだ。外に開くタイプの扉は、ユーリスが開ける前に独りでに開いた。――否、外側から誰かが扉を開けたのだ。

「ッ……わッ!?」

突然、厳戒態勢の玻璃宮《はりきゅう》に部外者が訪れた。もちろん、襲撃の可能性を聞かされていたユーリスは、その招かれざる客はアデルを狙う襲撃者だと判断した。

――けれど。

目の前に颯爽《さっそう》と現れたのは、どこからどう見ても襲撃者ではなかった。

ユーリスは混乱して、咄嗟にアデルの方を見る。アデルもその若草のような目を大きく見開いていた。そして、その可憐な花びらのような唇で叫んだ。

「アロイス！　ライナルト！　ゲオルグ！」

ユーリスを押しのけて部屋の中に乱入してきたのは、三人の青年だった。

年の頃は成人を迎えてすぐといった若々しさで、それぞれが王城に勤める者の格好をしている。

「アデル！　久しぶりだな！」

「え～、みんな、なんでここに？」

「アデルに会いに来たに決まってるだろう！　来るのが遅くなってごめんな」

執務局の上級文官の格好をした黒髪の青年が、両手を広げてアデルを抱きしめた。それに続いて黒いローブ姿――つまり、王宮魔法使いらしき青年も文官青年から奪い取るようにアデルを抱擁する。

目の前で繰り広げられている嵐のような光景に、ユーリスは言葉もなく固まっていることしか出来ない。

「……ユーリス様、お久しぶりです」

「ゲ、ゲオルグ様？　ご無沙汰しております」

飛び込むように入ってきたふたりとは対照的に、最後に中を窺《うかが》いつつ入ってきた赤毛の青年がユーリスに声をかけた。近衛騎士の服を着た彼は、ユーリスも顔を知っている。

ゲオルグ・ロートリヒト。

現在、王国騎士団長を務めるロートリヒト公爵の嫡男である。

ルードヴィヒのご学友として、彼と同じようにこの春に魔法学園を卒業し、近衛騎士としての叙任を受けたばかりの彼は、今をときめくアルファの貴公子だ。

すらりとした体躯と精悍な顔立ちは、さぞや女性にもてるだろう。そんなゲオルグとユーリスに面識があるのにはわけがあった。

「あの、今日、師匠は……」

「ギルベルト様は、今日はルードヴィヒ殿下付きです」

ユーリスが答えると、ゲオルグは明らかにほっとした顔をする。

彼は幼い頃からギルベルトに剣術を習っており、彼のことを師匠と仰《あお》いでいるのだ。

だからもちろん、ローゼンシュタインの屋敷にも幾度も出入りしており、ユーリスも顔を知っている。とはいえ、まともに話したのは今も含めて数度ほどしかない。

「授業中でしたよね、ほんとすみません。止めたんですけど、あいつらアデルに会いに行くって聞かなくて」

困り果てたように言ったゲオルグの様子で、ユーリスはだいたいの状況を把握した。

彼らがいったい誰なのか。どういった立場で、何故王宮にいるのか。

そして、何故アデルが四年間も貴族の通う魔法学校で学んでいたのに、これほどまでに貴族社会に対して無知なのかも理解することが出来た。

彼らはアデルの騎士《リッター》だ。彼の学校生活を支えた、若く高貴なアルファたち。

賑やかにじゃれ合う三人を見て、ユーリスは目を細めた。

そんなユーリスの姿に、慌てた様子を見せたのはゲオルグだ。

本物の騎士であるゲオルグは、この状況がいかにまずいのかを理解しているのだろう。それから、自分が友人ふたりを止められなかったことを上司兼剣術指南役のギルベルトに叱責されるであろうことも。

真っ青な顔で周囲を見回しては、部屋の外にいる先輩騎士たちに頭を下げている。

事前連絡なしの突然の訪問。厳戒態勢の警護を振り切っての離宮への乱入。それから王太子の婚約者への身体的接触。

きっと彼らは堂々と職場を退出して、堂々とここまでやってきた。

アルファの彼らが、結婚前のオメガのもとを訪れることが、どんな意味を持つか一切理解しないで。聡明で優秀と高名な公爵令息たちのとんでもない失態に、ユーリスはたったひとりで焦燥感を募らせる。

「おい、お前らいい加減に――」

「アロイス、ライナルト！　もう！　髪が乱れるから、頭を撫でるのはやめてったら！　それにユーリス先生に挨拶した!?」

ゲオルグの制止の言葉をアデルが遮《さえぎ》った。そのいささか的外れな言葉に、彼に抱き着いていたアルファふたりはようやく身体を離す。そして、ユーリスが――自分たち以外の誰かがここにいることに初めて気がついた、と言わんばかりの顔をする。

その傲慢《ごうまん》ともとれる視線を受けて、ユーリスは穏やかに微笑んだ。

彼らの名前はアロイス・シュヴァルツリヒトとライナルト・ブラウリヒト。

両者ともシュテルンリヒト王国における「リヒト」の名を持つ四大公爵家の令息で、王太子ルードヴィヒの友人たちだ。ちなみに、アロイスが宰相の息子であり、ライナルトが王宮魔法使い長の息子である。

「これはこれは、ローゼンシュタイン伯爵夫人。お初にお目にかかります、アロイス・シュヴァルツリヒトと申します」

「ライナルト・ブラウリヒト」

「ユーリス・ヨルク・ローゼンシュタインです」

礼を取ることもせず告げられた名前に、ユーリスも笑みを浮かべたままで返した。もちろん、ユーリスも礼はせず、立ったままだ。

彼らは成人したての若者である。つい先日まで学園に守られ、親に、家に守られてきた世間知らずな公爵令息たち。

未だ十八歳にしかならない彼らの今までを考えれば、多少の世間知らずも仕方がないようにも思う。

——しかし、このまま不問にすることは、決してアデルのためにはならない。

そう判断したユーリスは腹の奥にぐっと力を入れて、精一杯背筋を伸ばした。

そして、これから自分がしようとしていることに、自分で戦慄する。自然と震えそうになる手のひらを握りしめて、必死に前を見据えた。

「シュヴァルツリヒト卿、ブラウリヒト卿。今日はどういったご用件でしょうか」

「用件？　とは？」

頭を下げることもせずに口をきいたユーリスの態度が気に食わなかったのだろう。アロイスが不快そうに眉根を寄せた。その剣呑な空気に気づかないふりをして、ユーリスは続ける。

「このように事前連絡もなしに、王家の所有である玻璃宮《はりきゅう》に足を運ばれた理由を訊ねております」

「友人を訪ねるのに、理由が必要なのか？」

「もちろんでございます。ここは王宮ですので」

「では、アデルの顔を見に来た。用件はこれだ」

その言葉を聞いて、ユーリスはふっと微笑むことをやめた。ただ感情を殺してアロイスの顔を見つめる。

切れ長の青い目と、細い鼻梁《びりょう》。薄く形のいい唇で形作られている彼の相貌は、こんな状況でなかったならば、きっと美しいと思えただろう。

「そうでございますか。それではもう用件は終わりでございますね」

「は……？」

「――では、今すぐお引き取りを」

そうユーリスが口にした瞬間、部屋の中が凍り付いたような気がした。

アデルの肩を抱いたままのアロイスは、目を見開いてユーリスを見ていた。

一瞬、何を言われたのか理解出来なかったのだろう。けれど彼が固まっていたのは、ほんの数秒であった。

すぐにその優秀な頭脳が、自らに投げかけられた言葉の意味を理解する。そして、激しい怒りを露わにした。

「何を言っている？」

それは、地を這うような声だった。そばに従僕なり侍女なりが控えていたならば、震え上がっただろうと思うような怒りを含んでいた。もちろん、ユーリスだって心の底から恐ろしかった。

特に、オメガであるこの身にはアルファの本気の怒りは耐え難い。しかし、ユーリスはそんな恐怖を必死に押さえつけて続けた。

――自分は正しいことを言っている。

そのことだけは自信があった。

何よりもアデルのためである。ユーリスはここで引き下がるわけにはいかないのだ。

「ご用件をお聞きしましたところ、アデル様のお顔を拝見するだけであるとおっしゃいましたので、もうご用件はお済みになったと判断いたしました」

――王宮で王族を訪ねるときは事前に連絡をすること。

これは貴族の基本的な礼儀だ。そもそも「王宮」でなくとも、誰かを訪問するときは先方への連絡が必須事項だろう。それが相手への気遣いだからだ。

しかし、そんな当たり前の行為をせずにやってきたのが彼らで、おかげで玻璃宮《はりきゅう》は大混乱に陥っている。それを世間一般では「迷惑をかけた」ということを、アロイスは理解しているのだろうか。

シュテルンリヒト王国には四つの公爵家がある。

王家より枝分かれせし「リヒト」の名を継ぐその名家は、何百年もの間、各家の知力武力財力の全てを尽くし王家を支えている。四大公爵家は常に王国の中枢にあり、歴代の当主たちは広大な領土を治めつつも国家の要職を歴任していた。

そんな公爵家の跡取りたる目の前の令息たちは、幼い頃よりそれはそれは大切に育てられてきたのだろう。そもそも、彼らより身分が高い者など王族しかおらず、それすらも「王家の末端に名を連ねる」程度の者など話にはならない。

王に連なる直系の血を持つ者のみが彼らを従わせることが出来る存在で、それ以外に礼を尽くす必要はないのだ。

しかも、その王家直系の王太子ルードヴィヒは、彼らにとっての主君でありながらも友人であり、多少の無礼は許される。

つまり、アロイスを始めとした三人の青年たちは、己を顧《かえり》みることなく自由に振舞うことが出来る身分と人脈を持っていた。

だからこそ、どう見ても宮仕えの真っ最中といった格好でこの離宮を訪ねられたのだ。

「お前が僕たちを追い返すのか。このまま、なんのもてなしもせずに」

「もてなすための茶菓子もお茶も用意出来ておりません」

「ここは離宮だろう。そんなものすぐに用意出来るはずだ」

理知的で聡明と名高い黒の貴公子アロイスが激昂する。

その蒼い瞳が怒りに染まっているのを見て、ユーリスは彼の噂の真実を知った。どうやら巷《ちまた》で流れている噂は、少々彼を美化しすぎているらしい。

彼らはきっと、突然の訪問にアデルが喜んでくれるものだと信じて疑わなかったのだろう。もちろん、アデルは喜んでいる。友人たちが自分を訪ねてくれて、久しぶりに彼らの顔を見られたことが嬉しいのだ。

しかし、これは決して素直に喜んでいい状況ではない。

だからこそ、ユーリスはらしくないことをしている。

このままこの玻璃宮《はりきゅう》でこの三人の青年をもてなすことは、とても簡単なことだ。

アロイスが言った通り、玻璃宮《はりきゅう》は王宮の離宮なのだから贅沢《ぜいたく》な茶菓子も高級な茶葉も侍女に言づければすぐに取り寄せることが出来る。

そして、きっとこれまで周囲の者たちはそうしてきたのだ。奔放《ほんぽう》に振舞う公爵令息たちの行動を受け入れ、全てを許した上で彼らの望み通りに動く。

それは確かに、高位貴族を相手にしたときの真っ当な処世術だ。

何故ならば、彼らにどれほど迷惑をかけられようと、そのときだけ我慢すればいいのだから。

だが、ユーリスはアデルの教育係である。

彼らはその身分の高さから自由に振舞うことが許されるけれど、アデルは決してそうではない。

婚姻して王太子妃になったとしても、彼には永遠に「平民出のオメガ」という事実が付きまとう。

王太子妃という身分は大変尊いものではあるが、生まれを変えることは決して出来ないからだ。

アデルは、きっと自らの生まれに苦しめられるだろう。

そんな彼がアロイスやライナルトと同じように横柄に振舞えば、貴族たちは嬉々としてアデルを攻撃する。それが、アロイスらには理解出来ない。

本来であれば、アデルは四年間の魔法学園生活である程度の貴族の常識を身につけていて然《しか》るべきだったのだ。おそらくそれを阻《はば》んだのはルードヴィヒであり、アロイスであり、ライナルトとゲオルグなのだろう。

周囲の善意からの諫言《かんげん》すら聞く耳を持たず、彼らはあの閉ざされた箱庭の中で、自分たちの姫君《ヘルディン》を自分たちなりに守った。アデルがアデルらしく、ありのままで過ごせるように。

その彼らの努力が間違いであったとはユーリスとて思わない。そのおかげで騎士たちの望み通り、アデルは生来の明るさを保ったまま無事に学園を卒業することが出来た。

しかし、これからアデルが生きていくのはあの厳しくも温かい学園の中ではない。少しの失態が命取りになる魑魅魍魎《ちみもうりょう》が跋扈《ばっこ》する社交界だ。

一分の隙も見せることは許されないのだ。

それにユーリスの考える準備、とはお茶や菓子などではなかった。

――それはアルファの貴公子をオメガの妃のいる離宮に迎えても、醜聞《しゅうぶん》にならないようにするための準備だ。

侍従はおらず、侍女はたったふたりきり。室内には護衛の騎士すら入ることを許されない。アデルのそばにいるのは、教育係としてのユーリスただひとりだけ。

これが今の玻璃宮《はりきゅう》の現状で、彼を取り巻く環境だ。

人々の耳目を集めてもなおアデルの潔白を証明出来るほどの人手なんて、今の玻璃宮《はりきゅう》では到底用意出来ないものだった。

だからこそ、ユーリスは一刻も彼らを早く追い返さなければいけない。

「この玻璃宮《はりきゅう》には王太子殿下の許しのない方は、一歩として立ち入ることを許されません」

「私たちとルードヴィヒは友人だ。許可など後から取ればよい」

「友人であるならばなおのこと。殿下もすぐに許可をくださいますでしょう」

必死に言い募るユーリスに、アロイスは食いつくように反論した。

それはユーリスそのものが気に食わない、と言わんばかりの態度であったが、そんなことを気にしている余裕はなかった。

彼らが玻璃宮《はりきゅう》を訪れるのを、どれほどの人が目にしたのだろうか。滞在時間が長くなれば長くなるほど、中で何をしていたのか、と人々は勘繰るだろう。

それに、とユーリスは思う。

彼らの今の格好——宮仕えの制服が、事態のまずさに拍車をかけている。

「失礼ながら、就業時間中とお見受けいたします。お早くお戻りくださいませ」

「仕事なら問題ない」

「私にはとても問題がないとは思えません。どうぞお早く退室を」

「伯爵夫人」

焦るユーリスに投げかけられたのは、冷たい声だった。ひやりと首筋に刃物を当てられたような気持ちになって、ユーリスは唇を噛みしめた。

アロイスの機嫌を徹底的に損ねたのが、分かってしまった。

「あなたは誰に物を言っているのか、分かっているのか」

彼はひどく怒っている。声を荒らげているわけではないのに、とてつもない威圧感があった。全身から怒りが滲《にじ》み出しているようだ。

「もちろん、シュヴァルツリヒト卿に意見するなど大変な無礼であることは存じております。けれど、私はアデル様の教育係です。私にはアデル様に正しい知識と教養をお伝えする義務がございますので」

「教育係などと。あなたはヴァイスリヒト家の家庭教師をしていたそうではないか。リリエルの意趣返しでもするつもりか」

吐き捨てるような言葉に、ユーリスは瞬《またた》いた。視界が恐怖で滲《にじ》んでいく。

同時に小さく息を呑む声が聞こえた。それは誰の驚愕だったのだろうか。

アロイスの視線を受け止めるだけで精一杯であったユーリスには、それを確認する余裕などありはしなかった。

「リリエル・ザシャ・ヴァイスリヒトの罪を明らかにしたのは、私たちだからな。あなたからすれば、さぞや私たちが憎いだろう。せっかく手塩にかけて育てたあれが王太子妃になり損ねたのだから。リリエルを王太子妃にした暁には、今度は乳母の座でも狙っていたか？　ああ、けれどあなたはとても上手くやっている。今度はアデルの教育係などと。どういう手を使ってルードヴィヒに取り入った？」

——汚らわしい、オメガ風情《ふぜい》が。

憎々しげにそう呟かれた声は、きっとアデルには聞こえなかったに違いない。

彼は敢《あ》えてユーリスだけに届くようにその悪意を口にした。そこに込められていたのは、深淵にも似た憎しみだった。

ユーリスは彼の激しい憎しみに驚きつつも、必死に足に力を入れた。そうしていなければ、足の力が抜けてしまいそうだったのだ。

アルファとは、人を従えるために生まれてきたような性だ。彼らに仕えるのは大勢のベータとほんの少しのオメガ。

オメガの身体はもともと、アルファに逆らえるようには出来ていないし、ユーリスはその性格上、これまでの人生でただの一度だってアルファはおろか、ベータとも喧嘩なんてしたことがなかった。誰に逆らうこともせずに、ただ諾々《だくだく》と己の処遇を受け入れてきたというのに。

全身に嫌な汗をかいている。気分がひどく悪かった。慣れないことをしているな、と自分でも理解している。

「アロイス、言いすぎだ！」

「そ、そうだよ。アロイス、顔怖すぎ」

今にも倒れそうなユーリスを見かねたのだろう。最初に止めに入ったのはゲオルグだった。そこに、常にないユーリスの頑《かたく》なな態度と友人の剣幕におろおろと狼狽《ろうばい》していたアデルも加勢する。

「しかし、このオメガが……」

「オメガってお前、ユーリス様に対してなんて言い方すんだよ」

親しい友と大切な姫君に止められてもなお言い募ろうとしたアロイスが、その薄く形のいい唇を開こうとしたときだった。

「ゲオルグ・ロートリヒト。貴様、ここで何をしてる」

アロイスの追撃は、玻璃宮《はりきゅう》中に響く凛とした声に遮《さえぎ》られた。

玲瓏《れいろう》とした澄んだそれは、ユーリスの耳によく馴染む、好ましい声だ。

「し、師匠……!」

開けっ放しだった扉から姿を見せたのは、本日は王太子付きの警護を担当していたはずのギルベルトだった。

見慣れた黒い騎士服と濃紺のペリース。その格好は普段のように颯爽《さっそう》とした様子なのに、いつもはぴしりと撫でつけられている前髪が少しだけ乱れていた。

常に冷静沈着な彼にしては、ひどく珍しい。

「貴様が訓練中に職務放棄をして玻璃宮《はりきゅう》に乱入したと報告があった。他二名も同様に。ここは特別警戒中の王家所有の離宮だ。すぐに退室を」

堂々とそう言ったギルベルトは、視線だけを動かしてちらりとユーリスを見た。

そして微かに目を瞠《みは》って、すぐに視線をアロイスに戻す。それからずかずかと応接室内を進んでくると、ユーリスを背に庇《かば》うようにしてアロイスとの間に割って入ってきた。

それまで恐ろしくて堪らない視線を受け止めていた視界一面に、大きな背中が現れる。

ギルベルトの香りが鼻腔をくすぐって、ユーリスの中に一気に安堵感が広がっていく。

それとは対照的に、アロイスは不機嫌そのものといった顔でギルベルトを睨みつけていた。切れ長の目が、さらなる怒りに吊り上がっている。

「ローゼンシュタイン伯爵。あなたになんの権利があって――」

「私はこの離宮の警護責任者だ。シュヴァルツリヒト卿、あなたこそ誰に許可を取ってここに入った？」

「私はシュヴァルツリヒト公爵家の者だ。友人に会うのに許可など必要なのか？」

「公爵家の方ともあろう者が何を言っている。ここは王宮だ。離宮に入るには王家の許可がいる。それはどんな立場の者でも変わらない。未来のシュヴァルツリヒト公爵であるあなたであるからこそ、その規則を破ることは許されない」

――高位貴族が私欲で特例を作ることは、政《まつりごと》を混乱させる元である。

公爵家の威光を盾にしたアロイスに、ギルベルトはそう言い切った。正論を掲げて一歩も引かない態度のギルベルトに、アロイスはなんの言葉も返せなかった。

元よりアロイスは、宰相配下の執務局の上級文官だ。王国の法の在り方や王宮の慣例は誰より頭に入っているはずだ。常であれば彼を守るはずのその知識が、今では自らの身勝手さを彼自身に突きつけることになっている。

あれほどユーリスには尊大に振舞っていたアロイスであったが、ギルベルト相手にはそこまで強くは出られないらしかった。

――これ以上の応酬は無意味だ。

ギルベルトもそう判断したのだろう。一度、深く嘆息して、声を低くした。

「執務局と王立魔法局には、私から正式に抗議させていただく。いつまでも学生気分では先が思いやられる。もう一度聞こう。あなたたちは職務中にここで何をしている？」

「アロイス、まじでやばいって。もう戻ろう！　ライナルトも！　お前なんで一言も喋んないんだよ、置物かよ！」

ギルベルトを睨みつけたまま動かないアロイスの肩を掴んで、ゲオルグが叫ぶ。

もともと、玻璃宮《はりきゅう》に来たときから気まずげだったゲオルグは、上司の登場でとうとう音《ね》を上げたようだった。幼い頃から厳しく剣の指導をされてきた彼にとって、ギルベルトは尊敬すると同時に畏怖《いふ》すべき存在なのだ。親友ふたりをなんとか引っ張って行こうと躍起《やっき》になっている。

そんな彼をギルベルトは一瞥した。そして険しい声のままで告げる。

「ゲオルグ・ロートリヒト。貴様は帯剣したまま鍛錬場を十周。それから騎士の心得第一章を十遍書き写せ。それが終わったら俺が直接稽古をつけてやる。訓練をサボるくらいなのだから、相当腕を上げているのだろうな」

「ひっ」

「返事は」

「はい！」

半分泣き言のような返事をして、ゲオルグは扉の方へ向かう。

その両手は、それぞれアロイスとライナルトの手首を掴んでいた。

このままゲオルグがアロイスらを回収してくれるのだろう。そうユーリスが思ったときだった。

アロイスが、その憎しみに染まった蒼い瞳でユーリスを捉えた。

「高潔と名高いローゼンシュタイン伯爵も、所詮はオメガの色香に惑わされたひとりの男か。不仲と聞いたが、よくぞここまで篭絡《ろうらく》したものだ」

「あーーーーー！　もう！　お前これ以上口開くな、まじで！　これで失礼します！　ユーリス様、ほんとにすみませんでした！」

そう一息に叫んで、ゲオルグが今度こそアロイスを引きずるようにして玻璃宮《はりきゅう》を去っていった。

ばたばたと激しい足音が、この場から遠ざかっていく。

まるで嵐のような彼らの来訪が、ようやく終わったのだ。

三人の姿が扉の向こうに消えた瞬間、ユーリスはどっと床の上に座り込んでしまった。

腰が抜けて、とても立っていられなかった。彼らが立ち去るまでは無様な姿を晒すわけにはいかないと、なけなしの虚勢《きょせい》を張り続けていたのだ。

そんなユーリスを見て、慌てたのはアデルだ。ぱたぱたと軽い足音を立てて、ユーリスに駆け寄ってくる。

「ユーリス先生、大丈夫⁉」

「はい、あ、いえ……」

アデルを安心させてやりたかったのに、それは無理そうだった。

——あまり、大丈夫とは言えません。

素直にそう呟くと同時に、一気に気分が悪くなる。

溢れる涙が堪え切れなくて、気づけばぼろぼろと涙を零していた。

身体に力が入らず、息が出来ない。は、は、と何度も短い息を吐くのは、過呼吸の前兆だ。

どこか冷静な頭の隅でそう思って、ユーリスはどうにか呼吸を整えようと出来る限り息を深く吐く。けれど、どうにも上手くいかない。

ユーリスの身体はもはや限界だった。

これまでユーリスは王国のオメガとしては、あり得ないほどに穏やかに生きてきたのだと、思い知らされた気分だった。

あれほどまでのアルファの怒りをこの身に浴びたのは、初めてのことだった。

オメガの全てを支配する者として生まれ育つアルファの怒りは、オメガにとって本能的に恐ろしいものだ。

特にアロイスは力の強いアルファだ。そんな彼の本気の悪意を受けて、我ながらよく気を失わなかったものだと思う。

ユーリスの華奢《きゃしゃ》な肩に、アデルの白い手が触れる。宥めるように擦《さす》られて、それになんとか応えようと顔を上げるも、涙を止めることは出来なかった。

そんなユーリスを見かねたのか、ギルベルトがユーリスのそばに膝をついた。

「これを」

「は、ぁ、……あ、ありがとうございます」

差し出されたのは、白いハンカチだ。

騎士服の懐《ふところ》に仕舞われていたのだろう。受け取ったそのハンカチは、濃いギルベルトの匂いがした。

涙を拭くため、というよりも、心を落ち着けるために、ユーリスはそのハンカチに顔を押し付けた。

ギルベルトの番《つがい》であるユーリスには、他のアルファの匂いは分からない。

けれど、周囲に充満しているであろうアルファの威嚇《いかく》フェロモンは肌で感じ取ることが出来る。

オメガを無理やり従わせようとするそれが、恐ろしくて、怖くて、堪らなかったというのに。

握りしめた番《つがい》の香りに、今度は安堵の涙が零《こぼ》れていく。

「駆けつけるのが遅くなり、申し訳ありません」

「いいえ、こちらこそ、ご迷惑をおかけしました。殿下の護衛中と伺っていたのですが、よろしかったのですか」

「ちょうどギュンターと交代の時間でした。問題ありません」

ギュンターというのは、ギルベルトとともに玻璃宮《はりきゅう》の護衛をしている番《つがい》持ちのアルファの騎士のことだ。ギュンター・フォン・キルシュバウム卿はギルベルトの同期でもあり、ユーリスのかつての同僚のオメガの番《つがい》でもあった。

「彼らには、相応の処分を望むように各局に抗議いたしますのでご安心ください」

「……はい。あの、けれど、ほどほどに」

「いいえ。彼らが玻璃宮《はりきゅう》に来たことを、どれほどの者が目撃していたかは分かりませんが、しっかりとした処分を与えなければ、その責任は全てアデル様に向かうでしょう」

ギルベルトがゲオルグに言い渡した罰則を思い出したユーリスが取りなそうとしたところ、ギルベルトはきっぱりとそれを否定した。

あれでも軽かった、と言うギルベルトに、ユーリスはただ巻き込まれただけのゲオルグを気の毒に思った。ちなみに騎士の心得とは、王国騎士の心得をしるしたもので、その一章だけでも数十頁《ページ》に及ぶ。

「アデル様」

「は、はい」

不意に名前を呼ばれて、アデルが肩を揺らした。慣れない大人のアルファに少し怯えているのが分かって、ユーリスは彼の手をそっと握った。

「あなたは、ユーリスがどうしてあれほど必死に彼らを追い返そうとしたか、理解出来ますか」

「……いいえ」

分かりません、と答えたアデルにギルベルトは向き直る。

「あなたを守るためです。彼らはアルファで、あなたはオメガだ。いくら友人であるとあなたたちが言い募ったところで、婚姻前のオメガの元に複数のアルファが訪れたことは事実です。せめて、来訪の予定を立て、侍女や騎士を揃えて謁見するならまだしも、ユーリスしかいない場で彼らをあなたと同席させるわけにはいかなかったのです」

「え？」

「アデル様、あなたの周囲はあなたの足を掬《すく》おうとする輩《やから》ばかりです。これまでのように彼らを親しい友人と呼び、自由に触れ合うことはそんなやつらに付け入る隙を与えることになります」

「これから先、アデル様の言動が軽くなることは決してございません。全てに意味を見出し、言及してくる者がおります。……どうか、ご理解ください」

――それが王太子妃という尊いお立場なのです。

そう言ったユーリスに、アデルは小さく頷いた。

触れた手が、小さく震えていることには敢《あ》えて気づかないふりをした。

それがまだ若く未熟な未来の王太子妃への精一杯の気遣いだったのだ。

＊　＊　＊

貴公子たちの乱入の後、著《いちじる》しく体調を崩したユーリスはそのまま帰宅することを許された。とても授業の続きを出来る状況ではなかったのだ。

付き添いを申し出てくれたギルベルトに、ひとりで帰れると言い張ってなんとか家路についた。

これ以上ギルベルトの手を煩《わずら》わせることは出来なかった。

ひどい気分のまま身体を引きずるようにして帰宅したユーリスは、そこから三日間熱を出した。

発情期以外で寝込むなど初めてのことだったので、自分でも少し驚いたくらいだった。

王家所有の離宮に連絡もなく乱入した件について、彼ら三人は全員で処分を受けたという。

内容は、三か月の減俸と一か月の謹慎。

それが公爵令息たる彼らにどれほどの痛手になったのかは分からないが、対外的には彼らに非があると証明されたことになる。この騒動を貴族たちがなんと噂しているかは分からないが、この程度ではアデルを排除するような動きは起こせない。

ユーリスにとっては、そのことが最も重要であった。


「奥様、ご気分はいかがでしょうか」

「ああ、悪くないよ」

用意されていたシャツを着ながら、ユーリスは侍女に答えた。

熱は昨日から下がっている。けれど、心配したアデルから明日までは休むようにと暇をもらっているのだ。

朝一番から、病み上がりの主人をなんとかベッドに引き留めようとする侍女たちとの不毛な攻防を繰り広げたユーリスは、ようやく昼前になって起き上がることを許された。

トラウザーズをはいて、襟元にリボンタイを結ぶ。外では決して外すことのない紋章付きの首環《ネックガード》が歪んでいないかを確認して、ユーリスは身支度を整えた。

寝室に用意された姿見を覗き込むと、そこにはひょろりとした顔色の悪い男が映っていた。

亜麻色《あまいろ》の髪に緑の瞳。オメガらしい体躯は鍛えてもこれ以上は大きくはならず、どうしても貧相な印象を持ってしまう。

首にはめられた首環《ネックガード》はオメガの嗜《たしな》みだ。

オメガはその項《うなじ》にフェロモンを発する器官がある。発情期中に項《うなじ》をアルファが噛むことで番《つがい》が成立するため、シュテルンリヒト王国では、貴族平民にかかわらず番《つがい》のいないオメガは首環《ネックガード》をすることが義務付けられていた。発情期のフェロモン事故で望まぬ相手と番《つが》うことを防ぐためだ。

その場合はアルファの歯を防ぐため、革で作られた丈夫な首環《ネックガード》を身に着ける。

アデルが着けているものがまさにそれで、昔から使用していたらしいその首環《ネックガード》は少々アデルには似合わない質素で無骨なものだった。

しかし、今ユーリスの首にあるものはそれとは趣《おもむき》が違う。

白く華奢《きゃしゃ》な首を飾るのは黒いサテンのリボンで、ちょうど鎖骨の中心に来るように大きなアメジストがあしらわれていた。後ろにある白金の留め具には、ローゼンシュタイン家の紋章が刻まれている。

これは番《つがい》に噛まれた後に残る、アルファの歯型を隠すためのものだ。

平民であれば、番《つがい》がいるオメガには首輪をつける義務はない。しかし、貴族のオメガたちは番《つがい》を得てもその首を人目に晒すことは許されなかった。

首輪はアルファの所有の証だ。

ユーリスは結婚して、最初に迎えた発情期でギルベルトと番《つがい》になった。

そのときに贈られたのがこの首環《ネックガード》で、ユーリスが持っている彼からの唯一の贈り物だ。いつもリボンタイをして隠してしまうけれど、ユーリスはこの首環《ネックガード》をとても大切にしていた。

首元で揺れるのは紫色に輝くアメジスト。ユーリスの瞳とは違う、この色はギルベルトの色だ。

それにそっと触れて、ユーリスはため息をつく。

ユーリスが寝込んでいた三日間、ギルベルトは一度も見舞いには来なかった。

公爵令息たちの処遇を知らせてくれたのは、ギルベルトからの伝言を預かったローゼンシュタイン家の家令だったのだ。

伯爵でありながら王国騎士団に所属するギルベルトが多忙なことは理解している。先日だって、あの騒動の後処理を行ったのは玻璃宮《はりきゅう》の警護責任者であるギルベルトだろう。

ギルベルトは忙しい。——それは理解しているけれど。

ただ、それを寂しいと思うことは、許されるだろうか。

ナイトテーブルの上に置かれた白いハンカチを手に取って、そっとその匂いを嗅いだ。

一度使用人たちによって洗濯されてしまったそれには、もうあのときほど濃い彼の匂いは残っていなかった。それでも未練がましくギルベルトの痕跡を求めてしまうのは、ただ自分たちが番《つがい》であるから、というだけではなかった。

ユーリスがギルベルトに恋をしているからだ。


ローゼンシュタイン伯爵邸の広い敷地内には、その最奥に小さな別館があった。

小さな、と言っても本館と比べて、という意味なので決して粗末な屋敷ではない。むしろ、広いが古めかしい造りの本館とは違い、内装は洗練されて優美であるし、過ごしやすい近代的な造りをしている。

つい先日、本館に倣《なら》うように最新式の魔導洋燈《ランプ》が導入されて、さらに過ごしやすくなったと侍女たちが喜んでいた。

その別館には、居間から直接出られるように造られた庭園が隣接している。

テラスから続く、低い垣根で仕切られた別館用の庭園だ。植えてある花も木々も、その全てが別館の主であるユーリスの好みに整えられており、ユーリスは春から秋にかけてよくこの庭で過ごしていた。

「かあたま」

「はい。好き嫌いしないで食べようね」

「むぅ」

ユーリスがそう言うと、ふっくらとした白い頬が、不貞腐れたように膨らんだ。

その愛らしい仕草に、つい笑みが零《こぼ》れそうになってしまう。けれど、口元に持っていった温野菜を拒否されて、わざとらしく怖い顔を作った。

あまり、甘やかしてばかりではいけないからだ。

ユーリスは花の咲き乱れる庭園の中で、遅めの朝食をとっていた。精緻《せいち》に手入れされた垣根の中に置かれたテーブルセットに座るのは、ユーリスともうひとり。大人用の椅子に短い手足を持て余すように座って、小さな男の子が口を尖らせている。

「ミハエル」

「や、やなの」

「でもお野菜も食べないと大きくなれないよ」

「や〜〜」

大きな紫色の目を潤ませて、とうとう男の子――ミハエルは泣き出してしまった。

二歳になるユーリスの息子ミハエルは、野菜が嫌いなのだ。というか、肉も魚も嫌いで、ほとんど食べない。その代わり、甘いものは大好きでお菓子はたっぷりと欲しがるのだから頭が痛い。

半年ほど前から始まった第一次反抗期――俗に言うイヤイヤ期がひどくになるにつれて、どんどん好き嫌いが激しくなっている。ミハエルの偏食は、今のユーリスの密かな悩みごとのひとつだ。

「はぁ～、これ本当に食べられるようになるのかな」

もう少し大きくなればお食べになりますよ、という侍女たちの言葉を信じて耐えているが、今のミハエルを見ていると本当に食べられるようになるのか疑わしい限りだ。

ローゼンシュタイン家お抱えの料理人の用意した野菜は、結局その全てがユーリスの腹に収まった。ミハエルが食べたのは甘いジャムを付けたパンのみだ。

ミハエルが生まれて以来、ユーリスは気候のいい時期はよくこうしてミハエルと庭で過ごしていた。

特に、アデルの教育係を引き受けてから、ミハエルと過ごす時間が一気に減ってしまったのだ。その減った時間をどうにかして補おうと、朝食と夕食は必ずともに食べるようにしていて、外でとる朝食はミハエルのお気に入りだった。あまり、食べてはくれないけれど。

「ミハエル」

名前を呼ぶと、ミハエルが嬉しそうに抱き着いてくる。その腕を受け止めて、ユーリスは小さな身体を抱きしめ返した。

栗色の髪と紫色の瞳。その顔立ちの愛らしさは、間違いなくギルベルトから受け継いだものだ。恋い慕う番《つがい》との間に生まれた、愛しい我が子。

孕《はら》む性と言われるオメガのユーリスにとって、ミハエルのことが可愛くないわけがなかった。

ローゼンシュタイン伯爵家には、現在乳母はいない。ミハエルの生母であるユーリスたっての希望で、敢《あ》えて雇っていないのだ。

ミハエルの養育は、ギルベルトの許可をもらってユーリスと別館付きの侍女だけで行っているため、ユーリスがいないときは侍女たちがミハエルを見ている。

ユーリスの休みは、今日までだ。明日からはまた玻璃宮《はりきゅう》に赴《おもむ》くことになるので、こうしてゆっくりと過ごす時間はなくなってしまう。

そのことを分かっているのか、ミハエルはユーリスが寝台から起き上がれるようになると、張り付いて離れなくなってしまった。

「今日は何をしようか。ご本でも読む？」

抱きかかえたミハエルに問うと、ミハエルはにこにこと笑ったまま頷いた。

このまま庭の散策をしてもいいな、とも思ったが、昨日もそうやってミハエルは侍女と一日中屋外で過ごしていたことを思い出したのだ。今日くらいは少し勉強を教えた方がいいかもしれない。

「そろそろ、家庭教師を手配した方がいいのかな」

ユーリスの生家であるヒンメル家が家庭教師を雇ったのは、ユーリスが五つの誕生日を迎えた後のことだった。しかし、伯爵以上の高位貴族は生まれたときから英才教育を施すとも聞く。

ローゼンシュタイン家はどうするのだろう、とそばに控えていた年かさの侍女に訊ねると、彼女は当家は武勇の家柄ですからねぇ、とのんびりと答えた。

「家庭教師よりも剣術指南役を雇う方が早いかもしれません」

「剣術かぁ」

「旦那様も歩くのより早く剣を持たれたとか」

「じゃあ、ミハエルはもう遅いくらいなのかもしれないね」

二歳のミハエルはとうに歩いている。侍女の言葉にくすくすと笑いながら答えると、侍女もまた上品に微笑んだ。

「旦那様とご相談なさった方がよろしいかと」

「そうだね。僕には剣術のことはさっぱり分からない」

「もしかしたら、旦那様自ら剣の指南をなされるかもしれませんし」

「ギルベルト様が？　……それは、ないんじゃないかな」

剣の指導のことは、まともに剣を持ったこともないユーリスには分からない。

けれども、ミハエルの指導をギルベルト自ら行う、というのは絶対にないだろうと思った。

そもそもギルベルトは、息子が歩けるようになったことを知っているのだろうか。

ふとそんなことを思ってしまい、ミハエルを抱く腕に知らず力が入った。ユーリスが覚えている限り、彼は一度も父親に抱かれたことはない。

ユーリスとギルベルトが三か月に一度しか顔を合わせない、ということは、ユーリスとずっと一緒に過ごしているミハエルとも滅多に会わないということだ。しかも自分たちが会うのは発情期のときのみで、その際はふたりきりで寝室に籠ることになる。

ミハエルは生まれてこのかた、父親であるギルベルトとほとんど一緒に過ごしたことがなかった。跡取りとはいえ、ユーリスが産んだ子である。あまり可愛いとは思ってもらえていないのかもしれない。

困惑したように眉根を寄せるユーリスに、侍女は己の失言を悟ったのだろう。慌てた様子で口を開く。

「旦那様は、奥様とミハエル坊ちゃまのことでとても心を砕いておられます。先日だって王都で評判の玩具を——」

「うん、そうだね」

分かってるよ、と答えつつユーリスは薄く微笑んだ。

心を砕く、という言葉に虚《むな》しさを感じたからだ。確かにギルベルトはミハエルのためにと、何くれとなく買い与えてくれはする。成長期の子どもにはもったいないほどの絹地の服や高価な玩具。別館の中にあるミハエルの部屋には、彼のためにと集められたものがぎっしりと詰まっている。

けれど、ギルベルトはきっとミハエルがしゃべることを知らない。手を繋いで歩いたこともない。ミハエルはローゼンシュタイン家の嫡子で、跡取りであるというのに。

——やっぱり、僕が産んだ子だから……

「奥様、本当に旦那様はおふたりのことを大切に思って——」

「奥様……！」

どんどん表情を曇《くも》らせるユーリスに焦ったのか、なおも侍女が言い募ろうとしたときだ。侍女の言葉を遮《さえぎ》って、本館の使用人が飛び込んできた。

その珍しい無礼に驚いたのは、ユーリスだ。ローゼンシュタイン家の使用人たちは、下働きの者も含めてとても教育が行き届いている。そんな彼らの慌てように、何があったのかと本館の方を見やる。

「どうしたの？」

「王宮から使いの方が」

「王宮？」

息を切らした使用人が、なんとか喘《あえ》ぐように口を動かした。

そしてユーリスは王宮、という単語にさらに首を傾げることになる。

王宮と聞けば、真っ先に思いつくのは騎士として仕えているギルベルトの身に何かあったのか、ということであるが、訊ねるとそうではないと言う。

「先ほど、書簡を持って来られまして」

「書簡、……アデル様？」

そうして渡されたのは紋章のない封蝋《ふうろう》のされた書簡であった。

白く、上質ではあるが飾りのない紙には、紋章の代わりにアデル・ヴァイツェンの署名があった。

滑《なめ》らかな黒いインクで書かれたその名前は、間違いなくアデルの手蹟によるものだ。

平民であるアデルには生家や自らの紋章というものがないから、封蝋《ふうろう》を使う場合はこうして紋章のない印を使っているのだ。

その封蝋《ふうろう》を割って、ユーリスは中を検《あらた》めた。そして、署名とまったく同じ筆跡の文字を読んで軽く息を吐く。

「今日、ローゼンシュタイン家に来ると……」

王太子の婚約者が来訪するにはずいぶんと急なことだな、と思う。

とはいえ、相手はあのアデルだ。先日の件もあり、先ぶれを出しておくことの重要性を理解してくれたらしい。少々の自由は大目に見るべきだろう。

それに、ローゼンシュタイン家の主人であるギルベルトは当然、王宮に出勤しているし、そのことを彼の警護対象であるアデルが知らないはずはない。

ということは、アデルは病休をとっているユーリスに会いに来るということだ。そうであるならば、名目としては「親しい間柄の相手への私的な訪問」になる。多少の無礼は許されるし、そうそう目くじらを立てることでもない。

——しかし。

「ちが、違います……」

「？　違うとは何が」

使用人は、息も絶え絶えにユーリスの言葉を否定した。

先ほどは走ってきた勢いで真っ赤になっていた顔が、今は真っ青になっている。彼の顔に浮かぶびっしょりとかいた汗は、春の陽気のせいだけではないだろう。

「もう、もう、こ、来られています」

「ん？」

詰まりながらも使用人がなんとか口にした言葉が聞き取れなくて、ユーリスは首を傾げる。

そんなユーリスにどうにか伝えねばと思ったのだろう。大きく息を吸った彼は、目いっぱい声を張り上げて最も重要な用件を叫んだ。

「アデル・ヴァイツェン様が、もう当家に来られています！」

「え⁉」

使用人に告げられた内容に、ユーリスはひどく驚いた。

よく躾けられているはずの使用人の狼狽《ろうばい》は、どうやら未来の王太子妃が来訪するという知らせを受けたためではなかったらしい。

よくよく聞くと、アデルは何故か来訪を告げる使者とともにやってきたという。

曰く、――先ぶれを出すように習ったので出しました。でも戻ってくるまでに時間がかかるので、一緒に来ちゃいました。

えへ、と肩をすくめられて、慌てたのは使者の対応をした家令である。

家令にとっては、見慣れた白地に金の装飾がついた服を纏《まと》った王宮からの使い。その使いの後ろに、見慣れない青年が隠れていた。

青年は市井《しせい》の民が着るような生成《きな》りのシャツに、膝の擦れたボトム。見るからに由緒ある伯爵家を訪れるにはそぐわない格好をしていたが、顔立ちは目を瞠《みは》るほどに整っている。

労働者階級がよくかぶっているキャスケット帽に隠された、シュテルンリヒトでは珍しいストロベリーブロンドにユーリスと同じ緑色の瞳。

この青年が誰であるかを、見たことがなくても家令は知っていた。

何故ならば、巷《ちまた》では彼を主役にした演劇が上演されると、いたるところに宣伝の絵姿が貼られているからだ。——もちろん、その絵姿はアデルの容姿を模した役者のものではあるが。

そばにいた使用人は急いでユーリスを迎えに行くように言われて、飛んできたらしい。

そこまで聞いて、ユーリスは頭を抱える。けれど悩んでいる暇もない。

母から引き離されることをひどく嫌がったミハエルを抱いたまま、本館の応接室へと急いだ。

ユーリスが住む別館は、正門と向かい合うように配置された本館の裏手にある。

間に作られた薔薇《ばら》園を抜けて、裏口から本館内に入ると、屋敷の中は常にないほどに慌ただしかった。

アデルの突然の来訪に大きく戸惑っているのは、むしろユーリスよりも使用人たちだ。

彼らに必要以上のもてなしは不要であると言いつけながら、ユーリスは貴賓《きひん》を迎えるための応接室へ向かった。

ローゼンシュタイン伯爵家は、建国より王家に仕える古い家柄である。

屋敷を構えたのは現在の王都が整えられた二百年ほど前で、本館はその頃に建てられたものを改修しながら使っているらしい。故に、屋敷内には洗練された優美な調度が所狭しと置かれているし、丁寧に手入れをされてはいるが、重厚で厳《いか》めしい雰囲気が漂っている。つまり、とても古い。

大きな玻璃《はり》から明るい日差しがたっぷりと降り注ぐ玻璃宮《はりきゅう》と比べてしまうと、どうしても薄暗い印象を受ける応接室に入って、ユーリスはその中心に置かれた長椅子《ソファー》に腰かける人物を見た。

居心地が悪そうにちょこんと座る青年――アデルは、やってきたユーリスを見るなりぱっと顔を輝かせる。

「ユーリス先生！」

「アデル様」

困った人だ、という気持ちを隠さずに苦笑すると、アデルは素直にごめんなさい、と謝罪を口にした。

「この前の件で、先ぶれを出すのも事前の準備が大切なのも分かってたんですけど」

――どうしても会いたくて。

しょんぼりとした様子でそう言われてしまえば、ユーリスとて怒ったふりを続けるのは難しい。本当に彼は相手の懐《ふところ》に入り込むことが上手い。これは、アデルの才能と言えるだろう。

「ここは王宮ではありませんし、私的な訪問ということでそう大げさなことが必要なわけでもありません。けれど、使用人たちが驚いてしまうので、今後はせめてきちんと返事をお待ちになってからいらしてください」

「はぁい」

そう言って、ユーリスはアデルの向かいに腰かけた。使用人に自分の分のお茶を用意するように頼む。

連れてくるしかなかったミハエルは、初めて会うアデルに驚きユーリスの胸から離れない。顔を背ける幼い息子を見て、喜んだのはアデルだった。

「かわいい。先生のお子さんですか？」

「そうです。ミハエル、アデル様ですよ。ご挨拶を」

「人見知りしちゃうかな。ミハエル様、こんにちは」

「……」

生まれてからほぼ別館から出たことのないミハエルは、当然、見知らぬ相手と会う機会はほとんどない。別館の侍女と、数人の使用人。それからユーリス以外にはだいたいこんな反応をする。

けれど、優しい声に興味が湧いたのか、両手でユーリスの胸元を掴んだまま、そっと顔を上げて視線だけをアデルに向ける。きらきらとした大きな紫の目が、愛らしいアデルの顔を映した。

「わ、ギルベルト様そっくりですね」

かっわいい……！　とアデルが感極まったように言った。それにユーリスも同意する。

「瞳も髪の色も、父親似なんです。あとは騎士としての才覚も受け継いでくれているといいんですが」

「ミハエル様も騎士になるんですか？」

「ローゼンシュタイン家が代々そうなので、この子もおそらく」

オメガでなければ、と心の中だけで付け足して、ユーリスは微笑んだ。

――元気に育ってくれれば、どんな性別でもいい。

そう胸を張って言えないところが、この国の辛いところだ。

そんなユーリスの葛藤をアデルは知っているのだろう。ふと視線を下げて、柔らかく微笑む。

「お身体はもう平気ですか？」

「はい。もうすっかり。お気遣いありがとうございます」

心配していましたと言われ、素直にその気持ちが嬉しかった。

ユーリスが体調を崩したのは、アデルのせいではないし、アロイスのせいでもない。むしろ正面からアロイスを煽《あお》ったユーリス自身のせいだと思っているのだけれど、アデルはアデルで自らの責任だと思っていたことだろう。

ユーリスが改めて大丈夫だ、と答えると、明らかにほっとした顔をして、それから少し躊躇《ためら》うように口を開く。

「先生、元気なら一緒に行きたいところがあるんですけど、今から行きませんか」

「行きたい場所？」

「大丈夫、変なところじゃないです。ちゃんとルートにも許可もらってて、護衛の騎士様たちもたっぷりついてきてますから」

「どちらに行かれるのですか？」

突然の誘いに驚いて問うと、アデルはあっさりと答えた。

「孤児院です」

「孤児院。……慰問ですか？」

「う～ん。そんな立派なもんじゃないんですけど。人手があると助かるのでお時間あれば、ぜひ」

俺も先生と少し話したいし、とアデルは言う。それから両手をわたわたと動かしながら、言い訳じみた言葉を重ねた。

「あ、でも先生は病み上がりなので、無理はしなくて全然大丈夫です。いきなり来ちゃったし、いきなりお誘いするのは礼儀に反しますよね。俺ってほんといつも衝動的に行動しちゃってルートに怒られるんですよね。アロイスにも育ちが悪いってよく――」

「いいですよ」

「え」

「少し、準備にお時間をいただきますが、それは構いませんか？　あとミハエルも一緒に連れて行きたいのですが、同伴は大丈夫でしょうか」

「ミハエル様も？　それは、大丈夫です。むしろ子どもたちは喜ぶと思います。でも、……いいんですか？」

よほどユーリスの答えが意外だったのだろう。目を見開いて固まるアデルがおかしくて、ユーリスは小さく笑う。

「せっかくアデル様に誘っていただいたので、ぜひご一緒させてください。孤児院の慰問はずいぶん久しぶりです」

楽しみです、とユーリスが微笑むと、アデルの大きな目が喜色に染まる。

その笑顔を見て、ユーリスはさらに笑みを深めた。無邪気に喜ぶアデルの姿は、文句なしに愛らしかった。

＊　＊　＊

アデルがユーリスを案内したのは、紋章の描かれていない馬車だった。

商人すら使わないような古びた馬車は、ぎしぎしと妙な音を立てて王都の通りを進んでいく。あまり乗り心地のよくない馬車の中で、ミハエルと身を寄せ合いながらユーリスはカーテン越しの街並みを眺めていた。

本日、アデルが孤児院を訪れるのは予め《あらかじ》ルードヴィヒに許可をもらった外出であったが、お忍びではあるらしい。御者《ぎょしゃ》に扮《ふん》した騎士ギュンター・フォン・キルシュバウムを見て、ユーリスはひどく驚いた。

ギュンターはギルベルトの同期——つまり、かつてヴィルヘルムのいた玻璃宮《はりきゅう》でユーリスとも一緒に働いていたアルファの騎士である。その爵位は伯爵。ローゼンシュタイン家と同じように代々王家に仕えてきた名家だ。

そんな彼がオンボロ馬車に似つかわしい、くたびれた御者《ぎょしゃ》服を着て立っているのだから、驚かない方が無理というものだ。けれど、わざとらしくすました顔のギュンターに「ギルベルトよりは似合っていると思います」とウインクされて、ユーリスも納得する。

外出するアデルに変装して同行するならば、常に無表情のギルベルトよりもまだギュンターの方が似合っているし、周囲に溶け込めるだろう。

馬車は大通りを抜けて、西区に入った。西区は平民たちの街だ。馬車が通れる道は少なく、網の目のように路地が張り巡らされている。狭い通りには賑やかな市が並び、人々が行きかっていた。

オメガとして冷遇されていたとはいえ、ユーリスは生粋《きっすい》の子爵家の出である。西区に来たことなど数えるほどしかなく、しかも数年ぶりのことであった。馬車に乗っていても分かるほどの喧騒と活気が珍しく、ついミハエルを抱えたまま窓の外を覗いてしまう。

大通りに近い場所は裕福な商人たちが立派な店を構えている。少し奥に進んでいくと、それらの店々はもっと庶民向けの露店に変わるのだ。

所狭しと並べられた食料品や日用品の数々。様々な野菜や果物たちは色鮮やかで、流れる景色は次々と変わっていく。それらの街並みの変化が面白くて、ユーリスは窓の外から目が離せなかった。

ミハエルにも外が見えるようにと、少しだけカーテンを上げてやると、ミハエルも未知の世界が楽しいのだろう。嬉しそうに声を上げて笑ってくれる。宝石のような紫の瞳が、さらにきらきら輝いていた。

しかし西区の中でも、最も王宮から離れている南西の区画。――モルゲンロート地区に入ってから、景色は一変した。

活気に溢れていた街並みは一気に古く汚いものに変わって、道もぐんと狭くなる。

割れた石畳はそのまま放置されていて、汚水が溜まって不快な臭いに満ちていた。そんな馬車通りとは名ばかりの馬車一台がやっと通れるか、という路をどうにか進んで、ようやく馬車は止まったのだった。

到着した孤児院はモルゲンロート地区——王都最大のスラムの中ほどにある、国教会に隣接していた。見上げた外壁は朽ちかけ、窓硝子《ガラス》には所々ひびが入っている。けれど、敷地内は清潔で、貧しい様子ながら手入れが行き届いていた。

孤児院の名前は「ヴァイツェンハイム孤児院」。

小麦の家、と名付けられたその孤児院は、保護する教会を持たない孤児院なのだという。

魔法学園に入学して寮に入るまでここで暮らしていた、とアデルは言った。

「ここに配属された司祭は、三日と持たずに逃げていく」

そう付け加えたのは、ザフィア・ヴァイツェンという青年だった。二十歳をいくつか超えたくらいだろうという若さの彼は、なんとこの孤児院の院長をしているらしい。

くすんだ灰色の髪に深い青い瞳。細すぎる首に大きくて無骨な首環《ネックガード》が、彼がオメガである証だった。

通常、孤児院というのは国教会からの支援を受けて運営されるものだ。

だいたい大きな町には国教である星女神を祀《まつ》る教会があり、その隣に孤児院も併設されている。このヴァイツェンハイム孤児院の隣にも小さな教会があったが、今は無人であるとザフィアは言った。

王都最大のスラムであるモルゲンロート地区の治安はすこぶる悪い。

教会の司祭というのは、その多くが貴族の次男以下の男子がなるものだ。それ故、司祭らには荒れたスラム街の生活は耐え難いものなのだろう。

清貧を旨とする国教会であるが、その実情がそうではないことは周知の事実だ。

「教会がなければ、どうやって運営しているんですか？」

人手も足りないでしょう、と問うと、ザフィアはその細すぎる肩を揺らして笑った。

「だいたいのことは俺ひとりでやってますね。あとは、ちびたちの中で年長のやつらも手伝ってくれるのでそれでなんとか」

「おひとりで……」

それは大変でしょう、という労《ねぎら》いの言葉を、ユーリスは口にするのを躊躇《ためら》った。

ヴァイツェンハイム孤児院に到着したユーリスが最初に案内されたのは、この孤児院の「院長室」だった。

院内の一番奥にある、陽が射さない粗末な部屋だ。申し訳程度に扉に打ち付けてあった「院長室」という文字の書かれたくすんだ真鍮《しんちゅう》の札がなければ、一見物置と何も変わらない。

そんな薄暗い部屋の中に、ベッドと小さな机だけが置いてあった。机やベッドの上には孤児院の運営に関わる雑多な事務書類が堆《うずたか》く積まれている。

その書類に埋もれるようにして、寝ていたのがザフィアだ。

アデルに紹介されなければ、古びた孤児院に出る幽霊だと言われても信じたかもしれない。

それくらいザフィアはやつれていた。よく見れば目鼻立ちの整った端整な顔立ちをしているのに、顔色が絶望的に悪いのだ。明らかに栄養が足りておらず、背だけがひょろりと高かった。

しかも、そんなに具合が悪そうなのに、彼はユーリスが見ている前でも書類仕事をやめようとはしなかった。普段は忙しく動きまわっているから、寝込んでいるときくらいしか書類を片づける暇がないのだ、と笑う彼に口先だけで「大変」と言うのは憚《はばか》られた。

「兄さんは発情期の周期が不安定なんですよ」

アデルがそう言ったのは、院長室を出て裏の井戸近くで洗濯をしているときだった。

三十人ほどいる子どもたちの世話を一手に引き受けているザフィアが寝込んでいるのだ。

彼の代わりに溜まった洗濯物を片づけ、院内の掃除をして、夕食の仕込みをしなければならない。

そう宣言したアデルが、まず取り掛かったのは大量の洗濯物を片づけることだった。

夕食の下拵《したごしら》えは、ギュンターら三名の番《つがい》もちの騎士たちが担当している。騎士たちはいつ何時でも生き抜けるようにと訓練を受けているため、貴族出身でも最低限の生活能力があった。

国境の砦で部隊全員分の炊事を担当していた、と豪語するギュンターを信じて厨房を任せたのは、アデルには他にすることが山ほどあったからだ。

ユーリスはアデルとともに洗濯を担当した。貴族として育ち、今も伯爵家の奥方に収まっているユーリスは、基本的に身の回りのことを使用人が行う生活に慣れている。しかし、二年間の屋根裏部屋生活と長年の寮生活のおかげで、料理以外の家事はひと通りのことが出来た。

先生は休んでいてください、と言うアデルを制止して、ユーリスは石鹸を手に取った。

熱は昨日からないのだし、少し身体を動かしたい気持ちもあって手伝いたいと思ったのだ。

孤児院で使われている灰と油で作られた安物の石鹸は、十分に泡立たない。それでもユーリスは、泥汚れや食べこぼし、排泄の失敗の後処理など、子ども特有の汚れをなんとかして落としていく。

井戸の傍《かたわ》らで、ミハエルが少し年上の幼子と一緒に、木の枝で地面に何か描いていた。

「発情期？」

「そうです。昔から不安定だったけど、最近特にひどくて。今回も数日前から寝込んでたので、抑制剤を送ったんです。今日はそれが効いたみたいで、少しよさそうでした」

「発情期が不安定なのは困りますね」

井戸の手押しポンプを押しながら、アデルは続ける。ユーリスが必死で泡立てた泡が、汚れとともに押し流されていく。

「なんでも、西区内で粗悪な抑制剤が流通しているみたいで」

「粗悪な……ザフィア様はそれを飲まれたのですか？」

「みたいですね。平民のオメガにとって、国が売ってる抑制剤は高くて買えませんから」

ため息とともに吐き出されたアデルの言葉に、ユーリスは眉根を寄せた。

自分とて他人事ではない、と思えたからだ。

ユーリスには、ギルベルトという番《つがい》がいる。今は彼の手を借りて発情期の熱を発散出来ているからなんとかなっているが、今後いつまでもギルベルトの手を借りられるとは限らない。

彼と不仲――ではないとユーリス自身は信じているのだけれど――である自分は、いつ番《つがい》を解消されるともしれないのだ。もし、そうなってしまえば、発情期には抑制剤を使わなくては生きていけない。

番《つがい》はお互いを唯一無二の伴侶と定める契約ではあるが、決して永遠の約束ではなかった。

一生にたったひとりしか番《つがい》を作れないオメガとは違い、アルファは何度も相手を変えることが出来た。その上、番《つがい》の解消はアルファの意思によってのみ行われるのだ。

――つまり、一方的に番《つがい》のアルファに捨てられるオメガが確かに存在するということだ。

アルファに捨てられたオメガは、その生涯を終えるまでひとりで発情期に苦しまなければならない。

そんなオメガたちを救うのが「発情抑制剤」と呼ばれる魔法薬だ。

抑制剤の服用は、現状オメガの発情期を抑えるためのたったひとつの方法である。抑制剤さえ飲めば、発情の症状は軽くて済むし、期間だってぐっと短くなる。番《つがい》のいないオメガにとって、抑制剤を服用出来るかどうかは死活問題だった。

しかし、抑制剤には大きな難点があった。

高いのだ。値段が。

端的に言うと、王立魔法局が販売している正規の抑制剤は、庶民には買えない値段で取引されている。

特殊な薬草を、特別な資格を持った魔法使いが錬成して作るそれは、なんとルベラ金貨一枚に相当する。しかも、それを一日一回は服用しなければ発情は抑えることが出来ないから、どれほど発情期が短くても金貨三枚はかかってしまう。

ちなみにルベラ金貨一枚は、王都に住む一般庶民が一か月生活出来る金額だ。

しかも、抑制剤を飲んだからといって発情を完璧に止めることは出来なかった。多少身体は楽にはなるが、日常生活を送れるかと問われれば答えは否である。

そもそも抑制剤を生成する王立魔法局所属の王宮魔法使いの大半がアルファだ。抑制剤の必要性は理解されず、その研究すら滞《とどこお》っているというのが現状だ。

「ザフィア様が飲まれた抑制剤は、どのようにして手に入れられたのですか？」

「西区にはそういうのを裏で格安で販売してる教会があるんです。卸《おろ》してるのは教会だし、まぁ流しの商人とかから買うより、多少は安心感があるっていうか……それに、平民のオメガはそれを買うしかないからみんな仕方なく買ってますけど、やっぱり質が良くないみたいで。俺が今回兄さんにあげたのは、王立魔法局のやつです」

それがよく効いたらしく、今日のザフィアは起き上がれるまでになっていたらしい。

とはいえ、彼は十分具合が悪そうではあったが。

「孤児院も何かとお金がかかるから、兄さんはいつも自分のことは後回しで子どもたちを食べさせてるんです。まともな抑制剤なんて買う金、あるわけない」

「孤児院の費用として、寄付は募っていないんですか？」

「俺が知る限り、ここに寄付があったことはないですね」

ポンプを漕《こ》ぐ手を止めることなく、アデルは言う。

孤児院の子どもたちを見る限り、アデルはザフィアに次ぐ年長者だ。寄付があり、資金面に多少でも潤いが出たならば、アデルが気づかないことはないだろう。

——この規模の孤児院が、一切の寄付もなく運営されているだなんて。

到底信じられなくて、ユーリスはそっと視線を伏せた。

「運営資金はどうやって……」

「ちびたちが街の雑用して稼いでます。兄さんも月に何回か出稼ぎ行って……食べるものはあっちの畑で自給自足。でもそんなんじゃ全然足りないから、ここはいつもどっかが壊れてます。子どもたちの服だって古着ばっかりで、食べ物だって満足にはないんです。……ほんとは俺も学園を卒業したら王立魔法局に入って、給料を入れてあげたかったんですけど」

なんでか知らないけど、王太子の婚約者になってしまった、とアデルは笑う。しかし、その笑みは決して幸せそうなものではなかった。

泡を流した衣類を一枚ずつ手で絞っていく。そのひとつひとつが小さな子ども服とはいえ、量が多い。アデルの白い指が冷たい井戸水で赤くなっていくのを見て、ユーリスは慌てて洗濯物に手を伸ばした。

「この孤児院はオメガとアルファの子が多いんですよね。でもみんな二次性が分からない赤ん坊の頃に捨てられてるから、たぶん子どもを捨てなきゃいけないような母親に、オメガが多いんだと思います」

そう言って、アデルは視線を落とす。長い睫毛《まつげ》が、彼の白い頬に影を作った。

通常、ベータの両親からはベータの子どもしか生まれない、とされている。

ごく稀《まれ》に、本当に稀《まれ》に――例えば、ベータの両親から生まれたオメガのユーリスのように――ベータからアルファやオメガが生まれることもあったが、それは奇跡のような確率だった。

アルファを産めるのはアルファの女性かオメガだけである、というのが、この世界の共通認識だ。

シュテルンリヒトで蔑《さげす》まれるオメガたちに、それでも縁組が途切れない理由はそこにあった。

アルファの跡取りが欲しい名家が、第二夫人以下としてオメガを娶《めと》るのだ。アルファを産ませるためだけに。

その場合、正妻にはアルファの女性を迎えることが多いが、彼女たちの妊娠率は驚くほどに低い。女性であってもオメガを孕《はら》ませることが出来るアルファは、「産む」という行為が得意ではないのかもしれない。

――貴族や名家の子どもを産むためだけの存在。

それが、この国のオメガだ。

しかし、それは貴族や都市部の、それも比較的裕福な家に生まれたオメガの話で、農村や貧しい労働者階級に生まれたオメガたちはそれすらも望めない人生を送ることになる。

「この孤児院には、いくつまでいられるのですか？」

絞った洗濯物を物干し竿にかけながら、ユーリスはアデルに訊ねた。

初夏の空は青く澄んでいて、汗ばむほどの陽気だった。この天気なら陽が落ちるまでに全ての衣類が乾くだろう。

「十二歳で二次性が分かったら、出なきゃいけません。俺はもともと魔力が多くて、魔法学園の特待生になれるかもしれないからって、ザフィア兄さんが試験まではここにいろって言ってくれて。試験に落ちたら働かなきゃいけなかったけど、運よく受かったので入学まではここにいました」

――十二歳。

そのあまりに幼い年齢に、ユーリスの胸が痛んだ。

孤児院というのは、どれほど豊かな施設でも一定の年齢になれば出ていかなくてはならないものだ。その場合、院長が奉公先を斡旋《あっせん》してくれて、そこで住み込みで働くことになる。

ユーリスは、かつてヴィルヘルムとともに王都にある孤児院を訪ねたことがあった。

しかし、あのとき訪れた孤児院は西区の中でも整備された区画にある大きな孤児院で、隣接していた教会も立派なものだった。たくさんの司祭や修道士たちがいて、子どもたちも行儀よく躾けられていたし、巣立ちの年齢は十五歳だったはずだ。

おそらくあれはヴィルヘルムという「王族」が訪れるために整えられた孤児院で、全てがあのように恵まれているわけではないのだ。それはあのときだって分かっていたはずなのに、その実情をしっかりと理解出来てはいなかった。

きっとこのヴァイツェンハイム孤児院のような場所は、このシュテルンリヒトにはたくさんあるのだろう。

「奉公先は？」

「アルファなら色々ありますよ。職人ギルドも雇ってくれるし、跡取りのいない商家が養子にしてくれたりもします。ベータでもパン屋の下働きとか……商業地区の方に行けばそれなりに」

さらりと告げられた言葉にユーリスは目を眇《すが》める。

——アルファなら。

アデルが口にしたその言葉の意味を理解出来ないほど、ユーリスは物知らずではなかった。知識としては知っていた。ただ、実情をこの目で見たことはなかった。

それは、ユーリスがオメガとしては非常に恵まれた環境にいたからだ。

何も返すことが出来ないユーリスに、アデルが小さく笑う。これは、アデルにとって当たり前の世界なのだ。

「オメガは、まぁ、だいたい娼館ですかね……」

「そう、ですか」

「たまに貴族が来て引き取っていったりもしますけど。……どうせ、やることは変わんないから」

アデルの答えは、予想通りのものだった。

貧しい家に生まれたオメガの行き先。それはたったひとつしかない。

優秀で能力のあるアルファの気を惹くためだろうか。オメガの多くは華奢《きゃしゃ》で可憐な容姿をしている者が多い。男性体でも身体は大きくはならず、少年のような体躯で成長が止まってしまうのだ。

見目のいいオメガは、娼館では特に重宝される。それに、世間では忌避《きひ》されることの多いオメガの発情期もその世界では売り物になった。それもかなり高額の。

故に、王都にはオメガを有する娼館が多くあるのだ。

国内最大の商業地区を有する西区には、様々な国の人や物が行き交っている。

多くの人が行き交えば、街は賑わい、民は潤う。人の流れは金の流れだ。

その中で、宿屋や食事処と同じくらい金が落ちるのが娼館である。王都には星の数ほどの娼館があり、多くの娼婦や男娼たちが存在していた。そして、娼婦たちの多くがオメガだった。

そんな娼館が、この孤児院の子どもたちの就職先なのだ。

そうやって巣立っていったオメガたちが孕《はら》み、育てられないと子どもを捨てるのだろう。

アデルはそう言って、自らの前髪を濡れた手で払った。

「俺の髪もこんなんだし」

シュテルンリヒトでは珍しい桃色を帯びた金髪。そういえば、ザフィアの髪もこの国では珍しい灰色だ。そばでミハエルと遊んでいる子どもも、目を瞠《みは》るような深緋《こきあけ》色の髪をしていた。

シュテルンリヒトで赤い髪といえば、ロートリヒト家であるが、ゲオルグの赤はもっと燃えるような紅だ。しかもあれはロートリヒト家にしか生まれない特別な色で、孤児院で育つ子が、公爵家に所縁《ゆかり》があるとも考えられなかった。

おそらくこれは北方の少数民族由来の色だ。スラムにあるこの孤児院の子らは、その多くが混血なのだ。

「この国で、オメガは暮らしにくいんです。本当に」

「はい」

ため息とともに吐き出された言葉に、ユーリスは頷いた。

恵まれた貴族に生まれてもそうなのだ。

一切の自由はきかず、誰かの都合で望まぬ道を歩むしかない。

けれど、貧しい平民のオメガの苦しみは、きっとその比ではないだろう。

「俺、ルートに結婚を申し込まれたとき、最初は断ろうと思ったんです。分不相応だし、リリエル様のこともあったし」

――リリエル。

その名前にふと蘇《よみがえ》る記憶があった。

ヴァイスリヒト家の温室――異国の花々が咲き乱れる、見慣れない景色の中でリリエルは己の苦慮を初めて口にしたのだ。

この国のオメガはどうしてこんなにも蔑《さげす》まれて生きねばならないのか。どうして、絶対に誰かと結婚しなければいけないのか。

それを、王妃になって変えたいと言っていたのは、いつのことだっただろうか。

彼も、ひとりのオメガとして苦しんでいたのだ。

「リリエル様も、オメガの現状を嘆いておられました」

ユーリスが言うと、アデルは苦しそうに眉根を寄せる。

「うん。そうですよね。リリエル様は俺にもいつも『振舞いには十分気を付けろ』って言ってくれました。オメガだから、アルファやベータよりももっと気を付けないと駄目なんだって。そのときはよく分かってなかったけど、先生が色々教えてくれるから俺にも少し分かってきました。――ユーリス先生」

「はい。なんでしょうか」

「ユーリス先生はリリエル様の家庭教師だったんですよね」

「そうです。二年間、ヴァイスリヒト家で務めさせていただきました」

美しい白亜の邸宅で、その二年間をユーリスはリリエルと過ごした。王宮とは違う、けれど同じくらい豪華絢爛なヴァイスリヒト公爵邸をユーリスは脳裏に思い描いた。

二次性がオメガであると判明してから、リリエルもまたヴィルヘルムやユーリスのように屋敷の中に閉じ込められた。貴族のオメガとして、あれは自分たちを守る唯一の方法なのだと理解はしている。

しかし、リリエルもヴィルヘルムもいつだって窓辺から外を眺めていた。

かの貴公子は、今もあの屋敷に囚われているのだろうか。

「……ルートは、俺にリリエル様みたいになってほしくてユーリス先生を呼んだのかな」

そう言ったアデルは、小さな赤ん坊用のおむつを広げているところだった。

ぽつりと呟かれた言葉は、きっと今日アデルがユーリスの元を訪れた一番の理由だ。

誰が聞いているか分からない玻璃宮《はりきゅう》やローゼンシュタイン伯爵邸では口に出来なかった、アデルの想い。彼は、このことを聞きたくてユーリスをここに連れてきたのだ。

先日、アロイスがそのことを口にするまで、アデルはユーリスの経歴を知らなかったのだろう。

――かつての婚約者の元家庭教師を、自分の教育係に招いたということ。

それが何を意味するのかと深く考えてしまうのは、きっとアデルがルードヴィヒのことを愛しているからだ。

不安に揺れる深い緑がユーリスを見ていた。

ルードヴィヒの真意は、ユーリスには分からないけれど、分かることがひとつだけあった。

「――いいえ」

ユーリスはゆっくりと首を横に振る。その否定は、決して慰めではない。

「それは、違うと思います。アデル様はアデル様です。リリエル様のようになる必要はありませんよ」

「そうでしょうか。俺が知ってるリリエル様は、少し怖いけど頭もよくて、すっごく美人で」

それはユーリスもよく知っていた。ユーリスが思い出すリリエルはまだ少年の域を出ない幼い姿ではあったが、その容姿は間違いなく神が丹精込めて作った芸術品のような美しさだった。

けれど、ともう一度ユーリスは否定の言葉を口にする。

「王太子殿下が私を任命されたのは、殿下が見知っているオメガの中で私が最も気安かったからです。私はリリエル様の家庭教師をする前は、ヴィルヘルム殿下の侍従をしておりましたから」

きっぱりと言い切ったユーリスに、アデルが瞬《また》いた。

「ヴィルヘルム殿下……ルートのお兄さん？」

「はい。殿下がご成婚なされるまでですので、八年間を玻璃宮《はりきゅう》で過ごしました。その間、ルードヴィヒ殿下は何度も玻璃宮《はりきゅう》をお訪ねになって、私も僭越《せんえつ》ながらお話し相手を務めたことがあります」

実際、ヴィルヘルムとルードヴィヒはとても仲のいい兄弟だった。

年が七つも離れていて、ヴィルヘルムに王位継承権がなかったのが幸いしたのだろう。幼いルードヴィヒは優しい兄によく懐いていたし、ヴィルヘルムも弟が玻璃宮《はりきゅう》に来るのを楽しみにしていた。

あの頃、ヴィルヘルムのそばに控えていた侍従の中で、最も多くルードヴィヒの子守をしていたのはユーリスだった。何故かユーリスはルードヴィヒのお気に入りで、彼が玻璃宮《はりきゅう》を訪れるたびに膝に乗せてくれと強請《ねだ》られたものである。

だから、ルードヴィヒは教育係を拒否し続けるアデルのために自分を呼んだのだ。

そう言うと、アデルは納得しかねるように唇を尖らせた。しかし、それと同時に別のことに気を取られた様子だった。

「元職場が王宮に公爵家って……ユーリス先生って実はすごい人なんですか？」

「そんなことありません。私は本当に幸運だっただけです。ヴィルヘルム殿下がオメガであらせられたので、私もオメガの身で王宮に出仕することを許されたのです。ヴァイスリヒト家に勤められたのだって、ヴィルヘルム殿下がハディール王国へ嫁《とつ》がれる際に紹介してくださったからです」

驚いた様子のアデルに、ユーリスはもう一度首を振る。これは決して謙遜ではなかった。

ユーリスがリリエルの家庭教師をすることになったのは、ヴィルヘルムが砂漠の大国ハディールに嫁《とつ》ぐことになったからだ。

ヴィルヘルムは自らの侍従たちを、誰ひとりとしてハディールには連れていかなかった。しかし、侍従全員の身の振り方についてはしっかりと考えてくれた。

ヴィルヘルムの婚礼が決まってから、ユーリス以外の玻璃宮《はりきゅう》の侍従たちは次々と縁談が纏《まと》まっていった。元から恋人がいた者も、新たに求婚される者もいた。しかし、ユーリスにはただのひとりも求婚者が現れなかった。

そのことをひどく心配したヴィルヘルムは、ユーリスをルードヴィヒの婚約者——つまりリリエルの家庭教師を探していたヴァイスリヒト家に紹介してくれたのだ。

その後、家庭教師をしていた二年の間にも、ユーリスは誰からも求婚されなかった。

そんなユーリスを気の毒に思ったらしいヴァイスリヒト公爵が用意してくれた縁談が、公爵家と遠縁のギルベルトとの結婚だった。

件《くだん》のナハト探しのときより、密かにギルベルトに想いを寄せていたユーリスだ。

いくら公爵からの打診とはいえ、まさかギルベルトがユーリスとの縁談を受け入れてくれるとは思っておらず、話を聞いたときは公爵お得意の冗談ではないかとひどく驚いた。

当代のヴァイスリヒト公爵には、本当か嘘か分からない冗談で人を揶揄《からか》うのを楽しむという悪癖があるのだ。

しかし、嬉しく思うと同時にユーリスは密かに落ち込んでもいた。

本来であれば、オメガは結婚相手には事欠かないはずなのだ。それなのに、縁者でもない公爵に面倒を見てもらわねばならないほどに相手が決まらないとは。自分には、それほど魅力がないのだろうか、と悲しくもなった。

「なので、ルードヴィヒ殿下が私を教育係に選ばれたことに深い意味はございませんよ。——それに、リリエル様のような婚約者を欲しがっていらっしゃるなら、リリエル様と結婚されていたはずです」

けれど、ルードヴィヒはリリエルではなく、アデルを選んだのだ。

「ヴァイスリヒト公爵家に大きな借りを作ってまで、婚約を破棄されたルードヴィヒ殿下のお気持ちを疑われませんよう」

そう言って微笑むと、アデルは力なく項垂《うなだ》れる。

「でも、俺には出来ないことや分からないことを、リリエル様なら出来たのかも、知っていたかもって考えるのは仕方ないです」

「そうかもしれません。けれど、アデル様にしか出来ないこともございます」

「俺にしか出来ないこと……」

ユーリスの言葉にアデルが思案する。花びらのように可憐な唇が微かに尖るのは、考え込むときのアデルの癖なのかもしれない。

「――ユーリス先生」

「はい」

「俺ね、俺、ルートのことが本当に好きなんです」

「はい」

「でも、ルートと結婚して、番《つがい》になれるって思ってたわけじゃなくて。結婚を申し込まれたときも、さっきも言ったけど迷って……最初は断ろうとした」

そう言ったアデルは少しだけ遠い目をする。宝石のような緑色の瞳が、崩れかけた煉瓦塀《れんがべい》よりもずっと遠くを見つめている。彼はきっとリリエルのことを考えているのだろう。

ユーリスは、アデルとリリエルがどんな関係だったのかを知らなかった。けれど、この様子を見ていると、アデルにとってリリエルは決して「自らを虐《いじ》めた人物」というだけではなさそうだと思った。

「でも、俺はオメガだから魔法局では出世出来ないし、孤児院のこともあって……王太子妃になったら孤児院とか、娼館に売られちゃう弟たちのためにもなんか出来るかもって思ったら断れなかった。育ったのだってこんなところだし……」

「……アデル様」

「俺がルートと一緒にいるのは、そういう下心があるんです」

絞り出すようにそう言ったアデルは、とうとう完璧に俯いてしまった。

「それでも、そばにいていいんでしょうか」

薄紅色の髪がさらりと揺れた。異国の血が入った証のような、美しい髪。細く白い首には大きすぎる首環《ネックガード》が重そうにはめられている。

井戸水に触れたせいで赤く染まった指先が震えている気がして、ユーリスはその手を取った。未だに荒れたままの指先は、しっとりと温かかった。

アデルはまだ若い。

きちんとした教育を受けたわけでもなく、突然与えられた役割に恐れを抱いていたとして、それを誰が責められるだろうか。

彼が知っているのはスラムでの貧しい世界と、それとは対照的な――けれど、とても狭い学園だけだ。

彼はそれを理解していて、だからこそ苦しんでいる。

アデルの奔放《ほんぽう》さはきっと生来のものだ。しかし、ただ無邪気なだけでは生きていけない世界で彼は生きていた。彼の無邪気さや天真爛漫《てんしんらんまん》さがまるで、自らを守る武装のように思えてユーリスは目を細めた。

「恐れながら申し上げます。……私は、アデル様には王妃としての資質がおありかと思います」

「え？」

「アデル様は婚約者となられた後も、ヴァイツェンハイム孤児院には資金援助をなさらなかったのですよね」

ユーリスの問いに俯いていたアデルが顔を上げる。長い睫毛《まつげ》が微かに震え、数度ぱちぱちと瞬《またた》いた。

「……してないです」

「それは、何故ですか？」

「だって、——意味がないから」

答えたアデルは心底意味が分からないという顔をしていた。ユーリスはそのことに微笑みながら頷く。

学園を卒業してルードヴィヒの婚約者となったアデルには、王家からそれなりの予算が割《さ》かれている。その予算は玻璃宮《はりきゅう》の維持や警護といった最低限のものを使うのみで、本人はほとんどの贅沢《ぜいたく》をしていないとユーリスは聞いていた。

彼の立場であれば、この孤児院にそこから資金援助くらいは出来るというのに、それをしなかった。アデルが自分の生まれ育ったこの孤児院に行った支援は、自らの労働力の提供と本当に具合が悪いザフィアの抑制剤の用意くらいなのだ。

だからこそ、アデルには未来の王妃として——為政者としての資質があると思えた。

「アデル様はこのような孤児院がたくさんあることをご存じなのですね」

「そりゃあ、俺はこのスラムの出身ですから……貧しいのはここだけじゃないなんてこと、誰よりもよく知ってますよ。でも、だからって知ってる孤児院だけに金をばら撒くわけにもいかないでしょう？　俺が今王宮で使える金は俺の金じゃないんです。あれはルートのお金で、もともとは税金だ」

「そうです。もし、ヴァイツェンハイム孤児院を資金援助しようとするのならば、アデル様はこの国全ての孤児院の実情を調査した上で、必要な経費を試算し、全ての孤児院に支援を行う必要があります」

アデルは神妙な顔をしてユーリスを見た。

「それは分かってます。それに、たった一回、お金だけあげたって意味がない。孤児院ってのはずっとお金がかかるんですから。ヴァイツェンハイム孤児院だけを俺がずっと援助することは確かに出来るかもしれない。でも税金でそんなことしたら、別の貧しい孤児院はどう思うかって話になっちゃう」

そう言ったアデルにユーリスは満足そうに頷いた。正解である。

「その通りです。援助は一度では終わらない。けれど継続して援助する場合は国内全ての孤児院に国家事業として支援する必要があります。しかし、これも根本的な解決にはならない」

決して貧しくはないシュテルンリヒト王国の王都の孤児院がこれほどまでにひっ迫してしまうのは、単純にその数が多いからだ。国は多すぎる孤児の面倒を見きれず、その全てを国教会と貴族の支援に任せてしまっている。

孤児の数が多いのは、望まぬ妊娠をするオメガがいるからだ。オメガはアルファの子も産むが、ベータの子どもだって産むのだ。

そして劣悪な環境で育った子どもたちは、そこから這い上がるための教育を受けることが出来ない。これは負の連鎖だ。

アデルのように女神から愛され、他の追随を許さないほどの魔法のギフトでも持っていない限り、スラムの子はスラムから一生出ることは叶わない。

「……これが『リリエル様の出来ないこと』ですか？」

「いいえ。これは『アデル様の方がよりお詳しいこと』です」

知識として知っている、ということと、実際に己の目で見てきたことでは、その理解度は天と地ほどの差が出てしまう。これはリリエルにはないアデルの強みだろう。

そしてアデルには目先のことだけではなく、大局を見る目が備わっているように思えた。

「私は、ミハエルがこの先どのような性別であっても健《すこ》やかに生きていける国になることを祈っております」

「それを、俺が？」

「はい。――六年前、私たちは、オメガの王太子妃が誕生すると聞いて心の底から喜んだのです」

「俺も、それ聞いて喜びました」

そうでしょう、とユーリスは言う。

ルードヴィヒとリリエルの婚約が発表されたとき、きっと国中のオメガが我がことのように喜んだはずだ。

それはきっと一国民として暮らしていたアデルだって例外ではない。

――オメガの妃を戴《いただ》く、新しい時代が来る。

それは、この国のオメガにとって大きな希望であった。

「リリエル様が築こうとされた新しい時代を、アデル様も自らのやり方で築いてくださいませ。……それにアデル様がこのヴァイツェンハイム孤児院を助けたいと思われるのは、決して下心ではありません。――それは信念というのですよ」

――信念。

アデルがユーリスの言葉をそっと繰り返す。

「はい。お立場を利用して、自らのやれることをする。それは王侯貴族として当たり前の行いです」

「俺が、そんなこと出来るかな……」

「出来ますとも。それにアデル様はおひとりではありません。隣にはルードヴィヒ殿下がいらっしゃいます。微力ながら私も」

不安げに揺れるアデルの瞳に、ユーリスはそれも仕方のないことだと思う。

アデルは平民の――それも孤児院の出身で、魔法学園を出たとはいえ、人の上に立つ教育は受けていない。たった十八歳の青年だ。

けれど、気丈なアデルはユーリスの言葉を聞いてふっと笑う。それは何かを決めたような微笑みだった。

彼が迷いを見せたのはほんの一瞬だった。ひょっとしたら、もう引き返せないことをアデル自身が理解していたのかもしれない。

「俺はせめて孤児院の弟妹たちが、お腹いっぱい食べられる国にしたい。オメガだから仕方ないって娼館に行かなくていいような国にしたい。――そのためにどうしたらいいのかは、まだよく分からないんだけど、それをこれから学びます」

――だから、よろしくお願いします。

そう言って、アデルは頭を下げた。

さらりと揺れる薄紅の髪も、引き結ばれた唇も。彼の幼さの残る顔立ちをぐっと大人びたものに見せていた。

その決意に満ちたアデルを見つめながら、ユーリスは安堵した。

アデルはきっとよい王太子妃に――ゆくゆくは王妃になるだろう。

自由奔放《ほんぽう》のように見えて、アデルはその実、思慮深く聡明だ。

だからこそ、ユーリスもひとつ決めたことがある。

――彼を守り、正しく導くこと。

そんな大それたことを、と以前の自分であったならば思ったかもしれない。

生来、控えめで大人しい性格のユーリスは、目立つことは苦手であった。しかし、このときのユーリスは陰ながらアデルを支えたいと強く願ったのだ。

洗濯が終わった後、孤児院内を掃除して、みんなで夕食を食べた。

ギュンターらが用意した野菜をたっぷり使ったシチューは、想像よりもずっと美味しかった。だからだろうか。いつもは甘いものしか食べないミハエルが、ローゼンシュタイン邸で食べるよりもたくさんの量を食べたのだ。

それにひどく驚いたユーリスが喜んでいると、アデルが笑いつつ「同じくらいの子と競いながら食べるとよく食べられるのかも」と言った。孤児院での交流はミハエルにとっていい刺激になったのかもしれない。

ミハエルは深緋《こきあけ》色の髪の子どもと、帰るときまでずっと一緒に遊んでいたようだった。

ユーリスが帰路についたのは、もうすっかり日が暮れてしまった時刻だった。

夕食後、幼い子どもたちの就寝の準備を手伝う傍《かたわ》ら、もう一度ザフィアを見舞った。

相変わらず真っ青な顔で書類を片づけてはいたが、その調子は昼よりは幾分かよさそうで、アデルに向かって明日からは大丈夫だから自分のことをしろ、と苦笑していた。

アデルは彼の発情期が乱れるたびに、孤児院を訪れているらしい。

帰りの馬車の中、ミハエルはユーリスの膝の上でぐっすりと寝入っていた。

始終楽しそうだったとはいえ、慣れない場所で一日過ごしたのだ。疲れてしまったのだろう。

ユーリスが穏やかな気持ちでその寝顔を見つめていると、それを見たアデルが目を細めた。

「ミハエル様、寝ちゃいましたね。可愛い。本当にそっくりですね」

誰に、とは聞かずとも分かる。母親にはまったく似ていないミハイルを眺めながら、アデルはふふ、と小さく笑う。

ユーリスの前で見せる無邪気さとは対照的に、孤児院でのアデルは立派な「お兄さん」であった。年少の子どもたちの扱いが上手く、彼らもアデルに懐いていた。きっとこれまでの生活で、ああやって下の子たちの面倒を見てきたのだろう。

そんなことを考えながらミハエルの栗色の髪を梳《す》いていると、あの、とアデルが何やら神妙な声を上げた。

「なんでしょう？」

「……俺、実はユーリス先生とギルベルト様が番《つがい》だって知らなくて」

「え？」

「ギルベルト様が助けに来たとき、ちょっと驚きました」

何故か照れたようにそう言われて、ユーリスこそ驚いた。

「ご存じなかったのですか」

自分は何度も「ローゼンシュタイン伯爵夫人」と名乗っていたし、そう周囲にも呼ばれていたはずだ。そう思いつつアデルを見ると、彼はバツが悪そうな顔をした。

「ギルベルト様とユーリス先生、玻璃宮《はりきゅう》で顔合わせても顔色ひとつ変えないし」

「そうですね。職務中ですから」

それが騎士と侍従――今のユーリスは正確には侍従ではないけれど――というものだ、と返すとアデルは「そっかぁ」と頷いた。

確かにアデルの前で、ユーリスとギルベルトは業務連絡以外の会話をしたことはない。ヴィルヘルムがいたころから、玻璃宮《はりきゅう》ではそういうものだったからだ。それを当たり前だと思っていたのでそう振舞っていたのだけれど、世紀の大恋愛を経《へ》て王太子の婚約者に収まったアデルには奇異に映ったのかもしれない。

そもそも、自分たちは屋敷でだって親しげに会話したことなんてないのだ。公《おおやけ》の場である玻璃《はり》宮《きゅう》ではなおのこと、親しげに会話などするはずもない。

そんなことを思ってしまって、その事実にユーリスは少しだけ寂しくなった。ギルベルトとの事務的な関係にもずいぶん慣れたと思っていたけれど、ふとしたときに苦しくなってしまう。

しかし、アデルはそんなユーリスには気づかない様子で朗《ほが》らかに笑う。

「でも、あのときのギルベルト様はとってもかっこよかったです」

「かっこよかったですか？」

「はい！　ものすごく！　ユーリス先生を守るために颯爽《さっそう》と現れた騎士様って感じでした！　ユーリス先生のことを大切に思ってらっしゃるんだなって俺、めちゃくちゃ感動しました」

興奮したように言うアデルに、ユーリスは困惑する。

ギルベルトは確かに騎士だが、彼が守るべきはアデルだ。颯爽《さっそう》と現れたのだって、自らが警護している玻璃宮《はりきゅう》で騒ぎがあったからで、それ以上の意味はない。

「ギルベルト様は、職務としてなされただけですよ」

「そんなことはないですよ！　だってあのときのギルベルト様すごく慌ててらっしゃいましたよ。それに、この三日間ユーリス先生のことをとても心配されてました」

「心配？　ギルベルト様がですか？」

「そうです。ルートが言ってました。玻璃宮《はりきゅう》に勤めてから家に帰るのが遅くなっちゃって、ギルベルト様の機嫌が悪いって。玻璃宮《はりきゅう》の警備はなんか、人手が少なくてどうしてもひとりひとりの負担が大きいからって――」

アデルの言葉にユーリスは首を傾げる。

――心配？　ギルベルトが、自分を？

そんなわけはないと思う。

だって、そうだろう。アデルの言う通り、少しでも心配していたら普通は顔くらい見に来るはずだ。しかし、ギルベルトは来なかった。それが全てだ。

けれど、ともユーリスは思う。

確かに彼は責任感が強い男だ。先日の一件で体調を崩したユーリスを、多少は心配することもあるかもしれない。

――自分たちは、名目上は番《つがい》なのだし。

そうは思いつつもやはり信じられない気持ちが強い。

ギルベルトが自分を心配していただなんて、ユーリスにはどうしても信じられなかった。

実は、今日ユーリスが突然のアデルの誘いを受けたのには理由があった。

アデルに告げた通り体調もずいぶんと落ち着いており、せっかくアデルが足を運んでくれたから――という理由は決して嘘ではない。けれど、それ以外にもうひとつ。

どちらかと言えば、こちらの理由の方が大きかった。

――ユーリスは、気分転換をしたかったのだ。

たぶん体調が悪い中、たったひとりで寝台にいることが、思いのほか辛かったのだと思う。

ローゼンシュタイン伯爵邸の別館で、来るはずのない番《つがい》を待っているより外に出たかった。

あのときのユーリスは、侍女と必要事項を伝えに来る家令しか開くことのない扉を見つめることに疲れていた。

本当は、ずっと寝込んでいる間ギルベルトの顔を見たかった。少しでも会いに来てくれたなら、きっと涙が出るほどに嬉しかっただろう。

もともと、三か月に一度しか顔を合わせなかった関係だ。彼が発情期以外に別館を訪ねてくるはずはないと分かっているのに。無性に寂しく感じてしまうのは、ここ一か月、信じられないくらい頻繁にギルベルトに会っているからだ。

自分はずいぶん贅沢《ぜいたく》になってしまった、とユーリスは自嘲する。

それでも、会いたいと――せめて顔を見たいと思ってしまうのは、止めることが出来なかった。

けれど、そんなことは決して口には出せない。忙しい彼の手を煩《わずら》わせてはいけないとも思うし、なにより疎《うと》まれてしまうことが怖い。

だから、アデルは勘違いをしているのだ、とユーリスは思った。

もし仮に、ギルベルトがユーリスを心配したのだとしたら、それはきっと責任感からだ。

そんなことを考えてしまって、胸の奥が絞られるように痛んだ。

口を噤《つぐ》んだユーリスの様子を不思議に思ったのか、アデルは大きな目を数度瞬《またた》かせた。それから、肩をすぼめて身を乗り出してくる。まるで内緒話でもするかのように、声を落としてひっそりと囁いた。

「ユーリス先生とギルベルト様がよそよそしいって話じゃなくてですね。……俺、ローゼンシュタイン伯爵ってのが、ギルベルト様だって知らなかったんです」

「え」

「へへ……」

人差し指で頬をかくアデルを見つめて、ユーリスは小さく息を吐いた。慰めかもしれないその言葉は、けれど本当であったならばとてもまずい話だった。

「……アデル様には、貴族名鑑を全て暗記してもらった方がいいかもしれません」

「俺もそう思います」

真剣な顔で頷くアデルがなんだかおかしくて、ユーリスは笑ってしまう。

しかし、貴族の爵位や名前、紋章は彼らの地位を示す上で重要な事柄だ。せめて廷臣の名前くらいは覚えてもらわなくてはいけない。

そう告げたときのアデルは、とても意欲的な様子であった。

――この外出で、彼の中で何かがふっきれたのかもしれない。

そんなアデルの強さがユーリスには羨ましくてたまらない。若さゆえの無鉄砲と言ってしまえばそうなのかもしれないが、それでも彼には無限の可能性があった。

「……若いっていいものですね。羨ましいです」

「えッ⁉　ユーリス先生だって若いでしょ」

思わず呟いた言葉に、アデルが驚く。

その言葉に曖昧《あいまい》に頷いて、やはり彼の未来への強さが羨ましいと思った。


モルゲンロート地区の狭く古い通りを抜け、王都一番の大通りを渡る。馬車は東区へと入った。

迷路のように入り組んだ路地が続く西区とは違う、整然とした街並みはユーリスには馴染み深いものだ。広い貴族の邸宅を分ける広々とした通りには、等間隔に街路樹と魔導洋燈《ランプ》を使った街灯が置かれている。その通りの最も奥――王宮にほど近い場所にローゼンシュタイン伯爵邸はあった。

ローゼンシュタイン伯爵邸にはその家名に由来して、様々なところで薔薇《ばら》の意匠が用いられている。

薔薇《ばら》を象《かたど》った鉄製の正門を抜けて、ユーリスは自らの足で敷地内に入った。

玄関前まで馬車で送る、というアデルとギュンターに断り、門扉の前で降ろしてもらったのだ。

陽が落ち切って闇が深いとはいえ、屋敷の敷地内である。ユーリスが歩くのになんの危険もない場所だ。

夜空には煌々《こうこう》と月が輝いていて、あたりを薄く照らしていた。それをちらりと見上げて、思ったよりも遅くなってしまったな、と息を吐く。

馬車の中で寝てしまったミハエルは今もまだ夢の中だ。そんなミハエルを起こさないように抱きかかえて、ユーリスは屋敷の前庭を進んだ。

伯爵邸の前庭には様々な種類の薔薇《ばら》が咲いている。それらの薔薇《ばら》は、色はもちろん、形や匂いも多種多様で見る者を楽しませてくれた。今はちょうど薔薇《ばら》の季節だ。夜風の中に薔薇《ばら》の豊潤な匂いが漂っていた。

この屋敷で暮らすようになって三年ほど経つユーリスではあるが、別館に籠っていることが多かったため、屋敷正面にあるこの薔薇《ばら》庭にはあまり馴染みがなかった。

屋敷にはいたるところに薔薇《ばら》が咲いているが、やはりこの前庭は特別だ。正門から入って正面玄関まで続く薔薇《ばら》の道は最も人目に付くため、より丁寧に世話をされている。ローゼンシュタイン家お抱えの庭師たちの力作だ。

月下に淡く輝く薔薇《ばら》の絶景に、ユーリスは目を細めた。暗い中でもこれほど素晴らしいのだ。明るい日差しの中で見ればきっともっと美しいことだろう。今度、ミハエルと一緒にゆっくり見に来よう。——そう思ったときだ。

不意にふわり、と薔薇《ばら》の芳香の中に違う香りが混ざった。

新緑を思わせる深く澄んだ涼やかな芳《かおり》。ユーリスの心をどうしようもなく落ち着かなくさせるその香りの持ち主をユーリスはよく知っていた。

「――ギルベルト様」

薔薇《ばら》の中にいたのは、ギルベルトだった。

昼間、あれほど顔を見たいと思い叶わなかった彼が、そこにいた。

月明かりがその栗色の髪を照らす。黒い騎士服が夜闇の中に溶けてしまいそうだった。

「……どうされたのですか？」

ミハエルを抱く腕に、知らず力が入った。

どうしてここに、という気持ちと、何か粗相をしてしまったのか、という不安が頭をもたげた。

今日、アデルとともに孤児院を訪ねることは、王宮にいるギルベルトにも伝えるように頼んであった。予想より帰宅が遅くはなってしまったけれど、それでもまだ夜会が始まるような時間ですらない。

彼の真意が分からず、戸惑うユーリスをギルベルトはじっと見つめた。凪《な》いだ紫が、ユーリスだけを映している。見つめ返すユーリスの視線を受けて、薄く形のいい唇がゆっくりと開いた。

「孤児院に行かれたと聞きました。体調はどうですか」

「あ、あの、もう大丈夫です」

予想外の問いにユーリスは慌てて頷いた。そして怒っているわけではなさそうなその様子に安堵する。しかし、それと同時に疑問も生まれるのだ。

ギルベルトは玻璃宮《はりきゅう》勤めになってから、その業務の負担が大幅に増えたのだとアデルも言っていた。昨日までの彼は深夜に帰宅していたはずだ。

そのことを思い返して、ユーリスは問うた。

「――ギルベルト様は、どうしてここに……？」

「帰宅が、少し遅かったので……」

――心配しました。

そう呟かれたギルベルトの言葉に、ユーリスは目を見開いた。

心配。

誰が、誰を。――まさか、ギルベルトがユーリスを、だろうか。

静寂に消えてしまった玲瓏《れいろう》な声が信じられなくて、混乱するユーリスの脳裏に馬車の中で交わしたアデルとの会話が蘇《よみがえ》る。

――ユーリス先生のことをとても心配されてました。

そんな馬鹿な、と改めて思う。しかし、ギルベルトは間違いなくそう言ったのだ。

月明かりに照らされた緑色の瞳を、ユーリスは何度も瞬《また》かせた。

「ユーリス」

名前を呼ばれ、息を呑む。同時に伸ばされたギルベルトの手に、ユーリスは身体を強張らせた。

しかし、手袋を外したその手はミハエルの髪を柔らかく撫でただけであった。

「お、お仕事は……」

「今日は早く帰れました」

大きな手がミハエルの背中を辿って、脇の下に入る。

その小さな身体をユーリスから受け取るように、そっと抱き上げて、そのまま腕の中に収めてしまった。

「あ……」

ギルベルトが、ミハエルを抱いている。

初めて目にする光景に、ユーリスはまた目を見開いた。

そんなユーリスの様子に、ギルベルトは気づかなかったのだろう。特に気にした風もなく、ユーリスを屋敷に促した。

薄く月明かりの降る、静かな夜だった。風に薔薇《ばら》が揺れる音とブーツが道を踏みしめる微かな足音。ミハエルを起こさないようにという配慮からだろうか。別館までの道のりをギルベルトは殊更《ことさら》ゆっくりと歩いた。

「あの」

「はい」

目の前を歩く広い背中にユーリスは声をかける。

ナハトを必死に探したあの日——あの雑木林で、同じようにギルベルトの背中を見ながら歩いたことを思い出した。あのときの彼はまだ幼く、ユーリスよりも背が低かった。

だというのに、今では彼の頭はユーリスのそれよりずいぶんと高いところにある。

そんな当たり前のことを今更不思議に思いながら、なおも言葉を続ける。どうしても彼に——ミハエルの父親であるギルベルトに伝えたいことがあった。

「……孤児院で、たくさん野菜が食べられたんです。普段はあまり食べないんですけど」

ぽつりと呟いたユーリスに、ギルベルトが肩を揺らした――ような気がした。

「ギュンター様が作ってくださったシチューが美味しかったみたいで、苦手なニンジンも食べました」

「ギュンターが。……あいつは器用ですから。北の砦にいたときもよく料理当番に駆り出されていました」

そう返したギルベルトの声は驚くほどに穏やかだった。彼はもともと物静かな性格で、いつだってユーリスに丁寧に接してくれる。ユーリスは静かに染み入るように響くその声がとても好きだった。

何かに許されたような気がして、ユーリスは思いつくままに唇を動かす。自らの腕からなくなってしまった温《ぬく》もりが、今はギルベルトの腕にあった。

その事実がユーリスの胸を満たしていく。何か話していなければ、泣いてしまいそうだった。

「ミハエルは甘いものが好きで――」

交わしたのは他愛のない会話だった。ギルベルトは寡黙な部類に入るだろうし、ユーリスだって決して饒舌《じょうぜつ》ではない。けれど、ユーリスがぽつりぽつりと話すミハエルの話を、ギルベルトは驚くほど熱心に聞いてくれた。

それだけで、朝まで感じていた鬱々《うつうつ》とした気持ちが微かに晴れていく気がした。

別館の子ども部屋にミハエルを運んで、ギルベルトは本館に帰っていった。その背中を見送って、ユーリスはやはり戸惑う気持ちを持て余していた。

ギルベルトはどうしてこんな時間に、庭にいたのだろうか。まるでユーリスを迎えに出ていたかのようだった。

――帰宅が遅くなったから、心配したとおっしゃっていたけれど。

まさか、その程度でギルベルト自ら迎えにきたというのか。

そんな、まるで――心を通わせた番《つがい》同士のように……？

そう考えた瞬間、ユーリスはゆっくりと首を振る。

――自分の都合のいいように考えてしまうのは駄目だ。

期待してはいけない。彼からの愛を求めてはいけないのだ。

きっとギルベルトは自分の「番《つがい》」を心配したのだろう。ギルベルトは優しい人だから、形だけでも番《つがい》になった相手に何かあれば心を痛めるに決まっている。けれど、そこに愛は存在しない。

ユーリスとギルベルトは夫夫《ふうふ》となって――番《つがい》となって三年が経っている。ひょっとしたら彼は、ユーリスに情のようなものを感じているのかもしれない。

ユーリスは、ギルベルトが自分を愛していないことを理解していた。

彼がユーリスと結婚したのだって、伯爵家の当主として跡継ぎを産んでくれる結婚相手が必要だったからだ。

家同士の政略結婚。利害の一致。後継のため。

そんな関係は、貴族の婚姻として当たり前のことだ。

ローゼンシュタイン伯爵家は王国の中でも最も古い家柄である。その血統を途絶えさせるわけにはいかなかったのだろう。

けれど、彼はきっと出来るのならば誰とも結婚などしたくなかったに違いない。いつまでもたったひとりを愛していたかったに違いないのだ。

ユーリスはギルベルトがかつて誰を愛していたのかを知っている。

だから、彼と結婚したときにひとつだけ心に決めたことがあった。

——ギルベルトからの愛は求めない。

もう見えなくなってしまった背中を脳裏に思い浮かべて、ユーリスはぎゅっと目を閉じる。どんなに愛していても、どんなに恋しくとも、この誓いだけは守らなければいけないのだ。

それは、薄い硝子《ガラス》のように脆《もろ》い自らの心を守るために、ユーリスが自らに課した戒《いまし》めであった。

＊　＊　＊

その日の玻璃宮《はりきゅう》は朝から大忙しであった。普段の静寂が嘘のように侍女たちが行き交っている。

普段、玻璃宮《はりきゅう》にはふたりの侍女しかいない。ルードヴィヒが選んだ、信頼のおけるベータの少女たちだ。名前をラウラとエリーゼという。

控えめで思慮深い彼女たちは、常にアデルのそばに控えているわけではない。小さな離宮とはいえ、玻璃宮《はりきゅう》をふたりで管理しなければいけないのだ。やることはたくさんあって、授業中は特にユーリスとアデルだけで過ごしている。

しかし、今日は彼女たち以外の侍女が大勢玻璃宮《はりきゅう》を訪れていた。

「アデル様、ロートリヒト卿が来られました」

「うん、今行きます」

ラウラに声をかけられて、アデルが目を輝かせた。

本日は、来客の予定があるのだ。訪れるのはゲオルグとアロイス。つまり、先日彼らが一か月の謹慎を受ける羽目になった玻璃宮《はりきゅう》訪問の仕切り直しだった。

今回はきちんとルードヴィヒを通して申し出を受けており、準備する時間もたっぷりとあった。侍女を揃え、騎士の数を増やし、ゲオルグとアロイスを待った。

ライナルトはどうにも都合が悪く欠席とのことだ。彼らはつい先日、謹慎が明け業務に復帰したばかりで、王宮魔法使いであるライナルトは多忙に違いなかった。

「アデル！　ユーリス様、お久しぶりです」

赤い髪の青年は明るい笑顔を振りまきながら玻璃宮《はりきゅう》にやってきた。

ゲオルグはいつもの騎士服は着ておらず、赤い髪が引き立つような灰緑色のフロックコートを纏《まと》っていた。王宮への訪問には相応《ふさわ》しいものであったが、さりげなくタイと襟元を緩めて軽く着崩している。

「アロイスは？　まだ来てない？」

明るい日差しが射し込む応接室の中を見回して、ゲオルグが言った。それにアデルが返す。

「アロイス、まだだよ。時間ぴったりに来るんじゃないかな。アロイスだし」

「そうか。俺が着くのが少し早かったんだな。時間になればアロイスも来るか」

ふたりはそう言葉を交わして、まだ来ていない友人を待つことにしたらしい。すぐにルードヴィヒの話に移って、彼の今日の不在をゲオルグが大げさに嘆いてみせた。

ルードヴィヒは今日も公務だ。学園を卒業し、本格的に王太子としての仕事を担《にな》い始めた彼に、自由になる時間はほとんどなかった。玻璃宮《はりきゅう》には数日に一度足を運べればいい方で、それもアデルと軽く会話をする程度の時間しか取れないらしい。

その上、王宮にはルードヴィヒが国王からその執務の一部を譲り受けたという噂も流れていた。シュテルンリヒトの星の王子は、この国の世継ぎとして人々に大いに期待されているのだ。

とはいえ、アデルは目に見えてしょんぼりしている。寂しいと決して口にしない分、今日久しぶりに友人たちに会えることを彼はとても楽しみにしていた。

「ゲオルグ様、お茶をお持ちしましょう」

「あ、アロイスが着いてからで大丈夫です。というか、ユーリス様に淹《い》れてもらうのは……」

長椅子《ソファー》に腰かけたゲオルグに声をかけると、当のゲオルグは慌ててユーリスを制す。しかし、それに軽く笑ってユーリスは答えた。

「今日の私は侍従ですよ。人手が足りませんので」

では、アロイス様が到着されてからお淹《い》れしましょう、と微笑むと、ゲオルグが困り顔で眉を下げた。

ゲオルグからすれば、ユーリスはギルベルトの番《つがい》だ。侍従のように使うのには抵抗があるのだろう。

しかし、本当に今日のユーリスの役割は「侍従」であった。

普段より数多い侍女は王太子宮から借り受けている。彼女たちはみな良家の子女たちだ。行儀見習いのために王宮に入り、願わくば王太子の目に留まらんと実家からの推薦を受けて王太子宮付きの侍女になっている。

そんな彼女たちがアデルにどんな感情を抱いているかは分からない。故に、王太子宮からの侍女には口にするものは触らせないように、というルードヴィヒの指示が秘密裏にユーリスに届いていた。

そうでなければ、私的な訪問に教育係のユーリスが同席する必要はない。

だが、ゲオルグからの熱心な誘いとルードヴィヒからの頼みで、ユーリスは「侍従」としてこの場にいることを承諾した。

アデルの騎士であるギルベルトは、騎士団での執務後に玻璃宮《はりきゅう》に来ることになっている。玻璃《はり》宮《きゅう》の応接室まで入室する許可を得た騎士は、未だギルベルト他数名しかいなかった。そのため、彼はほぼ毎日玻璃宮《はりきゅう》に詰めている。

ルードヴィヒの警戒は厳重で、現在の玻璃宮《はりきゅう》にはきっとねずみ一匹入ることは出来ない。

しかし、玻璃宮《はりきゅう》に出仕しだしてからというもの、常に仰々しいほどの警戒態勢の中にいるが、ユーリス自身がアデルや自らの身に危険を感じたことはなかった。

――ルードヴィヒ様は何をそんなに警戒しているのだろうか。

ふと考えてみるが、ユーリスにはよく分からない。

社交界でアデルが嫌われているのは、王宮にいればなんとなく察することが出来る。けれども、平民のアデルには政敵というものがいない。多くの貴族が平民でオメガのアデルを取るに足らない存在だと認識しているのだ。貴族議会にはまるで透明人間であるかのように無視されているアデルが、誰かに狙われるというのだろうか。

社交界の貴婦人たちの口さがない噂はよく耳にするが、政界の思惑は一介の教育係であるユーリスまでは届かなかった。

しかし、王宮――特に、権力の中枢である国王や王太子の周囲には予想もつかないほどの悪意が渦巻いているものだ。警戒しすぎる――ということはないのかもしれない。

――そういえば、ヴィルヘルム様も囚われているのか、と思うほどの警備の中にいらっしゃった……

ユーリスがかつての玻璃宮《はりきゅう》の主を思い浮かべて、思案の海に身を委《ゆだ》ねようとしたときだった。それまでアデルと他愛のない話をしていたゲオルグが「ユーリス様」と呼びかけてきた。

「はい」

やはりお茶が欲しかったのだろうか、と思い、答えるとゲオルグは違う、というように首を振る。

赤い髪に彩《いろど》られた形のいい眉にすっと通った鼻筋。琥珀《こはく》に近い榛《はしばみ》の瞳は少年の気配を残してはいるものの、成人したアルファとしての穏やかな光を湛《たた》えている。

「先日の件で体調を崩したと聞きました。俺たちのせいで大変申し訳ありません」

「もう平気です。お気になさらないでください」

「しかし、俺が誘わなければあんなことにはならなかったんです」

そう言って、ゲオルグは頭を下げた。どうやら、事の発端はこの赤の貴公子であったらしい。

「学園を卒業してから、アロイスはすごく落ち込んでいて……それを励ますために、今度アデルに会いに行こうって声をかけたのは俺なんです。それが、まさかあいつが後先考えず、そのまま玻璃《はり》宮《きゅう》に行こうって言い出すとは思わなくて」

言い訳のしようもない、と気を落とすゲオルグにユーリスは微笑んだ。

「本当にお気になさらず。身体もすっかり元気ですから」

もう済んだことだ。確かにあのときのアロイスの行動は決して褒められたものではなかった。しかし、あの黒の貴公子を面と向かって怒らせたユーリスにだって責任はあった。

「アロイス様は――」

「ユーリス先生、アロイスは悪いやつじゃないんです。ただ頭が石みたいに固くて口が信じられないくらい悪くて、それで……――オメガが大嫌いなだけで」

アデルの擁護とも言えない辛辣な言葉を聞いて、ユーリスは苦笑する。

脳裏に浮かぶのは、先日、相対したときの冷たい瞳だ。どこまでも無感情のその奥には、確かに深い憎悪があった。

――オメガ嫌いの黒の貴公子。

アロイス・シュヴァルツリヒトの「オメガ嫌い」は社交界では有名な話だった。

オメガとは決して番《つが》わないと公言し、相手がどれほど高貴なオメガであっても婚姻の打診を断り続けている。その上、オメガのフェロモンに惑わされることを厭《いと》って、フェロモンを嗅がないように、常時アルファ用の抑制剤まで内服する徹底ぶりであるらしい。

それの要因となった父親との確執が、社交界で面白おかしく噂されていることをユーリスは知っている。彼の立場を思えば、ユーリスに対する頑《かたく》なな態度も理解出来るというものだ。

アロイスはシュヴァルツリヒト公爵とその正妻の間に生まれたひとり息子だ。

「シュヴァルツリヒト家」には彼以外には子はなく、彼は正統な跡取りであった。

しかし、「公爵の子」はアロイスひとりではなかった。彼には公爵とその番《つがい》との間に生まれた腹違いの弟たちがいるのだ。

それは貴族にはありふれた話だった。

——正妻にはアルファの女性を。妾《めかけ》にはオメガを。

妊娠率が異常に低いアルファの女性を妻に娶《めと》ることの多い高位貴族の間では、オメガの妾《めかけ》は決して珍しくない。家同士を結び付ける政略結婚と後継の問題は別物だからだ。

だが、この国では非常に珍しいことにシュヴァルツリヒト公爵は、自らの番《つがい》を深く愛していた。

それこそ、正妻が心を病んでしまうほどに。

アロイスの母親はブラウリヒト家に連なる血筋の気高い貴婦人であった。

貴族出身の女性アルファというものは、往々にして幼い頃からその役割を躾けられて成長する。

彼女たちに求められるものは主にふたつ。いつか嫁《とつ》ぐ夫と婚家のために、優秀な女主人になること。それから、妾《めかけ》が産んだ子どもを立派に育て上げることだ。

オメガと同じで、その婚姻のほとんどが家同士の利害関係が絡み合った政略結婚だ。妊娠しにくいアルファ女性の特性とも相まって、夫にオメガの妾《めかけ》がいることは少なくなく、彼女たちは誰しもがそのことを受け入れ、割り切っている。

けれども、アロイスの母親は違った。

彼女は夫である公爵の心が自らにないことに長い間思い悩み、苦しみ抜いて、最終的には自らの命を絶ってしまったのだ。

シュヴァルツリヒト公爵が彼女をないがしろにしていた、という話ではなかった。

むしろ、番《つがい》がいても彼女を正妻として丁重に扱い、決して番《つがい》とその子どもたちをシュヴァルツリヒト家には入れなかった。後継は正妻の産んだアロイスひとりであり、それ以外の子は違う家名を名乗らせるほどに徹底していた。

しかし、そこまでされても彼女は耐えられなかったのだ。

おそらく、政略結婚で一緒になったはずの夫を彼女は愛していた。苦しいほどに愛して、愛して、けれど絶対に返されることのない愛に壊れてしまったのだ。

彼女が命を絶ったのは、アロイスが十一歳のときだったという。長いこと伏せっていた彼女が、どうやって自らの命を刈り取ったのかはユーリスには分からない。けれど、幼いアロイスにとって母の死は深い傷となったに違いない。

母を死に追いやった自らの父親とその番《つがい》をひどく憎むのは至極当然のことだ。

だから、ユーリスはアロイスがアデルの友人であることにたいそう驚いたのだった。

「俺も初対面のとき、めちゃくちゃ罵《ののし》られました」

そう口にしたアデルはなんとも言えない顔をしていた。

初対面に近いユーリスがアロイスの抱える繊細な事情を知っていることに驚いたのだろう。それと同時に、全てが筒抜けである貴族社会を気持ち悪く思ったのかもしれない。

「でもでも、あいつは『オメガ嫌い』なくせに、ちゃんと相手の内面を見るようなやつなんです」

「そうです。アデルのこと最初は確かに嫌ってましたけど、アデルがいいやつだって知ってからはちゃんとルードヴィヒとのことも認めてて」

必死に言い募るふたりを、ユーリスは静かに見つめていた。彼が眩しそうにその緑の目を細めたのは、決して大きな玻璃《はり》を通して入ってくる初夏の日差しのせいだけはない。

「とてもよいご友人なのですね」

「え？」

「アロイス様です。アデル様とゲオルグ様の大変仲のいいお友だちであることがよく分かりました」

そう言って微笑むと、アデルはさっと頬を赤くする。ゲオルグも照れたように視線を彷徨《さまよ》わせた。

「大丈夫ですよ。何度も言っていますが、私は本当になんとも思っておりません。確かにオメガ相手に威嚇《いかく》フェロモンまで出されたのはやりすぎでしたが、アロイス様の事情も多少は理解しておりますから」

それになんと言っても、アロイスは若い。

アデルと同じでまだ学園を卒業し、成人したばかりの青年である。

その上、公爵家の跡取りとして育てられ、見目も頭もよく魔法の才能まであるのだ。その性格が多少傲慢《ごうまん》で居丈高な態度を取ったとしても、それは貴族としてはよくあることだった。

彼が一か月の謹慎をどう感じたかは分からない。けれど、そのことを真摯《しんし》に受け止めてくれればいいと思う。

「でもアロイスの口の悪さはよくないです。来たらちゃんとユーリス先生に謝らせますから」

「アデル様、そんな必要は――」

「俺がなんだって？」

不意に響いた声にユーリスは大きく肩を揺らした。

慌てて振り向いたところ、入り口近くに黒い髪の青年が立っていた。彼も着ているものは当然、上級文官の制服ではない。見るからに上質な白藍《しらあい》のフロックは彼の白皙《はくせき》の美貌によく似合っている。

「アロイス！」

「客が来たのにホストの出迎えがなくてどうする」

怜悧《れいり》な視線がアデルを射貫く。しかし当のアデルは慣れた様子でへらりと笑った。

「ごめん、気づかなかった」

「玻璃宮《はりきゅう》の主のくせに。招いておいて気づかないなんてあるのか」

「気づかないくらいアロイスの悪口で盛り上がってたんだよ」

ゲオルグが茶化すように言うと、アロイスはその柳眉を不快そうに歪めた。しかし、すぐに鼻を鳴らして笑う。それは親しい間柄の遠慮のないやり取りだった。

立ったままアデルらと軽い冗談を交わしていたアロイスだったが、侍女に促されて、応接室の奥に足を運んだ。彼はゆっくりと丁寧な足取りで、ユーリスたちが座る長椅子《ソファー》に近づいた。

そして、ユーリスを視界に留めて目を眇《すが》める。

「ローゼンシュタイン伯爵夫人」

「……──はい」

「先日は大変失礼いたしました。私的なことで申し訳ないが、その、少々気が立っていたもので……体調を崩されたと聞きましたが、その後はいかがでしょうか」

アロイスはそう言って腰を折った。貴族の子息がよく行う形式的な挨拶である。

しかし、そんな彼の行動を目にしたユーリスは大きな衝撃を受けた。

あの黒の貴公子がオメガのユーリスに挨拶をして、さらに謝罪までしたのだ。アデルが「謝らせる」と意気込むまでもなかった。気負うことのない自然なその謝罪に、ユーリスはひどく驚いていた。

──口調は、ものすごく慇懃《いんぎん》無礼《ぶれい》で不服そうではあったけれども。

「もう大丈夫です。ひと月以上前のことですし」

「それならよかった」

「八つ当たりってこと？」

「最低だな」

「うるさい」

アロイスはそれだけ言ってゲオルグの隣に腰を下ろした。もうユーリスの方は見てもいない。アデルたちと軽口を叩き合っている。

そんな三人の様子を見ながら、ユーリスはゆっくりと席を立った。

「お茶の用意を」

「先生、俺も手伝う」

「アデル様はどうかお客様のもてなしを」

アデルが手伝おうと腰を上げるのを制し、踵《きびす》を返した。

用意、とは言ったけれど、お茶の準備はもうすでに済ませてあった。応接室の隣――玻璃宮《はりきゅう》に設《しつら》えてある小さな給湯室に、エリーゼが控えていた。

植物の装飾の施されたワゴンに茶器と茶葉、お湯、茶菓子が載せられている。茶葉はユーリス自ら選んだ南方のものだ。中に花びらが入っており、お湯を注げばふわりと花の芳香が漂う一品である。

軽く頭を下げるエリーゼに礼を言って、ユーリスはワゴンを押して応接室に戻った。

そして、三人が囲むテーブルの上にある「それ」に気がついた。

「アデル様、これは？」

「あ、なんかさっき侍女さんが、ルートからだって言って持ってきました」

アデルが指さしたのは、美しい焼き菓子だ。席を立つまでは確かになかったそれに、ユーリスは瞬《また》いた。

小さなカップケーキの上にたっぷりとクリームが載せられて、さらにそのてっぺんには色鮮やかな赤い実が飾られている。それが飴細工で作った薔薇《ばら》飾りと一緒に、薔薇《ばら》飾りのついたケーキスタンドに置いてあったのだ。

「王太子殿下から……」

——そんなことは聞いていない。

ひやりとした何かが、ユーリスの胸を突き刺した。背後に控えたエリーゼに視線だけで問うも、彼女も知らない様子で首を横に振る。

「アデル様、その侍女は今玻璃宮《はりきゅう》にいる侍女ですか？」

「え？　いいえ。お菓子だけ置いてもう行っちゃいました。王太子宮から来たそうですよね？　と正面のふたりを見たアデルにゲオルグが同意する。その答えにますますユーリスは眉根を寄せた。そんなユーリスの様子に気づいたのだろう。アロイスが怪訝《けげん》そうな顔をして口を開いた。

「持ってきたのは、間違いなく王太子宮の侍女でした。あれはフェルゼン伯爵の令嬢です」

ギゼラ・フェルゼンだ、と付け加えた彼は彼女の顔をもとから知っているのだという。

「父親も国王派ですし、怪しい者ではないですが」

政界の権力図を思い描いているのか、視線が軽く宙を彷徨《さまよ》う。けれど、すぐに視線をユーリスに戻した。彼はユーリスが何を心配しているかを察したらしい。

王宮にはいくつかの政治的な派閥があった。国王を中心に政《まつりごと》を行おうと主張する国王派。これは現在の最大派閥で、アロイスの父親である宰相――シュヴァルツリヒト公爵がその筆頭である。

これらの貴族と対立しているのが、リリエルの父、ヴァイスリヒト公爵率いる議会派だ。貴族議会議長であるヴァイスリヒト公爵は、古い王政の改革を公言して憚《はばか》らない人物で、国王の権限を縮小し議会の発言力を強めようとしているのだ。

王太子は当然、国王派であり、先日、両派閥の軋轢《あつれき》を緩和するために結ばれていた婚約を破棄したばかりであった。このことを議会派の貴族たちが面白く感じているはずはないだろう。

――国王派の侍女が持ってきた、連絡を受けていない菓子。

それが何を意味するのかユーリスには判断がつかなかった。

ユーリス自身、事前にルードヴィヒから「口にするものは全て玻璃宮《はりきゅう》で用意すること」という通達を受けていなかったならば、なんの疑いもなく受け取っただろう。

いっそ過剰とも思えるルードヴィヒの気遣いを思い出し、ユーリスは困惑する。

――あれほど何かを警戒されている王太子殿下が、このタイミングでわざわざ差し入れをするだろうか……。

しかし、ここで大きな声を上げるのもユーリスには憚《はばか》られた。

騒ぎ立ててアデルを不安にするのも、彼が楽しみにしていた今日を台無しにするのも嫌だったのだ。彼はこの玻璃宮《はりきゅう》に移って以来、自由に友人に会うことも出来ない身で、何日も前から今日の日を楽しみにしていた様子をユーリスはそばで見ていた。逡巡《しゅんじゅん》するが答えは出ない。

とはいえ、来客の前だ。主や客人を待たせるのは、侍従として最もやってはいけないことである。

悩みを微笑みで隠して、ユーリスは流れるような所作でお茶を淹《い》れた。

ヴィルヘルムの侍従として八年を過ごしたユーリスにとって、お茶を淹《い》れることは息を吸うのと同じようなものであった。しかし、手は動かしつつも視線はどうしても例の菓子を捉えてしまう。

見た目は本当になんの変哲もない焼菓子だった。ユーリスが用意した菓子と並べられて、お茶の供になるのを待っている。

――理由を話して、捨ててしまうことも出来るけど。

もし仮に、本当にルードヴィヒの差し入れだった場合、彼の厚意を無下《むげ》にすることになる。

悩みつつもユーリスはお茶を配って、アデルの隣に座った。お茶を手にして朗《ほが》らかに笑うアデルはきっと何も知らされてはいない。アロイスやゲオルグも危機感は覚えていない様子だった。

お茶の用意が整えば、それを口にするのは当たり前のことだ。ルードヴィヒから、と言われれば、アデルがそれを一番に選ぶことは予想が出来た。白い指が焼き菓子の方に伸びていく。

その光景を目にした瞬間、考えるよりも先に手が伸びていた。

菓子の上に載った赤い実は、たっぷりとシロップがかかっていた。口にすると、しっとりとした生地がほろりと舌の上に溶ける。高価なバターや砂糖を使った一級品の味がした。

匂いは甘い菓子の匂い。味にもおかしなところはない。

けれど、嚥下《えんげ》した瞬間、腹の中がかっと熱くなった気がした。

「アデル様、それを食べないでください……！」

「え？」

ユーリスは自らの口を押さえてそう叫んだ。咄嗟にアデルが手にしていた菓子を叩き落とす。床に転がった菓子にアデルの目が見開かれているのが見えて、ほっと安堵の息を吐く。

これからどうしたらよかったのか。水を大量に飲んで吐き出せばいいのか。

けれど、ユーリスがまともに動けたのはそこまでだった。

息が上がって、身体が火照《ほて》る。座っていられなくて、気づいたら床の上に倒れていた。腰から背中にかけて、肌が粟立《あわだ》つほどの欲望が這い上がってくる。快感の炎が全身を炙《あぶ》っているようなこの感覚をユーリスはよく知っていた。

そして、今口にした菓子に何が入っていたのかも理解する。

「ユーリス先生!?」

「これに……発情誘発剤が……」

もつれる舌で必死に言葉を紡ぐ。舌にすら痺れた感覚がある。

――ああ、これは駄目だ。

それは強烈な発情だった。

ユーリスは結婚して以来、抑制剤は使っていなかった。番《つがい》のアルファに抱かれて胎内にその精を受ければ、発情はある程度治まるからだ。

だから、発情の熱にはそれなりに慣れているはずだったのに。

たったひとくち。誘発剤が入っている菓子を口にしただけにしては、恐ろしいほどの熱が身体を苛《さいな》んでいる。

発情誘発剤というのは、非合法の魔法薬である。

その名前の通り、オメガの発情の周期を狂わせ強制的にオメガを発情させる薬だ。一応、王国では禁止薬扱いになっているが、一定の需要があるため取り扱っている商人は少なくない。娼館やオメガを囲う金持ちたちが好んで使用するという。

けれど、それを無理やりオメガに摂取させることは間違いなく犯罪行為だ。

それも狙われたのは、明らかにアデルだった。アルファの友人たちが訪問しているこの場で、発情などしてしまえば、その結果は火を見るよりも明らかだろう。

「う、……ぁッ、あ……」

胎《はら》の奥深くで暴れ回るような疼《うず》きをなんとか逃そうと、ユーリスは身体を丸めようとした。絨毯《じゅうたん》に触れる頬が熱く、衣擦れだけで快感が煽《あお》られる。

考えなければいけないことは山ほどあった。

誰がこの薬を玻璃宮《はりきゅう》に持ち込んだのか、とか、このことをルードヴィヒに知らせなくては、とか。

しかし、考えようとするそばから思考は焼き切れて、もう何も考えられない。

ただひたすらアルファが——ギルベルトが欲しかった。

不幸中の幸いだったのは、ユーリスにはギルベルト以外のアルファの匂いが分からないということだろうか。それと同様に、どれほどユーリスが発情しフェロモンをばら撒いたとしても、彼らにはその匂いを嗅ぐことは出来ない。

驚いたようにユーリスを見ている青年たちを、浅ましい欲で誘うことはしないで済むのだ。

「あ、ギル……ふ、んぁ……ッ」

握りしめた指が震えて、必死に床を掴んでいる。

力を込めていた後ろから、どろりと何かが溢れてくる感覚があった。下肢がぬめりを帯びて、衣服を濡らす。

瞬間、ばさりとユーリスの身体を何かが覆い隠した。遠くで叫ぶ声がする。

「ゲ、ゲオルグ！　騎士団まで行ってギルベルト様呼んできて！」

「あ、ああ！」

「アロイスはルートに連絡して！　みんなこのお菓子、絶対に捨てないで！」

アデルの声が、てきぱきと指示を出していく。

発情して雄を欲するユーリスの身体を隠してくれたのは、彼の上着だったのだ。

どれくらいそこでそうしていただろう。

今までにない強烈な発情の熱に浮かされたユーリスには、とても長い時間のような気がした。けれど、実際はそうではなかったのかもしれない。

ばたばたと激しい足音とともに応接室の扉が開かれて、ぶわりとアルファの匂いが立ち込めた。

それまで眉根を寄せ、ただ火照《ほて》る身体を少しでも楽にしようと熱い息を吐くだけだったユーリスは、涙で滲《にじ》んだ目を薄っすらと開ける。

視界に飛び込んできたのは、黒い騎士服。慌てたように目を見開いたギルベルトの顔だった。

「ユーリス！　これは……!?」

「ギルベルト様！　このお菓子に発情誘発剤が入ってたみたいで、ユーリス先生が……！」

「発情誘発剤……ッ」

ギルベルトが自らの口と鼻を押さえるのが見えた。おそらく、彼にしか分からないオメガのフェロモンがこの応接室には充満しているのだろう。

「殿下に、このことは」

「さっき、アロイスが執務室に行きましたけど、今日は治水工事の視察でしょう？　すぐには対応出来ないかも」

「殿下から連絡が来るまで、みな玻璃宮《はりきゅう》で待機を。アデル様も申し訳ありませんが、このままで」

「分かりました」

「ゲオルグ、後のことはギュンターの指示に従え」

「はい」

私服のまま敬礼したゲオルグを一瞥し、ギルベルトがユーリスのそばに膝をついた。

「アデル様、しばらく暇《いとま》をいただきたい」

「あ、はい……！」

そう言って、ギルベルトは自らのペリースでユーリスの全身を包む。その瞬間、ユーリスは目を見開いた。

自分の身体を包み込むのは、その身に馴染んだアルファの匂いだ。甘い熱を発散させてくれるそれを、ユーリスは誰よりもよく知っていた。

「ギルベルト様……」

抱き上げられて、さらに匂いが濃くなった。ユーリスの発情に中《あ》てられて、ギルベルトもアルファの発情《ラット》に入ったのだ。覗き込む瞳は瞳孔が開いて、眦《まなじり》が朱に染まっている。

震える手を伸ばして彼の精悍な頬にそっと触れた。早く、と吐息だけで囁くと、その意図を汲み取ったギルベルトが息を呑んだ。抱きしめる腕に力が籠って、それだけで愉悦が溢れ出す。

「ユーリス……ッ」

そのまま唇を奪われて、荒々しく舌が入ってくる。粘膜を犯すそれを受け入れて、甘い唾液を飲み込むと強く舌を吸われた。

「あ……ッ」

口づけだけで軽く達してしまったユーリスを、ギルベルトはどう思っただろうか。

このときのユーリスはもはやここがどこで、それまで自分が何をしていたのかを覚えていなかった。正気であれば、人前で口づけなど絶対にしなかっただろう。

けれど、発情の熱がユーリスの思慮深さや慎みといったものを根こそぎ奪い去っていた。とうに理性は溶けていて、どうしようもなくギルベルトが欲しかったのだ。

＊　＊　＊

あれから、どうやって移動したのかはユーリスにはよく分からない。

気がついたら見慣れない寝台にいて、衣服を脱がされているところだった。

普段のギルベルトからは想像も出来ないほど乱暴な手つきでタイを抜かれ、シャツの釦《ボタン》を引きちぎられる。トラウザーズを脱がされた瞬間、ギルベルトが小さく呻いた気がした。

それもそのはずである。発情したユーリスの下肢は、まるで熟《う》れた果実のようにその愛液を滴《したた》らせていた。下着はもちろん、はいていたトラウザーズまでぐっしょりと濡れそぼっていた。

玻璃宮《はりきゅう》でアデルが咄嗟に自らの上着をかけてくれなかったら、はしたない姿を衆目に晒していたはずだ。

「あッ……はぁ、ギルベルトさま……」

はだけた胸を大きな手のひらに撫でられて、ユーリスは身悶える。最後まで身に着けていた首環《ネックガード》にギルベルトの魔力を感じて、それが外されたのが分かった。

ユーリスがいつも着けているアメジストの首環《ネックガード》は、その留め具に特定の魔力を流さなければ外れない魔法具になっていた。外せるのはユーリスとギルベルトだけだ。

入浴中以外は就寝中も着けている首環《ネックガード》であるが、ギルベルトはこうして発情期の最中も外すのを好んだ。

「もう、こんなに濡れていますす」

「ひぁッ……」

ゆっくりと太ももを開かれた。ユーリスはその手に素直に従って、自らの秘所を晒す。

普段のユーリスからは想像も出来ない淫《みだ》らな行為であるが、今のユーリスにはそんなことを気にしている余裕はなかった。

多くのオメガがそうであるように、発情期の最中は羞恥心や躊躇《ためら》いなどはどこかへ行って、ただ雄を——アルファを求めることしか考えられなくなるのだ。

その本能に従って、ユーリスは誘うように細腰を揺らして先を促した。

しかし、自らそこを開いたというのに、ギルベルトはすぐには触れてはくれなかった。口づけられ、舌を吸われる。分厚く大きな舌が口腔の粘膜を余すところなく舐めて、くすぐっていく。

それだけで、ユーリスの腰が面白いくらいに跳ねた。

同時にギルベルトの手がユーリスの薄い胸元を辿る。白く滑《なめ》らかな肌にぽつりと健気《けなげ》に尖る、薄紅の頂《いただき》を指先で擽《くすぐ》るように摘まれると、びりびりとした快楽が湧き上がってくる。勝手に零《こぼ》れ落ちるあえかな声を抑えきれなかった。

「んんッ、あぁッ」

かつては、そこでこれほどまでの愉悦を感じることが出来るだなんて知りもしなかった。しかし、行為のたびに執拗《しつよう》に攻められて、あっと言う間に性感帯へと変えられてしまったのだ。

控えめに尖る乳首とぽってりとした乳暈《にゅううん》は対照的で、ひどく淫猥《いんわい》に見えた。

首筋から鎖骨、それから胸とギルベルトの舌が丹念に舐め上げていく。

ギルベルトとの交合はいつもこうだった。発情期の熱に浮かされて、最終的にはわけが分からなくなるユーリスであるが、その行為の最初のもどかしさだけはよく覚えている。

欲しくて欲しくて堪らないのに、愛しい番《つがい》はもどかしいほど丁寧にユーリスに触れた。

発情してどろどろになった後孔に触れるのはいつも最後で、それまでにギルベルトはユーリスの全身を舌で愛撫する。自分だって興奮して、さっさと突っ込みたいくせに、と何度恨めしく思ったのか分からない。

けれど、どれほど言葉や行動で求めても、彼がその手順を変えたことはなかった。

力の入らない足をなんとか上げて、ユーリスは足先でギルベルトの服を着たままの股間を撫でる。それがひどくはしたない行為だと分かっていても、どうしても彼の興奮を確かめずにはいられないのだ。指先に当たる硬い感触を見つけて、知らずうっとりと微笑んでいた。

「……もう、いいです」

はやく、欲しい――

自ら開いた後孔はとうに蕩《とろ》けて、その楔《くさび》を待ちわびていた。

白い双丘の奥。慎ましく閉じたままの蕾が、そこを埋めるものを期待してとろりと蜜を零している。何度もギルベルトに抱かれたこの身体は彼の形を覚えているのだ。多少乱暴に扱っても決して壊れないというのに。

「駄目です……まだ」

「あぁッ……ギル、んぁあッ」

ギルベルトの舌がユーリスの肉付きの悪い腹を撫でて、ようやくそこにたどり着いた。

仄《ほの》かに生える下生えの下。ふるりと震える確かに芯を持った陰茎を、薄く形のいい唇が咥えた瞬間、ユーリスはその細い肢体を弓なりに仰け反らせた。

「だめ、だめ、あ……ぁぁあああッ、ぁんッ」

温かな粘膜が敏感なくびれの部分を舐めては吸ってを繰り返す。

そのたびに襲い来る快感を少しでも逃がそうと、ユーリスは必死に首を振り敷布《シーツ》に顔を擦り付けた。そして、この場所がどこであったのかを悟った。

ここはギルベルトの寝室だ。ローゼンシュタイン伯爵邸の本館にある、当主の居室。

自分を包む敷布《シーツ》や枕に染みついたギルベルトの匂いに気づいて、眩暈《めまい》がするようだった。

発情期の間、いつもであればギルベルトが別館にあるユーリスの寝室を訪ねてくる。

そこにはユーリスの匂いしかなくて、こんなにも乱されることはない。しかし、今は自分を包み込むその全てに彼の匂いが染み付いているのだ。

アルファのフェロモンはオメガの発情を促す作用があった。元から前後不覚になるほどの熱を持った身体は、さらに熱く燃え上がっていく。陰茎に与えられる刺激などでは足りないくらい、ユーリスの内側はギルベルトを求めていた。

抱かれることに慣れたユーリスの身体は前だけの刺激では達することが出来ないのだ。咥えられ、舐め上げられれば気持ちはいいが、決定的なものにはなりえない。

狂おしいほどの快楽が胎《はら》の中に溜まって、ただただ苦しいだけだった。

「いやッ、それじゃ、いけない……ッ、ふぁ、あんッ、だめ、だめです……」

下肢を押さえ込み、ユーリスの動きを封じようとする大きな身体に、ユーリスは必死で縋《すが》った。

栗色の髪に指を指し込んで、少しでもその拘束を解こうとするが叶わない。気持ちが良くて気がおかしくなりそうだった。

「やだぁ、あ、あぁ、いやっ、もぉ、いれて……」

「……ッ」

ほとんど泣き声のようになってしまった嬌声に、ギルベルトが顔を上げる。

潤んだ視界に映る、未だ騎士服をきっちりと着込んだままの姿が無性に悲しい。

精一杯手を伸ばし、自らの太ももを押さえていたその手を取った。綺麗に切りそろえられた爪を舐めて、硬くなった胼胝《たこ》のある指を咥えた。そして、その肩に手をかける。

「ぬいで、ください」

これ、と舌足らずな口調で示したのは、黒い騎士服だ。まるで己を律するためにあるかのような禁欲的なそれは、淫靡《いんび》なこの空間には似合わない。

ユーリスが甘えるように言うと、ギルベルトは自分が服を着たままであったことにようやく気づいたらしい。

上着の釦《ボタン》を外し、ベルトを緩める。ばさりと放られたそれが、寝台の脇に落ちるのをユーリスは見た。

それがたぶん合図だったのだ。

後孔に突き入れられた指は、数度その内側を確かめるように動いた。

愛液が溢れ、十分にぬかるんだそこは、ギルベルトの指を喜んで迎え入れた。ユーリスにとっては散々焦《じ》らされて、ようやく与えられた刺激であった。

けれど、指はすぐに抜き去られてしまい、奪われた刺激にユーリスは身体を震わせる。

「んぁ……」

「ユーリス」

名前を呼ばれて視線を上げると、欲に濡れた紫色の瞳が射貫くようにユーリスを見ていた。

視線だけで許しを請われて、ユーリスは小さく頷いた。そもそも、早く欲しいと何度も訴えている。今更、許しなど必要はなかった。

「――あ、あああ、はぁ、あッ」

「く……」

隘路《あいろ》を押し広げて、待ち望んだ楔《くさび》が中を穿《うが》っていく。

張り出した亀頭が、粘膜を擦り上げるように進んで、その快感にユーリスは悶えた。

ずっとこの大きなもので貫かれるのを待ち望んでいたのだ。

ギルベルトのものは体格のいいアルファらしく長大で、小柄なユーリスが呑み込むには少々難儀する。しかし、それを難なく受け入れて、あまつさえ快楽すら得ることが出来るのはオメガ故だろうか。

薄い胎《はら》の中にぎっちりと収まった剛直を、ユーリスの中は喜びまるで食《は》むように締め付ける。動かずとも収縮する粘膜に包まれて、ギルベルトが唸るように歯を食いしばった。

確かにユーリスはこの硬い肉杭を待ち望んでいた。しかし、胎《はら》が望むものはまた別にあった。それをオメガの蜜壺は本能に忠実に搾《しぼ》り取ろうとしている。

「ユーリス、大丈夫ですか……」

はふはふと荒い息を吐くユーリスに、ギルベルトが声をかけた。けれど、その答えなど分かり切っているはずだった。

大きな手に撫でられた頬は上気して、瞳はとろりと蕩《とろ》けている。

そんな欲に濡れたユーリスの姿に、ギルベルトは息を呑んだ。そして、端整な顔を耐えるように歪ませる。

それを見て、ユーリスは薄く微笑んだ。これまで何度と目にしているはずのユーリスの——ギルベルト自身の番《つがい》の姿だ。何を耐える必要があるのだろうか。

もう動いてもいいし、何度だって中に出していい。好きに嬲《なぶ》ってくれて構わないのに、彼は決して自分の欲望をユーリスに押し付けようとはしなかった。

発情期のフェロモンに中《あ》てられて、これほど自らも興奮しているというのに。

相変わらず優しい人だ、と思う。

「動いて、なか、ほしい……」

吐息のようなその囁きは、確かにギルベルトの耳に届いたようだった。

両足を抱えられたと思った瞬間、ぐっと腰を突き入れられた。

「あッ！　は、ああ……ッ！」

奥の深い部分を一気に貫かれ、目の前がちかちかと明滅する。ユーリスはただ目を見開いて、嬌声を上げることしか出来なかった。

「ユーリス、気持ちいいですか？」

ギルベルトの問いにユーリスは無言のままこくこくと頷いた。腰が溶けてしまいそうな快楽の波が、とめどなく押し寄せてくる。ギルベルトの動きに合わせて、知らずに腰を動かしていた。

それからは嵐のようだった。最初は向かい合って抱かれ、何度も口づけられた。

上あごや舌の表面、歯列の裏側など、舐められると全身の力が抜けてしまう部位を容赦なく攻め立てられ、溢れる唾液を飲み下した。

抱えられた腰を穿《うが》つように上から突かれると、ギルベルトの先端はユーリスの一番深い部分に届いた。そこを重点的に捏《こ》ねられて、呆気なく絶頂を迎えてしまった。

射精を伴わない絶頂は、長くて深い。その絶頂に合わせて、ユーリスの中が大きく収斂《しゅうれん》する。

その蠕動《ぜんどう》は硬い肉杭を柔らかく、けれど搾《しぼ》り取るように締め付けて射精を促した。そんな肉筒の動きに耐えきれなかったのだろう。ギルベルトが小さく喘《あえ》いで達したのが分かった。

粘膜を濡らす温かい飛沫《しぶき》を感じて、ぞわぞわとした感覚が這い上がってくる。それは明らかな愉悦だった。

荒い息を吐いてユーリスはギルベルトと見つめ合った。

アルファとオメガの発情期の交合は、とても本能に忠実で親密なものだ。たとえ、外ではどれだけよそよそしくても、このときだけは誰よりも近くにいられるのだ。

口を開いて、誘うために舌を伸ばす。それに応えるようにギルベルトがユーリスの唇を食《は》んだ。

――気持ちがいい。このまま溶けてしまいそうだ。

うっとりと目を閉じて、快楽の波に身を任せた。

達してもなお硬いままの剛直が抜かれて、身体の中心に虚《うろ》が出来たようだった。しかし、その喪失感は長くは続かなかった。腕を持たれて、身体をひっくり返される。大きな身体が後ろから圧しかかってきて、ユーリスはギルベルトの望みを汲み取った。求めるように腰を上げると、蜜が溢れる後孔にひたりと押し当てられたものがあった。

まだ当分、ふたりを苛《さいな》む熱は冷めそうになかった。

＊　＊　＊

細い腰を掴んで、思う存分その中を穿《うが》った。

本能に任せて腰を振ると、動きに合わせてあえかな声が上がる。

男にしてはいっそ哀れなほど小柄なその身体は、少し力を入れると呆気なく壊れてしまいそうだといつも思う。

うつ伏せの体勢で敷布《シーツ》の上を泳ぐその肢体は恐ろしいほど細く、それでいて匂い立つ色香があった。滑《なめ》らかな背中を撫でると、柔肌がしっとりと手のひらに吸い付いてくる。

縋《すが》るように枕を掴む手が小さく震えて、ギルベルトを受け入れている中が大きく蠕動《ぜんどう》した。ぬかるんだ腸壁は、突き入れられる陰茎を搾《しぼ》り取るように蠢《うごめ》いて、容赦なくギルベルトを攻め立てていく。

ユーリスの中はいつもギルベルトを優しく、それでいて情熱的に受け止めてくれる。甘やかに誘うフェロモンに許された気がして、細腰を痕がつくほどに強く掴み直した。そして、ひと際強く、彼の胎《はら》の中――オメガの子宮口を先端でこじ開けるようにして穿《うが》った。

「ぁあッ――ッ」

瞬間、ユーリスがひと際甲高い声を上げた。その薄い胸が大きく上下して、握りしめられていた手のひらがくったりと脱力する。しかし、力の抜けた身体とは対照的に、ギルベルトを受け入れている中は貪欲に蠢《うごめ》いて収縮を繰り返した。

その動きに促されて、ギルベルトも己の欲望を解放する。もともと、愛液で潤っていた狭い胎《はら》の中は、吐き出された大量の精液を呑み込み切れなかったらしい。挿入したままの陰茎を少し引き抜くと、それだけで蕾から白濁が溢れてくる。腰を揺すると、ぐちょりと卑猥な水音が響いた。

荒い息を吐きながら、ギルベルトは脱力したまま動かない己の番《つがい》を見た。

汗で張り付いた亜麻色《あまいろ》の前髪をそっと梳《す》くと、隠れていた緑色が現れる。普段の凛としたそれとは違い、ぼんやりと開かれたまま涙を零す瞳はまるで飴玉のような甘さがあった。

――ユーリスのことを考えるのであれば、一度身体を離して彼に抑制剤を飲ませるべきだ。

そうは思うのに、どうしても離れ難くてユーリスの中から自らの欲望を抜くことが出来なかった。何度か胎内にアルファの――己の精を吐き出したとはいえ、ユーリスの発情は決して収まったとは言えない状態だ。

虚《うつ》ろなままの瞳が、彼の理性がまだ戻らないことをギルベルトに伝えてくる。そこから溢れる涙をそっと拭って、その眦《まなじり》に口づけた。

ユーリスの雫す、快楽に染まった涙。それは甘露のようで、容易《たやす》くギルベルトを虜《とりこ》にする。

通常、ユーリスの発情は七日間ほど続くが、その際に発情抑制剤を使うことはない。

けれども、これは普通の発情期ではなかった。薬で無理やり齎《もたら》された、歪《いびつ》で強力な情欲だ。

彼の身体にどんな後遺症が残るか分からないその薬を、一刻も早く解毒した方がいいことを頭では理解していた。

だからこそ、家令に抑制剤を用意させてはいるのだけれど。

それなのに、ギルベルトにはその抑制剤を取りに行く僅かな時間すらも惜しかった。

腕の中にいる番《つがい》を手放すことが出来ないのだ。

離れなければ。一度、ユーリスの中から自らの欲望を抜いて、汗を拭いてやりたい。水も飲ませた方がいいだろうし、そもそも抑制剤を飲ませなければ――

そう思って腰を引こうとしたとき、フェロモンが鼻を掠《かす》めたのは偶然だろうか。

ギルベルトの理性を溶かす、甘い甘い番《つがい》の香り。

騎士として洗脳や拷問にも耐えられるように訓練を受けているはずのギルベルトの理性は、ユーリスの放つ香りで呆気なく崩壊した。

誘うようなその香りに逆らうことが出来ず、ギルベルトは再び腰を奥に進めた。もとより、入れたままだった性器は出したばかりだというのに、痛いほどに硬くそそり立っていた。

組み敷いた細い身体が大きく震える。その瞬間、先ほどよりも強く香ったフェロモンに、興奮で目の前が真っ赤になった。

思考がぶれて、目の前の番《つがい》を犯すことしか考えられなくなるのは、アルファとしての醜い性《さが》だ。それでも絶対に乱暴なことはしたくなくて、可能な限り丁寧にその身体を抱え起こした。

このときのギルベルトには、もはや抑制剤のことなど頭にはなかった。

番《つがい》がこれほどまでに発情して、自らを求めているのだ。本能が求めるままに、貪ることの何がいけないのだろうか。

「――はぁ、あっ、ぃや、あんッ、あ」

ユーリスを自らの膝の上に乗せて、下から突き上げるようにして腰を揺する。

体勢が変わったことで、刺激される場所が変わったのだろう。深く達して呆然としていたはずの唇からは、嬌声がひっきりなしに零《こぼ》れていく。その可憐な唇に口づけたくて顔を上げると、美しい緑が目に飛び込んできた。

ユーリスがこちらを見ていたのだ。

透き通る緑色が揺れて、視線が彷徨《さまよ》う。未だ強い発情状態であるユーリスの双眸《そうぼう》は、とろりと蕩《とろ》けて焦点が合うことはなかった。それでも己の番《つがい》を求めるのは、オメガとしての本能だろうか。

背面座位になったことで身体を寄せやすくなったのか、それとも先ほどまで縋《すが》っていた枕がなくなったからか。ユーリスが後ろに腕を回して、自らのそれをギルベルトの首に絡めてくる。平素では絶対に触れ合うことはない肌が、ひたりと重なり合った。

ギルベルトは満開の花に吸い寄せられる蝶のように、その花弁に似た唇に自らのそれを寄せた。

細い頤《おとがい》を無理やり自分に向けて、深く口づける。

薄っすらと色づく薄桃の唇は、触れると蕩《とろ》けそうなほどに柔らかい。促すように数度下唇を食《は》むと、ギルベルトに応えてユーリスが口を開けた。

差し入れた舌を受け入れて、懸命に唾液を啜《すす》る様にひどく煽《あお》られた。自然と抽挿が早くなる。

「う、はぁ、……ユーリス」

「あんッ、ギルベルトさま、あ、あぁッ」

吐息交じりにその名前を呼ぶと、同じだけ名前を呼び返された。

それと同時にギルベルトのものを受け入れている後膣が、再び強く収斂《しゅうれん》する。その動きが表すのは間違いなく「歓喜」だろう。

解放された唇から零《こぼ》れるのは、自らの番《つがい》を呼ぶ嬌声だけだ。発情期の間、ユーリスは怯えたように視線を伏せることも遠慮がちに口ごもることもない。

しかし、それでも足りなくてギルベルトは目の前の項《うなじ》に舌を這わせた。

白くて細いそこには、生涯消えない歯形が残っている。——初めて発情期をともに過ごしたとき、ギルベルト自身がつけた番《つがい》の証。

ユーリスを逃がさないための、醜悪な鎖だ。

その痕をなぞるようにして、ギルベルトはゆっくりと項《うなじ》に歯を立てる。

このまま力を籠めたら、きっとユーリスの白い肌にはひどい歯形がつくだろう。発情期明けに肌に残ったその痕は、きっと痛むに違いない。それは分かっているのに、ギルベルトはユーリスの項《うなじ》を噛むことを止められなかった。

何度も舐めて、それでも足りないから歯を立てる。

衝動のままに顎に力を籠めると、敏感なオメガの項《うなじ》に噛みつかれたユーリスが蕩《とろ》けるように甘い悲鳴を上げた。

＊　＊　＊

熱に浮かされたまま意識を失ったユーリスの唇に、柔らかい何かが触れた。

啄《ついば》むように唇を食《は》まれて、とろりとしたものが口の中に満ちてくる。甘くて、けれど苦いそれを、促されるままにユーリスは飲み下した。決して美味しくはないその味を懐かしく思う。

それはユーリスにとってよく知った味だった。――けれど、なんだっただろうか。

ふわりとした曖昧《あいまい》な意識の中で考えようとしても、思考は上手くまとまらなかった。

その上、ユーリスの淡い思考を邪魔してくるものがあった。微かに開いた唇の隙間から、何かがユーリスの中に押し入ろうとしているのだ。飲まされたものがなんであるかを思いつく間もなく、柔らかいそれが口腔を犯していく。

驚いて逃げようとするユーリスの舌を絡め取り、表面を擦り合わせる。強く吸われると、それに呼応するように身体の奥に情欲の火が灯る。

「んぁ……」

温かい手のひらに髪を梳《す》かれて、耳をくすぐられる。

どろり、と後孔から何かが溢れる感覚があった。溢れたのは愛液か、それともせっかくもらった精液だろうか。

自らの中から失われたそれがもったいなくて、腹に力を籠める。それを咎めるようにユーリスの下肢を開いた楔《くさび》が中を押し開いていく。身体を抱えられ、粘膜を擦り上げられると、堪え切れない嬌声がひっきりなしに零《こぼ》れ落ちた。

もうどれくらいこうしているのだろうか。苦しいほどの熱はなかなか引かず、ユーリスは長いことこの甘い責め苦に苛《さいな》まれている。何度絶頂を極めても、快楽の波は引くことはなかった。

これまで何度となく経験してきた発情とは違う、恐ろしいほどの渇望。それをおかしいと思うのに、溶けた理性ではまともに考えることは出来なかった。

「ギルベルト、さま……」

「——はい」

手を伸ばせば、ここに、とその手を取ってくれる人がいる。

それだけで全てが許された気がして、ユーリスは安堵する。

抱きしめられて、そのぬくもりに包まれた。涼やかな匂いが鼻腔を擽《くすぐ》り、堪らない気持ちになる。

身体は苦しいのに、ユーリスはとても幸せで、ただそのぬくもりに身を任せた。

そこから続くのは、ぬるま湯に浸《つ》かっているような快感だった。それまで与えられていた燃えるような熱情とは違う、ただ心地いいだけの触れ合い。

中にあるギルベルトのものは相変わらず硬く大きいのに、これまでのように激しくユーリスを攻めることはなかった。抱きしめられて、ゆっくりと粘膜を擦り上げられる。

そのもどかしい動きに身を任せると、気持ちが良くて涙が零《こぼ》れていく。

木から降りられなくなった子猫が木に縋《すが》るように、ユーリスは必死でその逞しい首に縋《すが》りついた。

応えるように口づけが降ってきて、うっとりとした気持ちでそれを受け止める。

「あ、――ッ」

何度も繰り返した絶頂が身体を突き抜けた。

挿入された後孔だけではなく、もはや触れ合う場所全てが心地いい。

――苦しい。これ以上続けば、気持ちが良すぎておかしくなってしまう。

そう考えたとき、ユーリスは再び意識が沈んでいくような感覚に陥った。

発情してから、何日が経ったのだろうか。自失していたユーリスに日付の感覚はなかったが、あれから短くはない時間が経っているのだろうとは思った。

だからこそ、これほどまでに疲労感がユーリスを支配しているのだ。

大きな手がユーリスの髪を梳《す》いて、瞼を隠すように顔を撫でていく。

――そのまま眠っていい。

そう言わんばかりの動きに促されて、ユーリスはゆっくりと自らの意識を手放した。

＊　＊　＊

——愛しています。心から。

遠くでギルベルトの声がした。

それを聞いて、ユーリスは——ああ、これは夢だ、と思う。

とても現実的で心が苦しくなるその夢は、正確に言えば過去の記憶だ。ユーリスが定期的に見る、かつて経験した目を逸らしたいと願った追憶。

場所はシュテルンリヒト魔法学園。その一画にある、小さな庭園だ。

その入り口に、ユーリスは魔法学園の制服を着て立っている。黒いローブとチェック柄のスラックス。緑色のネクタイは間違いなくかつてユーリスが身に纏《まと》っていたものだ。

そこでユーリスは何をしているわけでもない。ただ息を殺して、庭の中を眺めている。——否、身を潜《ひそ》めて庭にいるふたりの人物を盗み見ているのだ。

薬草園と魔獣舎の隅にひっそりと作られたその庭園は、ひとけがなくいつだって静寂に包まれていた。

小さな花壇とひとつきりの石造りのベンチだけが置かれた、庭園と呼ぶには簡素すぎる空間。けれど、その庭を何故だかユーリスの主ヴィルヘルムはたいそう気に入っていたのだ。

彼は在学中、そこで静かな時間を過ごすことを好んだ。供も連れず、ただひとりで隠れるように赴《おもむ》くこともあり、ユーリスたち侍従は散々探し回ったものだった。

あれは確か、卒業を間近に控えた初春の寒い日だった。

古びた石造りの校舎や所々にはめ込まれた飾り窓。図書館に所狭しと並べられた、魔導書の数々。もうすぐこの学び舎を去らなければいけないユーリスは、それらを懐かしみ微かな寂寞感《せきばくかん》を抱えて日々を過ごしていた。

あのとき、ユーリスがヴィルヘルムを探していたのはどうしてだったのだろうか。理由は覚えていないけれど、ユーリスは己の主を探してその庭園を目指していた。

校舎の中を通って、敷地内の端を目指す。春はもう目の前とはいえ、屋外に出れば肌を刺すような冷気がユーリスを包んだ。分厚いローブの襟を掻き合わせて、先を急ぐ。

常に生徒たちの喧騒に賑わっている学園も、最奥まで来ればひと通りは一気に減ってしまう。すれ違う者がひとりもいない屋外の小道は、しんとした静寂に包まれていた。

ひとけのない小さな庭の入り口に薔薇《ばら》のアーチがあった。葉も花も落とした枯れた茨《いばら》の向こう。そこにヴィルヘルムの姿を見つけて、ユーリスは声をかけようとした。

けれど、咄嗟にその声を呑み込んだのは、ヴィルヘルムとともにいる相手を見てひどく驚いたからだ。

ヴィルヘルムがあの庭園を好んでいることは、侍従や騎士であれば誰でも知っていることだった。だから、庭園にヴィルヘルムと誰か、供の者がいることもよくあることだ。

しかし、そのときヴィルヘルムと一緒にいたのは、ユーリスにとって思いがけない人物だった。休眠中のつる薔薇《ばら》をけん引したアーチの向こうに、ヴィルヘルムともうひとり。小柄なヴィルヘルムよりも背の高い、栗色の髪が見えた。――そこにいたのは、ギルベルトだった。

玻璃宮《はりきゅう》とは違い、学園の中ではヴィルヘルムと騎士たちはある程度の交流を持つことが出来た。特に同輩であるギルベルトやギュンターはヴィルヘルムと特に親しく、よく一緒に笑い合っていた。

とはいえ、それは教室や食堂といった人の多い場所でのことである。まさか、この庭園で――まるで、人目を忍ぶように騎士であるギルベルトとヴィルヘルムがふたりきりでいるのはあまり外聞がよろしくないことだった。

いや、だからこそ、この庭でひっそりと会っているのか。

何か嫌な予感がして、ユーリスは息を潜《ひそ》めた。そのときのユーリスは、誓って決して盗み聞きをするつもりはなかった。ただ、様子を窺《うかが》っているうちに、出ていくタイミングを完璧に逃してしまっただけなのだ。

くぐもった話し声は、距離もあってあまりよく聞き取れなかった。

しかし、ところどころに漏《も》れ聞こえた言葉にユーリスは衝撃を受けた。

「――愛しています。心から」

静かなギルベルトの声が、ユーリスの鼓膜を震わせる。

それは間違いなく、愛を語る言葉だった。

――愛している。ローゼンシュタイン卿が、ヴィルヘルム殿下を？

ヴィルヘルムはシュテルンリヒトのために、いずれ他国へ嫁《とつ》ぐ身だ。その当時、嫁《とつ》ぎ先は決まっていなかったが、いくつかの候補が挙がり、王や外務局による審査が行われていたはずだった。

いくらギルベルトが由緒正しい伯爵家の次期当主とはいえ、それは許されない恋だ。

主と想い人の密やかな逢瀬《おうせ》にユーリスが言葉をなくしていると、何事か口にしたヴィルヘルムが満足そうに頷いた。そしてそのほっそりとした手をギルベルトに差し出し、言う。

「そうか。では、永遠の忠誠を」

それはまるで、絵画を見ているような光景だった。

たったふたりきりしかいない小さな庭園で、美しい王子の前に跪《ひざまず》く美貌の騎士。

ギルベルトは差し出されたヴィルヘルムの手の甲に額をつけ、彼の望むままに永遠の忠誠を誓う。

見開いたままの自分の目から、涙が零《こぼ》れたのが分かった。

――そっか。そうなんだ……ローゼンシュタイン卿は、ヴィルヘルム殿下のことを。

吐く息は白く、指先はただひたすら冷たかった。しかし、それよりも心臓のあたりが切り裂かれるように痛んだ。

ギルベルトはヴィルヘルムのことを愛している。

その残酷な事実は、数年前から抱えていたユーリスの淡い思いを打ち砕くには十分すぎるものだった。

たとえ、その恋が永遠に叶わなくても。その想いが決して報われることはなくても。ギルベルトは、永遠の愛をヴィルヘルムただひとりに捧げたのだ。

目の前の厳《おごそ》かとも言える光景は、ユーリスの脳裏に焼き印のように張り付いて離れなかった。

その四年後、ヴィルヘルムは砂漠の大国ハディールに嫁《とつ》ぐことになる。

成人したギルベルトは、そのときすでに第一王子の近衛騎士ではなかった。それどころか、彼は王都にすらいなかったのだ。学園の卒業と同時に騎士として正式に叙任を受け、北の国境にある砦に赴任していたからだ。

けれど、彼はヴィルヘルムが王都を発《た》つ前日に玻璃宮《はりきゅう》を訪ねてきた。旅装で、乱れた髪もそのままに。

——直接は渡せないので、これをどうか殿下に。

そう言って、手渡された手紙をユーリスは未だによく覚えている。

白い便せんに、臙脂《えんじ》の封蝋《ふうろう》。薔薇《ばら》に剣の紋章は間違いなくローゼンシュタイン家のものだった。

彼が北の砦に赴任してから、ヴィルヘルムと頻繁に文を交わしていたことは、玻璃宮《はりきゅう》の侍従であればみなが知っていた。定期的に届くその手紙を、主が何よりも楽しみにしていたことも。

手紙を読んで、花が綻《ほころ》ぶように微笑むヴィルヘルムをユーリスはずっと隣で見てきた。そのたびに切なく、涙が零《こぼ》れそうになるのを必死で堪えたものだった。

そうして密やかに育《はぐく》まれた彼らの恋は、その日をもって終了することになる。

結局、ヴィルヘルムはアルファのギルベルトには会うことなくハディールへと旅立っていった。

最後の手紙を渡したとき、彼の笑顔はとても晴れやかで意外に思ったのを覚えている。何やらとても楽しそうで、けれどちょっとだけ憤《いきどお》っていて、それからやはり少しだけ寂しそうだった。

彼らの苦しみも悲しみも、ユーリスには分からない。

――お互いに想い合う恋人同士であるのに、直接言葉を交わすことはおろか、最後にその姿を一目見ることすら叶わない。

ギルベルトはそんな恋をしていた。

それをユーリスは誰よりもよく知っている。何年も、何年も。――ずっと彼らのそばで、その悲しい恋の行方を見ていたのだから。


ギルベルトがユーリスと結婚したのは、本当に愛した相手との婚姻が叶わなかったからだ。

恋い慕う相手と敬愛する主。

そのふたりはどちらもユーリスにとってとても大切で、何よりも幸せになってほしいふたりだった。

彼らが隠していた密やかな恋を知っていたからこそ、ユーリスは自らの想いに蓋をした。そして、その上でただローゼンシュタイン家の奥方として、跡取りの母としての役割を果たそうと決心したのだ。

実際、ギルベルトは必要最低限しかユーリスには触れなかった。言葉も交わさず、ただ発情期の際にのみ身体を重ねる。

ヴィルヘルムの代わりでもいい。否、きっと代わりにすらなれないだろうことは分かっていた。けれど、ユーリスはそれでよかった。

――それだけで、よかったのに。

それなのに交合《セックス》の最中のギルベルトは、泣きたくなるくらいに優しくユーリスに触れてくれる。

彼と結婚したその夜。ユーリスは初めてギルベルトに抱かれた。

発情期以外で抱かれたのは、後にも先にもそのとき一回きりであったが、彼のあまりにも丁寧で慎重な手つきに、思わずユーリスは泣きじゃくってしまった。

愛するアルファと結婚して、触れ合えること。

それはとても幸せなことなのに、そのときのユーリスには耐えられないほどに苦しかった。

愛のない結婚をしなければならなかったギルベルトと、想いを祖国へ残したまま異国へ嫁《とつ》いだヴィルヘルム。彼らはともにあることは叶わなかったのに、どうして自分だけが幸せでいられるだろうか。

だからこそ、ユーリスは何度もあの日の夢を見るのだろう。

ギルベルトの愛がどこにあるのか。番《つがい》として、妻として扱われていても、決して愛されてはいないと思い出すために。

＊　＊　＊

白い光が部屋の中を明るく照らし出していた。

広々とした寝台には瀟洒《しょうしゃ》な天蓋が設《しつら》えてあり、その中を覆い隠すように天鵞絨《ビロード》の布が垂れ下がっている。清潔な敷布《シーツ》の上に横になったまま、ぼんやりと部屋の中を見回して、ユーリスはようやくここがどこであるのかを思い出した。

ここはギルベルトの寝室だ。

初めて入ったその部屋は、内装や調度はたいそう豪華であるのに、私物は清々《すがすが》しいほどに少なかった。部屋の中にあるのはユーリスが身体を横たえている寝台と、そのわきに置いてあるサイドチェストだけだ。

部屋の主の性格をそのまま表したような寝室を見て、ユーリスはゆっくりと息を吐いた。

身体の熱はもうすっかり治まっていた。部屋中に満ちているギルベルトの匂いを嗅いでも、あの恐ろしいほどの情欲は生まれてはこない。

ひどい発情に浮かされ、何度も何度もギルベルトを求めてしまったような気がする。

それが発情期のオメガの性《さが》とはいえ、はしたない体位や言葉で誘ったことが断片的に思い出されて思わず枕に頭を擦りつけた。羞恥で人が死ねるものならば、きっと今すぐにでもユーリスは死ねるだろう。

その上、汗や涎。その他、様々な液体でぐちゃぐちゃだったはずの敷布《シーツ》や自らの身体が清められていることに気づいて、さらに恥ずかしくなった。

ギルベルトは何故か交合の後始末を使用人にさせることを嫌うから、今回もユーリスを綺麗にしてくれたのは彼だ。その事実に打ちのめされたような気持ちになって、このまま枕に埋まってしまいたかった。

突発的な――それも王宮で発情期《ヒート》を起こした上に、その対処や後始末に至るまでの全てをギルベルトにさせてしまった。彼にとっては迷惑なんて言葉では片づけられないほどの負担をかけたに違いない。

どうしてこんなことに……とふと思って、その原因を考えた。前後のあやふやな記憶を引っ張り出し、ユーリスはようやく自分が発情誘発剤を口にしたことを思い出した。

玻璃宮《はりきゅう》でアデルと彼の友人たち。その集まりに王太子より差し入れられた焼き菓子。

「あぁ……」

泥のように重たい身体をなんとか起こして、頭を抱える。咄嗟の行動とはいえ、自らの軽率な行動に頭が痛くなったのだ。

あれほど、ルードヴィヒから口にするものには気をつけろと言われていたにもかかわらず、少しの迷いでアデルたちを危険に晒してしまった。ユーリスがもっと上手く対処出来ていたら、こんな事態には陥ってなかったはずだった。彼らは、大丈夫だったのだろうか。

発情して、ただギルベルトを求めていたことだけは覚えている。けれど、それからの記憶がユーリスの頭からすっかり抜け落ちていた。

身体中の色んなところ――具体的には腰や股関節、それから後孔やその奥といった口に出すには憚《はばか》られるところ――が痛むのは発情期明けではよくあることだ。特に項《うなじ》にひりひりとした痛みを感じて、ユーリスは指先で自らのそこに触れた。

「痛……」

そっとなぞっただけで、項《うなじ》にいくつもの凹凸《おうとつ》があるのが分かった。触れるたびに微かではあるが確かな痛みを感じて、未だその傷が塞がっていないことを知る。

自分では見ることが出来ないその部分は、もともと消えない歯形が残されていた。番契約《つがいけいやく》——ボンドバイトを行ったときにギルベルトに噛まれた痕だ。

どういうわけか、ギルベルトは行為の最中にそこを執拗《しつよう》に噛むことを好んだ。歯を立てて、歯形がしっかりとつくまで噛みつくのだ。もちろん、舐めたり吸ったりして鬱血痕《うっけつこん》を残すことも好きらしい。

発情期が終われば離れてしまう番《つがい》が、ユーリスの身体中に残す痕。それが特に項《うなじ》や首筋に集中するのには、何か意味があるのだろうか。

陽の光のもとで晒された自らの身体に、見えるところだけでも数えきれないほどの鬱血痕《うっけつこん》があってユーリスはひとりで赤面する。毎度のことながら、今回もなかなか激しい情交の痕跡だった。

——これは、しばらく消えないだろうな……

そっと息を吐いて、衣服で隠れるだろうか、とユーリスが考えたときだった。

飴色の扉が控えめに叩かれる音がして、顔を上げる。小さく返事をすると、扉がゆっくりと開いた。

「起きていましたか」

入ってきたのはギルベルトだった。部屋着のシャツにボトムという、常にはないくつろいだ格好をしている。

穏やかな紫色の瞳を向けられ、身体はどうかと訊ねられて、ユーリスは頷いた。

「もう、大丈夫かと。発情の熱も引きました」

「……あの」

「はい？」

「そちらではなく……」

答えたユーリスにギルベルトが言った。見上げた彼の顔は仄《ほの》かに赤く、手で口を押さえている。

彼の表情の意味が分からず、ユーリスは思わず首を傾げた。

「――？」

「無理をさせたのではないかと……私も深いラットに入ってしまったようで」

「……ッ！」

改めて言われて、今度はユーリスが赤くなる番だった。そして自分が未だに全裸であることに思い至る。

発情期の最中ならまだしも、正気に戻った今、ギルベルトの前で裸体を晒すのはさすがに躊躇《ためら》われた。慌てて毛布を抱きしめると、ギルベルトも視線を彷徨《さまよ》わせながら近くにあったガウンをかけてくれた。華奢《きゃしゃ》なユーリスの身体がすっぽりと隠れてしまうそれは、普段ギルベルトが使っているものなのだろう。

「痛いところはありませんか？」

「痛い、のは、……あの、身体中痛いですが、大丈夫です」

いつものことなので、と付け加えると、ギルベルトの頬にさっと赤みが増した。

「それは、大変申し訳ありません……」

「あ、いいえ。私こそご迷惑をおかけしてしまいました」

「迷惑など。あの場であなたが敢《あ》えてあれを口にしなかったなら、どうなっていたか分かりません」

そう言って、ギルベルトはあれからもう五日が経っていることをユーリスに教えてくれた。それから、やはりあの菓子には強力な魔法がかかった発情誘発剤が混ぜられていたことも。

「要人警護は騎士団の管轄ですが、魔法薬は魔法局の分野です。魔法薬に明るい王宮魔法使いに調査依頼をした結果、あれにはオメガだけではなくアルファの発情も促す作用があることが判明しました」

「アルファの？」

「そうです。狙われたのは、アデル様で間違いないでしょうが、おそらくゲオルグとシュヴァルツリヒト卿も巻き込む気だったのだと思われます」

その説明に、ユーリスは自らの肌が粟立《あわだ》つのを感じた。それでは、あの菓子は。

「あれは、決してただの嫌がらせではありません」

執務局の長《おさ》である宰相シュヴァルツリヒト公爵は国王派の最有力貴族で、代々騎士団を束ねるロートリヒト公爵は中立ではあるが、王家に忠誠を誓っている。

彼らはその活躍の場は違えど、王家の剣であり盾であるのだ。

そんな公爵家の跡取りたちが、王太子の婚約者を襲ったとなれば、王家と公爵家の間には相当な遺恨が残るだろう。そうなれば、王国は大混乱に陥ってしまう。

政界の事情に疎《うと》いユーリスにすらそのことはよく理解出来た。

では、首謀者は国王派の盤石な地盤を瓦解させようとしたというのだろうか。あんな菓子ひとつで。

自らの考えに言葉をなくしたユーリスの肩を、ギルベルトの大きな手がそっと撫でる。慈《いつく》しむようなそのぬくもりに、少しだけ力が抜ける。

「ユーリス、起きられそうであれば、湯を用意させましょう。身支度を整えてください。午後からルードヴィヒ殿下が来られると先ほど連絡がありました。可能であれば、ユーリスにも同席してもらい詳細の説明を、と」

「はい。大丈夫です」

頷くと、そばにいたギルベルトが微かに眉根を寄せた。そして何かを確かめるように、首元に鼻先を近づけてくる。

「あの……？」

「今回、薬による強制的な発情だったので、抑制剤を使用しました。勝手に飲ませてしまい、申し訳ありません。五日間服用し、ようやく発情は治まったようですが、どうにもフェロモンの香りが不安定ですね」

「不安定……」

言われて、ユーリスは自らの匂いを嗅いだ。しかし、オメガのフェロモンは自分ではよく分からないのだ。この世でユーリスのフェロモンを嗅ぐことが出来るのはギルベルトただひとりだけだから、彼がそう言うのであればそうなのだろう。

「正常な発情期ももうすぐだったのでは？」

「ああ、そうです。そういえば」

玻璃宮《はりきゅう》に出仕してから、日々が慌ただしく失念していたが、言われてみればそんな時期だったと思い出す。

ユーリスの発情期は通常であれば三か月に一度訪れ、薬なしで七日間ほど続く。アデルの教育係を引き受けてからもう二か月が経っている。勅命を受けた日よりひと月前に終わった前回を思えば、そろそろ正常な周期の発情期が来るはずだった。

しかし、ユーリスは薬で無理やり発情させられてしまったのだ。

——こういう場合は、どうなるのだろうか。

指を顎に当て首を傾げていると、ギルベルトがユーリスの瞳を覗き込んできた。至近距離にある整った相貌に、ユーリスはびくりと肩を揺らす。

「薬の影響がどのように出るのか分かりません。当然のことながら、あれは未承認の魔法薬で我々には未知のものです。即効性の上に、作用が著《いちじる》しく強かった。どうか十分気を付けてください」

「わ、分かりました」

そっと髪を掻き上げられて、息を呑む。——近い。

吐息が混ざるほどの近さに耐えきれず、ユーリスはぎゅっと目を瞑った。

ふわりと漂うギルベルトの香りがユーリスの鼻腔を犯していく。部屋も、肩にかけられたガウンも、その全てが彼の匂いだというのに、本人が近寄るだけで一気に恋しくなるのだから我がことながら、オメガというのは厄介なものだと思う。

しかも、自分たちは先の夜半まで散々身体を重ねていたのだ。何度も、自らの中に彼自身を招き入れていたというのに。それとは違う距離の近さに、うるさいくらいに胸が高鳴っている。

「来客の準備をしてまいります。時間はまだありますから、ユーリスはゆっくりと身支度を」

そう言ってギルベルトは身体を離した。彼の匂いや体温が呆気ないほどあっさりと離れていく。

そのことに少しの寂しさと大きな安堵を覚えたときだった。

優しい手で前髪を梳《す》かれて、額にそっと何かが押し付けられた。

柔らかく、まるで愛おしいと言わんばかりにユーリスに触れた、それ。

「……――ッ!?」

――その「何か」がなんであるか。それをユーリスが理解したときには、当のギルベルトは部屋を退出した後だった。

あまりの衝撃に、ユーリスは言葉を失い、顔を真っ赤にして身悶えた。

触れたのは、ギルベルトの唇だ。

ユーリスがミハエルにいつもしているような、愛情を表すような額への口づけ。それをギルベルトがユーリスに与えたことに、ユーリスは激しく動揺していた。

一瞬、何が起きたのか分からなかったくらいだ。

本当に心臓が爆発してしまうかもしれない。

「はぁ……――」

両手で顔を覆って、大きく息を吐く。そんなことをしても壊れたように動く心臓はちっとも大人しくはならなかった。

湯の用意が出来れば、すぐにでも侍女がユーリスを呼びに来るはずだ。それまでになんとか心を落ち着けなくてはいけない。そう思って、ユーリスはもう一度大きく息を吸って、吐き出した。

そして、また頭を抱えそうになる。

——この部屋は、本当にギルベルト様の匂いしかしない。

彼の寝室で発情期を過ごすのは、今後は丁重にお断りしなくては。

ユーリスは、そう強く決心したのだった。

＊　＊　＊

ユーリスが部屋に入った途端、アデルが泣きそうな声を上げた。

薄紅をおびた金髪をなびかせて飛び込んできた細い身体を、ユーリスは慌てて抱きしめる。ドアを開けてくれたギルベルトが支えてくれなかったら、一緒に倒れ込んでいたかもしれない。

何度も謝罪を繰り返す背中をユーリスはゆっくりと撫でた。アデルは全身を震わせて、ユーリスの肩に額を押し付ける。

発情誘発剤を摂取した日から、ユーリスは屋敷に籠っていた。当然、アデルと会うのはその日以来だ。この五日間、アデルはひどくユーリスの身を案じたことだろう。

もう大丈夫ですから、と微笑むと、ようやくアデルは落ち着いたのだった。

夏の午後、ローゼンシュタイン伯爵邸にはふたりの来客があった。星の紋章をつけた馬車に揺られてやってきたのは、まさしくこの国の王太子ルードヴィヒとその婚約者であるアデルである。

ひとしきりユーリスを抱きしめて満足したのか、アデルは応接室の長椅子《ソファー》にルードヴィヒと並んで腰かけている。

「王太子殿下をお待たせしてしまい、申し訳ありません」

「よい、気にするな。それよりユーリス、身体の方は大丈夫か」

彼らを待たせた非礼を詫びるとルードヴィヒは鷹揚《おうよう》に頷いた。

本来であれば屋敷の主人であるユーリスは、到着と同時に彼らを迎えなければいけない。しかし、思ったよりも身体が言うことをきかず、身支度に手間取ってしまったのだ。

数日かけて無理を強《し》いられた身体が悲鳴を上げるのは、発情期明けにはよくあることだ。

発情期の番《つがい》は本能のままお互いを求め合う。それは仕方のないこととはいえ、侍従として長いこと務めてきたユーリスは、やはり王太子を待たせるのはいかがなものかと思ってしまう。

「はい。王宮に出した連絡の通り、もうずいぶんと落ち着きました」

「それはよかった……」

ギルベルトに促され、ユーリスは彼の隣に腰を下ろした。

そっと背中に添えられた手に身を固くしながらも、その気遣いをありがたく思う。正直な話、立って歩くのも辛かったのだ。

　腰や股関節が痛いのはもとより、散々嬲《なぶ》られた胎《はら》の中にも違和感がある。そうなれば、自然と痛みがある場所を庇《かば》うように動くから、どうしても動作がぎこちなくなってしまう。

　そんなユーリスの常にない動きに気づいたのだろう。その理由すら理解したらしいルードヴィヒが実に自然な仕草でついっとユーリスから視線を逸らした。それに反応してか、彼の隣にいるアデルも微かに頬を染めている。

　その理由が手に取るように分かって、ユーリスは自らの膝の上に視線を落とした。

　恥ずかしくて顔から火が出そうであった。しかし、こればかりはユーリス本人にもどうしようもない。

　湯浴みのあと、身支度を整えるため侍女が持ってきた姿見を見て、ユーリスは目を瞠《みは》った。

　細すぎる身体中にこれでもかとついた鬱血痕《うっけつこん》と泣きすぎて真っ赤になった眦《まなじり》。潤んだ瞳には情事の名残があり、淫靡《いんび》な雰囲気を纏《まと》っていた。

　ユーリスの現在の状態は悲惨の一言に尽きた。しかし、ユーリスが最も目を覆いたくなったのは、自らの首元の惨状であった。

　鎖骨が目立つユーリスの首元には、それはもうおびただしい数の歯形と鬱血痕《うっけつこん》がついていた。吸われすぎた白くて薄い皮膚は、赤を通り越して紫色に変色しているところすらある。

　とはいえ、これは発情期のあとではいつものことだ。問題は、これからユーリスは人前に出なければいけないということだった。

出来るだけ襟の高い服と首環《ネックガード》で誤魔化すしかない、と思い服を選んだが、その全てが隠せたわけではない。ユーリスの首筋にはしっかり結んだリボンタイと立てた襟の隙間から、真っ赤な鬱血痕《うっけつこん》がはっきりと見えてしまっていた。

年若いふたりの客人は発情期明けのユーリスを見て、自分たち夫夫《ふうふ》が昨日まで何をしていたかを想像してしまったのだろう。

「今回のこと、改めて礼を言う」

んんっ、と軽く咳払いをして、ルードヴィヒがそう切り出した。

「魔法薬の分析結果については伯爵から聞いただろうか。あれはどうやらアルファにも作用する特殊なものだったらしく、本当にユーリスが止めてくれなければ大惨事になるところだった」

「いえ。私こそ殿下にご忠告いただいていたというのに、判断が遅くこのような失態を……」

「それはよい。こちらとて詳細を話していなかった落ち度がある」

そう言ってルードヴィヒはアデルをちらりと見た。

アデルはその視線に気づいたのか、眉根を寄せて視線を逸らした。その様子はユーリスの身体を心配していた先ほどまでとは何やら雰囲気が違う。ここに来るまでにふたりの間に何かあったらしい。

「今回のことでアデルには全て話した。玻璃宮《はりきゅう》に入って以降もアデルは狙われている。おそらくは議会派の――」

「そのことなら、絶対に違うって言ってるでしょ」

「アデル……」

後で話そう、とルードヴィヒはアデルの細い手に触れる。それを思いっきり振り払って、アデルはユーリスを見た。緑の瞳が微かに潤んで、その眦《まなじり》が赤く染まっていた。

「アデルはこう言うが、首謀者はアデルを害して得をする人物だと私は考えている」

ルードヴィヒの言葉にユーリスは息を詰めた。

アデルを害して得をする人物。そんな人物がいるのだろうか。

ふと考えて、たくさんいるだろうな、と思い直す。

王宮においてアデル・ヴァイツェンという人物に価値があるとすれば、それは「王太子の婚約者」であるという点だろう。彼がいなくなり、空《あ》いた「王太子の婚約者」の座を自らの近親者で埋めたいと考える貴族は大勢いるはずだ。

しかし、ルードヴィヒは今回の誘発剤の件で、アデルを狙う相手をある程度絞り込んだらしかった。

「誘発剤の件では、首謀者の狙いはひとつではなかった。アデルを発情させ、ゲオルグかアロイスに襲わせたかったのだろう。これは私の推測だが、やつらはゲオルグよりもアロイスがアデルの項《うなじ》を噛むことを望んでいたのではないかと思う」

「それはシュヴァルツリヒト公と殿下を仲違いさせるため、ということでしょうか」

「そうだ。公爵は王家の最も忠実な家臣であるから、彼と私の仲が悪くなれば政《まつりごと》に余計な混乱を招く。それを狙ったのだろう」

ギルベルトの問いにルードヴィヒが答えた。

ユーリスはそのはっきりとした口調に違和感を抱いた。まるでもうすでに首謀者が分かっているかのような言い方だったからだ。

王家と国王派の最有力貴族との関係を悪化させて、最も利を得る人物。シュヴァルツリヒト公爵の最大の政敵。――それは、すなわち。

「殿下は、ヴァイスリヒト公爵がやったとお考えなのですか？」

頭から冷や水をかけられた気分だった。かの事件で、議会派の貴族たちが疑われるだろうとは思っていた。しかし、よりにもよってその長《おさ》が疑われているとは。

「ユーリスはヴァイスリヒト公爵と懇意なのだったな。証拠もなく彼に疑いをかけられる状況ではないが、現状ヴァイスリヒト公爵が最も利を得るのだ」

そう言ったルードヴィヒは、続けて直接菓子を玻璃宮《はりきゅう》に持ち込んだ侍女の話を始めた。

菓子を持ってきたのはアロイスが証言した通り、ギゼラ・フェルゼンという王太子宮に勤める侍女で父親は国王派の中堅貴族だ。彼女自身は、王太子宮に勤めて一年ほどが経つという。勤務態度は真面目で、同僚たちからの評判も悪くはない。社交界でもこれといって目立つ噂はなかった。

あの日、ギゼラは星宮《せいぐう》の侍女から頼まれて、なんの疑いもなく菓子を玻璃宮《はりきゅう》へと運んだと証言していたらしい。

「フェルゼン嬢に頼んだ侍女も見つかっている。こちらはベルン子爵の令嬢で、フェルゼン嬢とはもともと友人だそうだ」

ギゼラ・フェルゼンは仲のいい友人に、間違って星宮《せいぐう》に紛れ込んでいたから、と頼まれてなんの疑いもなく運んでしまったのだ。後からあの菓子に発情誘発剤が混入していたと聞かされ、事情聴取をされてひどく驚いていたという。

「ベルン嬢はどこから菓子を手に入れたのですか？」

「こちらも星宮《せいぐう》の年かさの侍女に頼まれたと証言している。そちらの侍女は使用人が厨房から運んできたと」

王族の食事は、完成してから王族の口に入るまで何人もの手を使って運ばれるのだ。

件《くだん》の菓子もその例に漏《も》れず、厨房から菓子を運んだ使用人にもそれを持っていくように指示した者がいた。

「つまり、誰が薬を入れたのかは分からないと」

「そうだ。それを全て調べるのであれば大量の真実薬が必要になるが、魔法局からは許可は出せないと言われた」

ルードヴィヒの言葉に、ギルベルトが不愉快そうに眉を寄せた。

真実薬というのは魔法薬の一種で、その名の通り飲ませれば真実しか口に出来なくなるという尋問に便利な代物だ。

しかし、使われる薬草が希少なものばかりなのとその効能から、精製と使用には特別な許可が必要なのだ。それを管轄しているのが魔法局で、魔法局の長《おさ》はブラウリヒト公爵である。

「それは、被害者が私だけだからでしょうか」

「……そうだろうな。はっきりとは言われていないが、狙われたのがアデルというのもその要因だと思う。アロイスやゲオルグに何かあれば話は別だったのだろうが、結果として何もなかったからな。アデルが狙われても、ユーリスが実際に被害にあっても魔法局は動かない。……いつものことだ」

ため息交じりに言ったルードヴィヒはひどく憔悴《しょうすい》しているように見えた。ここに来るまでに、彼は散々魔法局の局員と戦ってきたのだろう。

王立魔法局は王宮魔法使いを長《おさ》とする、王国最高峰の魔法部門だ。

シュテルンリヒト魔法学園もその管轄で、代々王宮魔法使い長《おさ》が学園の校長を務めるほどである。また、魔法局は研究機関としての役割も担《にな》っており、様々な魔法分野の研究課があった。

真実薬を担当するのは魔法薬管理課であり、今回の件もそこに協力を要請したのだ。しかし、その返答はルードヴィヒの言葉通りだった。

もともと魔法局は、アルファ至上主義の者が多い。すなわち、アルファではない二次性を持つ者――とりわけオメガを蔑《さげす》み馬鹿にする風潮があった。発情誘発剤の分析も、ルードヴィヒが再三強く要請して、ようやく得られた回答だったのだ。

「魔法局の長《おさ》はブラウリヒト公爵ですから、仕方がないことです」

「ブラウリヒト公爵はオメガ排斥派だからな」

ユーリスがため息交じりに言うと、ルードヴィヒはふんと鼻を鳴らした。

王宮魔法使い長《おさ》であるブラウリヒト公爵――つまり、ライナルトの父は王宮きってのオメガ差別主義なのだ。アロイスのオメガ嫌いとは似て非なるほどの過激派で、王宮内にオメガは必要ないと常々公言して憚《はばか》らない人物である。

孤児院でアデルが「俺はオメガだから魔法局では出世出来ない」と言っていた理由はここにあった。

通常、シュテルンリヒト魔法学園で優秀な成績を修めた者は、教授の推薦を得て王宮に入職することになっている。その就職先は魔法局や執務局、はては医務局と様々ではあるがオメガにとっての最難関は魔法局であると言われていた。

理由は簡単だ。その長《おさ》たるブラウリヒト公爵がオメガ嫌いだからだ。

新入職員の採用を公爵自らするわけではないが、魔法局全体にオメガを軽んじるような空気が流れている。よほど優秀な成績を修め、稀有《けう》な魔法属性を持っていないと入局出来ない上に、入局後も閑職に回されるのだともっぱらの評判であった。

それでもオメガが王宮で魔法を使うことを生業《なりわい》にするためには、魔法局に入るしかなかった。王国騎士団はそもそもオメガの入団を認めていないからだ。

どうやらアデルは、王太子の婚約者に決まる前、魔法局への内定をもらっていたらしい。

女神の愛し子であるアデルの能力を考えれば、それは当然のことのように思えた。しかし、それでもそこに隠された彼の努力や覚悟をユーリスは誰よりもよく理解していた。

ちなみに、魔法局は王国騎士団とはひどく仲が悪かった。両者の間に特別に何かがあったわけではない。だが、城内警護や貴人の護衛、はては城下の治安維持など、何かとその職務分野が重なり、長年張り合い続け、争い合った結果、慣例的に不仲なのだ。

そういう理由もあって普段は温和なギルベルトも軋轢《あつれき》のある王宮魔法使いの話題になると、少々不機嫌そうな表情になるわけである。

魔法局とのやり取りで疲弊《ひへい》したらしいルードヴィヒを見て、ユーリスはふとあることを考えた。

優秀なルードヴィヒが気づいていないとも思えなかったが、小首を傾げて口を開く。

「アデル様を狙っているのは、過激派という線はないのですか？」

「過激派か。兄上も幾度となく命を狙われていたな。もちろん、その可能性だっておおいにある。しかし、やつらは実態が掴めない上に数が多い。理由はないに等しいくせに目的だけがあるのだから厄介なものだ」

ルードヴィヒはそう言って、どさりと背中を背もたれに投げ出した。

疲労の溜まった彼の様子が労《いたわ》しい。ルードヴィヒはいつもの公務と並行してこの案件の調査を進めているのだ。

ユーリスが口にした「過激派」とはオメガ差別主義者の過激派の集まりのことだ。

オメガ排斥派とも呼ばれる彼らは、貴族、平民問わずどこにでもいて、常にオメガたちを排除しようと目論《もくろ》んでいる。それは政治的な派閥とは関係がなく、むしろ一種の信仰のようなものだった。

現に、政治的には中立を保っているブラウリヒト公爵は、オメガ差別主義という観点で言えば極端な右翼であったし、政治的に対立しているはずのシュヴァルツリヒト公爵とヴァイスリヒト公爵の両者は穏健派といえる。

特に己の番《つがい》を深く愛しているシュヴァルツリヒト公爵はその代表格で、オメガの地位向上のための政策を幾度となく打ち出してくれていた。

オメガ排斥派の目的はその通称の通り、オメガの排斥。特に政治の中枢である王宮にオメガは必要ないとの主張を掲げ、オメガが出仕出来る現状を変えようと水面下で動いているのだ。

その活動が最も激しかったのは、ヴィルヘルムが王宮にいる頃だった。

当時、彼は何度となくその命を狙われていた。ヴィルヘルムが玻璃宮《はりきゅう》に軟禁されるようになったのも、一度暗殺されかけたからである。

——オメガが生まれないはずの王家に生まれたオメガの王子。

彼らにとって命を狙う理由は、それだけで十分だった。

とはいえ、これは一部の過激派の主張である。差別主義を公言しているブラウリヒト公爵だって、表立ってオメガたちを害することはない。

これだけ見れば、アデルが王太子の婚約者として王宮にいるだけで狙われるには十分である気がする。しかし、ルードヴィヒはそれ以外の者が首謀者であると見ているらしい。

胡乱《うろん》なユーリスの視線に気づいたのか、ルードヴィヒは小さく苦笑する。それから手を振って、そんな目で見るなと言った。

「私がヴァイスリヒト公爵を疑うのには理由がある」

「ルート」

「アデル。伯爵とユーリスには話しておいた方がいい」

咎めるように名前を呼んだアデルを制して、ルードヴィヒは足を組んだ。それから身を乗り出して声を潜《ひそ》める。

「これは一部の者にしか知らせていないこと故、内密に頼む」

さらりとした王太子の金髪が微かに揺れる。その青い目はそっと伏せられ、大きな影を落とした。

「私の婚約破棄――つまり、リリエルに関係することだ」

「リリエル様に関係すること、ですか……」

思いがけない人物の名前を聞いて、ユーリスは目を瞠《みは》った。かの公爵令息の名前は、今この場で耳にするにはあまりにも不釣り合いな気がしたからだ。

しかし、ルードヴィヒは至極真面目な顔でその先を続けた。

「そうだ。ユーリスは、公爵令息が平民に多少の嫌がらせをしたからといって、それが問題になると思うか?」

「――いいえ」

突然の問いに、ユーリスは首を横に振る。それを見て、ルードヴィヒはそうであろう、と静かに頷いた。

「学園でリリエルがアデルに嫌がらせをしたとして、多少のことならばリリエルは許される。その身分の高さと立場、それから相手が平民であるという点でなんの問題にもなりはしないはずだ。――けれど、リリエルは断罪され婚約を破棄された。多くの者は私がアデルに現《うつつ》を抜かし、リリエルの小さな瑕疵《かし》をあげつらったのだと思っているが、そうではない。それには相応の理由がある」

――リリエルは、アデルに発情誘発剤を飲ませてアルファをけしかけたのだ。今回のように。

ルードヴィヒは視線を伏せてそう言った。低く響く声が彼の深い苦悩を表しているように思えた。

「発情誘発剤……」

「そうだ。その薬は全てアデルが飲み込んでしまったため、成分の分析は出来ていないが、おそらく今回と同じような代物だったと考えられる。オメガの発情の周期を狂わせ、無理やり発情期を引き起こす未認可の魔法薬だ」

ユーリスは言葉を失った。そんなことをリリエルがするとは思えなかったのだ。

だってそれは、まさしく犯罪行為だ。

「現場にリリエルはいなかった。しかしアデルを呼び出したオメガはリリエルの信奉者で、取り押さえたアルファたちも口を揃えてリリエルに頼まれたと証言した」

「それは、でも。証言だけでは……」

「そうだ。アロイスの強い主張で、彼らの尋問には真実薬が使われた。これは校長――つまりブラウリヒト公爵に許可を得たライナルトが用意したものだ」

そして、その薬を使って尋問しても彼らの証言は変わらなかったという。彼らはみな一様に言ったのだ。

――リリエル・ザシャ・ヴァイスリヒトに頼まれたのだ、と。

「アデルは学園に入学してから様々な嫌がらせを受けてきた。後ろ盾のない平民のオメガだ。軽んじる者は当然多い。しかし、卒業を控えた半年間はそれまでとは比べ物にならないくらいひどいものだった」

それまでも教科書を破かれたり、嘘の授業変更を教えられたりと、アデルは様々な嫌がらせを受けていたのだという。犯人は分からない。けれど、ルードヴィヒの言った通り、平民でオメガのアデルを使って憂さ晴らしをする者は多かった。

「でも、四年生の秋ぐらいから、内容が過激になってきたんです。寮の部屋を荒らされたり、寮までの帰り道で草むらに連れ込まれそうになったり。……猫の首が部屋の前に置かれてたりもしました。それこそ身の危険を感じるようなことがたくさん」

そんな中で、決してひとりにはならないようにとルードヴィヒに言われていたアデルを呼び出したのはオメガの生徒だったという。

「彼はいつも俺に親切だったし、リリエル様の友だちでした。リリエル様は俺に厳しかったけど、嫌がらせなんて一度もしたことはなかったから。……油断してた」

言われるがままにひとけのない庭園に足を運び、そこで待ち受けていた数人のアルファに薬を飲まされ乱暴されそうになったのだ。相手がアデルを発情させようとしたのは、発情中のアデルの項《うなじ》を噛むためだった。つまり、アデルの番《つがい》になろうとしたらしい。

もちろん、そのアルファたちがアデルを好いていたわけではない。オメガは一生のうちにたったひとりしか番《つがい》を作れないから、ルードヴィヒとアデルが番《つがい》になることを阻止しようとしたのだ。挙句の果てに、アルファたちはアデルとの番《つがい》契約をすぐに破棄すればいいと思ったと言った。自分たちにはオメガの番《つがい》は必要ないと。

「それは、そんなこと……」

ユーリスは絶句した。ふたりから語られた内容が、想像を超えていたからだ。

あの穏やかな箱庭でそんな恐ろしいことが起きるとは思っていなかった。けれど、それは起こってしまった真実だった。

「私たちは事態を重く見て、正式に生徒会役員として調査をした。しかし、調べれば調べるほどリリエルが指示を出してやらせたのだという証言をする者が出てくるんだ。これまでの嫌がらせも全部」

「リリエル様はなんと？」

生徒たちの証言だけでは証拠としては不十分だ。たとえ、真実薬を使った証言だとしても、相手はヴァイスリヒト公爵家のリリエルである。彼が否、と言えば全てが覆《くつがえ》るはずだ。

けれど、そうはならなかった。リリエルはその罪の証として婚約を破棄されたのだ。——それは、つまり。

「もちろん、私たちもリリエルがそんなことをするなど信じられなかった。だから直接話が聞きたいと何度も呼び出したさ。しかし、リリエルは一度たりとも生徒会の召喚には応じなかった。あの頃、私たちは卒業を待つばかりでほとんどの生徒が学園に登校していなかったから、何度もヴァイスリヒト家に手紙を送ったんだ。そしてようやく返ってきた返事には卒業祝賀会の全校生徒の前で話をしようと書かれていた」

ルードヴィヒの言葉にふたたびユーリスは言葉を失った。

「では、つまり……」

「そうだ。卒業祝賀会でのあの茶番はリリエル自身が指定したものなんだ……」

ルードヴィヒとリリエルの婚約破棄劇を初めて聞いたとき、ルードヴィヒはどうして断罪の場に卒業祝賀会を選んだのだろうと思っていた。

魔法学園の卒業祝賀会は、ただの学園の卒業式ではない。国の要人を招待し、生徒たちのこれからの活躍を激励する――という建前《たてまえ》のもと有力貴族を集める第二の社交界のようなものだ。

そこには国王陛下はもちろん、宰相閣下、学園の校長といった名だたる貴族たちが招かれる。

たとえ、リリエルが本当にアデルに対して犯罪に等しい嫌がらせをしたとして、あの場で公表せずともよかっただろうとユーリスは思わずにはいられなかった。

それが、まさかリリエル本人が望んだことだったとは。

四大公爵家の当主も招待されるのが慣例であるから、リリエルは自らの父親の前でその罪を暴かれることを望んだことになる。

「私たちは当然、衆目の前でリリエルが無罪を主張するのだと思っていた。だからこそ、リリエルの望みを叶えたのだ。あの場でリリエルが違うと言えば、王やヴァイスリヒト公爵がそれを認めるだろう。けれど、リリエルは否定しなかった……」

むしろ、あの広い講堂で朗々と罪状を読み上げるルードヴィヒを見て笑ったのだ、と王太子は言った。

――殿下がそうおっしゃるのであれば、そうなのでしょう。

卒業祝賀会で、リリエルが発した言葉はたったそれだけだった。

否定も肯定もせず、ただ早足に会場を後にした。だからこそ、彼らの婚約は破棄されたのだ。

「私は祝賀会の場では、リリエルが発情誘発剤を使用したことは口にしなかった。王と公爵との話し合いまでは内密にしておこうと。だから、このことを知っているのは実際に事件に関わった者と当時の生徒会の役員だけだ」

つまり、加害者と被害者を除けば、会長であるルードヴィヒと副会長のアロイス。それから会計のライナルトと書記のゲオルグだけが知っていることなのだという。

加害者たちはみな学園を退学になった。それぞれが領地や自宅での謹慎を命じられたとルードヴィヒは言ったが、魔力の高いアルファの青年たちだ。彼らの大多数がほとぼりが冷めれば、また社交界に復帰するだろう。

「ヴァイスリヒト公爵は、もちろんあの場にいた。婚約破棄の話し合いをするときも普段の様子ではあったが……あの狸《たぬき》が何を考えているかはいつもよく分からないからな。リリエルのことでアデルを恨んでいて、リリエルが使った手で意趣返しを企《たくら》んだのかもしれない。それか、リリエル自身が……」

「リリエル様はそんなことしないってば！」

ルードヴィヒの言葉にアデルが気色ばんだ。その剣幕に驚いたのは、感情をぶつけられたルードヴィヒではなくユーリスとギルベルトだった。

「リリエル様は今まで一度だって俺に嫌がらせなんてしなかった。ルートだって本当はそんなことする人じゃないって分かってるんでしょ？　それに、今回のことでリリエル様が何かやれるわけないじゃん。リリエル様は、今もお屋敷から一歩も外に出られないんだから」

実際のところ、リリエルの所在は明らかではなかった。

王都のヴァイスリリヒト邸にいるとの噂もあるが、同時に領地に引きこもっているだとか、辺境の修道院に入ったなどという話も聞いたことがある。しかし、そのどれも貴族たちが好き勝手噂しているだけの信憑性《しんぴょうせい》のないものだ。

ただひとつはっきりしているのは、彼に謹慎を命じたのは公爵で、その公爵自身が未だにリリエルが外に出ることを許していないということだ。それを彼がどのような意図で行っているのかは分からないが、結果としてリリエルは好奇の目からは守られている。

「いずれにせよ、リリエルの件ではユーリスにも迷惑をかけた。遅くなったがそちらも謝罪したい」

「迷惑？　私にですか？」

ルードヴィヒの語った婚約破棄の話には、ユーリスは何も関わっていない。むしろ初めて聞いた内容ばかりで驚いていただけだった。

「アロイスから盛大な八つ当たりをされたとゲオルグから聞いた。あいつは卒業祝賀会からずっと機嫌が悪くてな。……いや、落ち込んでいると言った方がいいのか。何にせよ友人が迷惑をかけた。あいつの機嫌などユーリスには関係ないだろうに、本当に申し訳ないことをした」

すまなかったな、と王太子から頭を下げられ、慌てたのはユーリスだ。

それはもう終わったはずの話だった。王太子に謝罪されるいわれはない。

「そんな、殿下お顔を上げてください。もうその件についてはシュヴァルツリリヒト卿から直接謝罪を受けていますから」

言いながらもユーリスはルードヴィヒの謝罪に首を傾げていた。

何故、リリエルの断罪劇でアロイスが落ち込む必要があるのだろうか。そういえば、彼らが玻璃《はり》宮《きゅう》を再訪したあの日、ゲオルグも似たようなことを言っていた気がする。

――卒業してからずっと、アロイスはひどく落ち込んでいたのだ、と。

ユーリスがよほど不思議そうな表情をしていたのだろう。顔を上げたルードヴィヒは複雑そうに目を細めた。

「アロイスはリリエルと仲が良かったんだ。とは言っても、リリエルの二次性がオメガだと判明するまでの話ではあるがな。私たち五人が幼馴染なのは知っているだろう」

「はい。幼い頃より殿下のご友人として王宮に招かれていたと」

「そうだ。しかし、アロイスとリリエルの付き合いはそれより長い。家も隣同士だ。生まれたときから交流があったと聞いている。――だから、リリエルの無罪を誰よりも信じていたのはアロイスだったんだ」

王都にある四大公爵の屋敷は、王宮の正門を出たすぐ近くにあった。

西側から順に、ロートリヒト家、シュヴァルツリヒト家、ヴァイスリヒト家、ブラウリヒト家と並び建っており、確かにアロイスの生家とリリエルの生家は隣同士だ。しかし、その敷地は広大で、あれをお隣同士と簡単に言っていいものかはユーリスにはよく分からなかった。

「真実薬を使ってほしいと言い出したのもアロイスだし、あいつは俺たちの中で一番熱心に調査をしていた。しかし調べれば調べるほど、リリエルが犯人であるという証拠しか出てこなかった。挙句あの卒業祝賀会だ。しばらくは手がつけられないほど荒れていたな」

「そうだったのですね」

アロイス自身、謝罪の言葉を述べる際、気が立っていた、と言っていた。その詳細がこんなことだったとは。

ユーリスは、あのオメガ嫌いと有名な青年を思い浮かべた。

黒い髪に薄い青い瞳。恐ろしく研ぎ澄まされた美貌は、冷たく硬質なものだった。ユーリスが彼から悪意を向けられたせいでそう思うのだろうか。

その黒の貴公子が、オメガであるリリエルのために奔走していたという。

「あいつはまだあの件に関してひとりで調べているようだしな」

「アロイスが？」

「そうだ。仕事が休みの日に何かと理由をつけては学園に足を運んでいるらしい」

アデルに向かってルードヴィヒが頷いた。だから、リリエルのことはあいつに任せておけ、とでも言うような視線であった。

「リリエルが無実にしろ、そうでないにしろ、公爵にはアデルを恨む十分な動機があるということだ。リリエルが私の妃になっていれば、必然的に公爵はそのうち国王の外祖父となっていた。政治に口を挟むのに、これほど有利な立場もないだろう。それを逃した恨みは深い」

そう言われてしまえば、ユーリスには返す言葉もなかった。ルードヴィヒがヴァイスリヒト公爵を警戒するわけがよく理解出来たからだ。

けれど、やはり違和感はある。

政治の場でのヴァイスリヒト公爵についてはよく知らないユーリスではあったが、私的な関わりは深いのだ。かの公爵は掴みどころのない性格をしていて、何事にも執着するということがない人物だ。

――あの公爵閣下が、そんなことに固執するだろうか。

そうは思うけれど、ユーリスはしがない教育係でしかない。王太子であるルードヴィヒの言葉に意見することも出来ず、ぐっと唇を噛んだ。

その様子を見て、どう思ったのだろうか。ルードヴィヒが力なく笑って口を開いた。

「もうすぐ、国王主催の狩猟大会もある。さすがにあれを欠席するわけにはいかないから、色々と対策を練ろうと思う。伯爵とユーリスにも協力してもらうからよろしく頼む。本当にふたりには苦労をかけるな」

「狩猟大会……」

「なんだ、忘れていたのか？」

驚いたように言われて、ユーリスは頷いた。

けれども、同時にもうそんな季節か、とも思った。

窓の外では新緑の葉がいつの間にか深い緑になって生き生きと茂っている。庭の薔薇《ばら》は咲き誇り、季節はシュテルンリヒトで最も美しい時期を迎えていたのだ。

夏の盛りはもう目の前だった。

＊　＊　＊

シュテルンリヒト王国は大陸の北に位置している。

大陸の壁と言われる北の帝国ヴァダヴァロートに北と東の国境を接し、南は内海であるナーエ海に開けている。王国の南は海より吹き込む季節風で比較的温暖ではあるが、領土の大半は寒さの厳しい土地だった。冬は長く、雪が深い。陽が短くなると同時に全てを凍らせる北風が北の山脈から吹いてくるからだ。

その代わり、春から秋にかけての美しさは大陸随一を誇った。

長い冬が終わり、雪が解けると国中に花が咲き、若葉が茂る。夏の暑さはそれほどでもないため、シュテルンリヒトの人々は夏を最もよい季節として様々な行事を行うのだ。

国王主催の狩猟大会もそのひとつで、毎年夏の盛りに開催されるものだ。貴族の子弟や騎士たちがこぞって参加するそれは、王家所有の広大な狩場に放った魔獣を弓で射て仕留め、その大きさを競うものだった。

大会の主役は魔力も体力もある騎士たちだ。この日ばかりは王国騎士団は、その職務から解放され一参加者として大会を楽しむことを許されている。その代わりをするのが王宮魔法使いたちで、大会の運営や警護は彼らの仕事であった。

「はぁ、緊張しました」

用意された天幕の中でアデルがほっと息を吐いた。その膝には小さな礼服を着たミハエルが乗っている。白い麦わら帽子には彼の瞳と同じすみれ色のリボンがかかっていた。

「お疲れ様です」

一世一代と言ってもいい対面を果たしたアデルを、ユーリスは労《ねぎら》った。華奢《きゃしゃ》な背中に手を当てると、薄手のジャケットが微かにしっとりとしていて彼の緊張を伝えてくる。

「でも、初対面でひっぱたかれなくてよかったです」

「アデル様……今代の国王陛下はそんなことはしませんよ」

「穏やかそうな方たちでした……」

もっと泥棒猫って罵《ののし》られるかと思った、と笑うアデルに、ユーリスは苦笑する。

彼は先ほど、国王夫妻――つまり、婚約者の両親に初めて謁見したのだ。狩猟大会に招かれた礼として挨拶をしたアデルに、温和な国王夫妻は朗《ほが》らかに声をかけた。それに淀みなく答えたアデルは、そこで一日の気力を全て使い切ったと言わんばかりに疲れ果てていた。

将来、義理の両親になる相手との初対面だ。気疲れする気持ちはよく分かるし、何よりあちらはシュテルンリヒト王国の「国王」と「王妃」なのだ。平民のアデルには、本来ならその姿を見ることも叶わないほど身分が違うから、短時間でどっと消耗するのは無理からぬことである。

けれど、この謁見はアデルにとって避けては通れないものだった。

通常、王子の婚約は国王と執務局が定め国民に公表するものだ。しかし、アデルとの婚約は国王夫妻がルードヴィヒの強い意思を尊重した結果だ。

国王夫妻は基本的にルードヴィヒにはひどく甘い。アルファの王妃が遅くに産んだ第二王子は、幼い頃から蝶よ花よと真綿で包むようにして育てられていた。花のように愛らしく、素直な王子は両親からもその周囲からも溢れんばかりの愛情を注がれて大きくなったのだ。

いっそ過保護とも言えるその愛がいっそうひどくなったのは、ルードヴィヒの兄であるヴィルヘルムがオメガと判明してからだ。

王と王妃は、まるでヴィルヘルムにしてやれなかった分を取り戻すようにルードヴィヒを甘やかした。それは傍《はた》から見ていて、彼がまともに育ったのが奇跡に思えるほどの甘さで、だからこそ平民でオメガのアデルとの婚約が許されたわけだ。

しかし、両親が婚約を認めたとはいえ、アデルは平民だ。

王族と——それも国王と謁見するためには気が遠くなるほど膨大な手続きが必要な上に、ヴァイスリヒト公爵への配慮もあった。そんなわけでアデルは、国王夫妻が公《おおやけ》の場に足を運ぶ今日初めて謁見を認められたのだった。

「それにしても、王妃様はなんだかアロイスに雰囲気が似てますね」

持参した水筒に口をつけながらアデルが言った。それにユーリスはそうですね、と頷く。

王家の天幕を見やれば、遠目に煌《きら》びやかな貴婦人の姿が見える。黒い髪を綺麗に結い上げ、ティアラを飾った女性は王妃そのひとだ。涼やかな目元と薄い青色の瞳は息子であるルードヴィヒよりも確かにアロイスに似ている。

「王妃様はシュヴァルツリヒト家の出身で、現シュヴァルツリヒト公爵の姉君に当たられます」

「ということは、つまりアロイスの伯母さん？」

「そうです」

「うーん。確か、ライナルトとアロイスも親戚でしたよね？」

「はい。アロイス様の母君がブラウリヒト公爵の従妹君ですので、おふたりの関係は再従兄弟《はとこ》になりますね」

「親戚ばっかり」

顔をしかめるアデルに苦笑しつつ、ユーリスは付け加える。

「この国の王侯貴族はだいたい親戚ですよ。四代ほど遡《さかのぼ》れば、そのほとんどの血が繋がります。特に伯爵以上の家柄ですと婚姻相手を慎重に選びますから」

「ややこしいし難しいです」

「ええ。でもしっかり覚えてくださいね。縁戚関係は社交界でも重要ですから」

「はぁい。でも何もこんなところで授業しなくていいと思います」

唇を尖らせアデルは拗ねたように言った。

「ふふ、そうですね」

それにユーリスも笑って同意する。アデルの言うことももっともだったからだ。

身を乗り出して天幕の外を見ると、そこには澄み渡る青い空が広がっていた。それを覆い隠すように背の高い木々が生い茂り、若葉の隙間から木漏れ日がきらきらと落ちてくる。

今日は年に一度の狩猟大会なのだ。

アデルとユーリスは朝早くから王都の郊外にある王家所有の森に来ていた。

ふたりが休んでいるのは、ローゼンシュタイン家の紋章が描かれた天幕で、これは招待された貴族の観覧席の役割をする。周囲には様々な家紋を掲げた天幕が並んでいて、大会の始まりをみなが今か今かと待ちわびていた。

天幕と天幕を繋ぐ色とりどりのフラッグガーランドが会場を彩《いろど》り、ときおり上がる花火がその賑わいに花を添えた。狩猟大会は参加する者だけではなく、観覧する者たちとっても一種のお祭りのようなものなのだ。

「ルートたちは今どこにいるんですか？」

「選手の控え室になっている天幕にいらっしゃるのだと思いますよ。準備が出来たら、こちらにいらっしゃいますので激励をして差し上げてください」

「激励？」

「女神の祝福がありますように、と」

「ああ！」

ユーリスは自らの胸元にあるブートニアを指さした。同じようにアデルのジャケットの胸元にも小さな花飾りが挿さっている。

「やり方は覚えましたか？」

「ルートが俺の前で跪《ひざまず》いたら、この花をルートの胸に挿して大会中の無事を祈ります」

「そうです」

「それで、頬か額にキスします」

「はい。その通りです」

指を折りながら手順を暗唱するアデルにユーリスは微笑んだ。その危なげない様子に、ユーリスは少しだけ安堵する。

狩猟大会を初めて観覧するアデルは、当然参加者に与えられる「祝福」についても今回初めて知ったのだ。慌てて昨日説明した内容を彼はしっかりと覚えてきてくれた。

それは狩猟大会の始まりに行われる一種のセレモニーのようなものだった。

参加者が狩猟会場に入場する前に、自らの恋人や婚約者のところにやってきてその相手から激励を受けるのだ。

その一連の儀式を通称「祝福」と呼んだ。

シュテルンリヒトの建国神話に登場する始祖王が、女神から祝福の花を与えられたことに由来し、その際の手順を模した儀式を行うことで参加者の活躍と無事を祈るのだ。

当然、準備を終えたルードヴィヒはアデルの元にやってくる。貴族の行事に初めて参加するアデルは、今日がお披露目のようなものだからきっと多くの注目を集めるだろう。

王太子に恥をかかせないため、また貴族たちに軽んじられないためアデルは淀みなく祝福を授ける必要があった。

祝福を授けるための小さな花束をユーリスとアデル――つまり、男性オメガは胸元に。女性は結い上げた髪に飾って参加者を待つのだ。

シュテルンリヒトの夏は恋の季節だ。春から始まる社交界シーズンで、貴族たちは恋の相手を探す。毎夜開かれる夜会を通じて想いを寄せた相手にアピールする絶好の機会がこの狩猟大会だった。そわそわと控えの天幕のある方向を見つめるアデルに、ユーリスは知らずに微笑んでいた。彼らの恋は初々《ういうい》しく可愛らしい。この狩猟大会もきっとふたりとも楽しみにしていたのだろう。


大勢の人が集まる狩猟大会は、狙われているアデルにとってひどく危険なものだ。

しかし、国王からの正式な招待を今のアデルが断るわけにはいかなかった。

初めての謁見も兼ねたものであるのだからなおさらである。そこでアデルの警護をしやすくするために、彼はローゼンシュタイン家の天幕に滞在することになったのだった。

本来であれば、王族の婚約者は自らの生家の天幕で大会の様子を観覧する。嫁《とつ》ぐ前であり、王家の天幕には入れないのだ。

しかし、それが問題になることは今まで一度としてなかった。婚約者も当然貴族であり、その生家の天幕はもともと準備されているからだ。

けれど、平民のアデルには生家というものがない。そこでルードヴィヒの頼みで急遽ユーリスが狩猟大会の観覧をすることになったのだ。

実のところ、ユーリスが狩猟大会に足を運んだのは三年ぶり。つまり、結婚して以来のことだった。

こういう華やかな場所は確かに得意ではない。けれど、ユーリスが狩猟大会に来られなかったのは、参加者であるギルベルトがユーリスの観覧を嫌がったためであった。

ユーリスは結婚してすぐにミハエルを身籠った。最初の年は、妊娠を理由に来るなと言われた。次の年は生まれたばかりのミハエルを連れてくるのは危険だからと観覧を断られた。

二度もやんわり拒否されれば、さすがにユーリスとて気づくというものである。——ギルベルトは、ユーリスを狩猟大会に連れてきたくないのだ。

結婚してからもギルベルトは、ユーリスとともに人前に出ることをひどく厭《いと》うた。

夜会の件もあり、断られればユーリスには強く望むことは出来ない。こんなことでもなければ、今年だって何かと理由をつけて家にいるように言われたはずだ。

だからこそ、アデルがルードヴィヒとともに狩猟大会に臨めることが嬉しかった。

自分には叶わなかった恋の楽しみを、若い彼らに味わってもらいたい。ユーリスはそう思っていた。

楽しげなアデルとそれにつられて機嫌のいいミハエルを微笑ましく眺めていたときだ。「ヒンメル殿」と懐かしい名前を呼ばれて、ユーリスは振り向いた。

「……リベレ侯爵様？」

「お久しぶりです。ヒンメル殿にこのようなところで会えるとは思っていませんでした」

そこには狩猟服を身に着けた三十がらみの男が立っていた。

手に弓を持ち、腰に矢筒を下げた彼は、人好きのする笑顔を貼り付けてユーリスを見ている。撫でつけられた薄茶の髪と榛《はしばみ》色の瞳には見覚えがあった。

——トビアス・リベレ。

かつてユーリスが王宮で働いているとき、ときおり顔を合わせていた人物である。

「夜会にも滅多に来られませんから、お元気だろうかと心配していました」

「ああ、そうですね。子どもがまだ幼いので、夜会はなかなか……」

リベレはユーリスに笑いかけながら、距離を詰めてくる。

そのまま天幕に入ってこようとする素振りすら見せたため、ユーリスは慌てて席を立った。彼に番《つがい》がいるのかは知らないが、アルファであるはずのリベレをあまりアデルには近づけたくはなかったのだ。

リベレの不躾な視線を遮《さえぎ》るように立ちふさがったユーリスであったが、彼は特に気にした様子は見せなかった。

リベレは確か貴族議会の議員だ。生家であるリベレ家が代々、貴族議会の議員の家系で、トビアス・リベレ自身も若い頃から王宮に出入りしていた。

といっても議員は議会が開かれる日のみ王宮に出仕すればよく、議会のない季節は登城する必要はない。

しかし、どういうわけか昔の彼はよく王宮内に出没して、ユーリスが侍従として玻璃宮《はりきゅう》に出仕していた頃、何度も玻璃宮《はりきゅう》の周辺で顔を合わせていた。そのたびにひどく馴れ馴れしい態度で話しかけられるので、ユーリスはリベレのことが少々苦手だったことを思い出す。

貼り付けたようなわざとらしい笑顔と心地悪い甘い声。リベレと言葉を交わすのは数年ぶりなのに、彼の為人《ひととなり》はあまり変わらない様子だった。距離が近く、ぐいぐいと迫ってくるような圧力を感じる。

挨拶代わりに口づけられた手の甲が気持ち悪くて仕方がなかった。

本来、貴婦人やオメガ相手に紳士が行うこの挨拶は、直接は口づけないのが礼儀だというのに。

この手袋は帰ったらすぐに捨てよう。そう心に決めて、ユーリスは背の高いリベレを見上げた。

「リベレ侯爵様も狩猟大会に参加なさるのですか」

「そうです。ヒンメル殿は、ご夫君の応援ですかな」

榛《はしばみ》の目が天幕の中――アデルとミハエルを捉えて細められた。その奥にある冷たさはきっと気のせいではないだろう。彼の言葉に曖昧《あいまい》に頷いて、ユーリスは微笑んだ。

「はい。夫が王太子殿下とともに狩猟大会に参加するので、その観覧に」

「そうですか……」

掴まれたままの手を強く握られ、その痛みに眉根を寄せる。

挨拶は終わったはずだ。早く離してほしい。そう思いながら、ユーリスは手を引こうとする。

「リベレ侯爵様……あの」

「あなたの花を、お与えになる」

「――？　花？」

リベレはじっとユーリスの胸元を見ていた。そこにあるのは小さな花束。参加者に祝福を与えるためのブートニアだ。

「ああ、そう、ですね……」

リベレの言葉にユーリスは頷いた。慣例的に女神の祝福は若い夫婦の間でも好んで行われるものだ。当然、参加者であるギルベルトにユーリスが祝福を与えることはおかしなことではない。

ここで、ギルベルトが嫌がらなければ、なんて余計なことを口にするほどユーリスは愚かではなかった。貴族の多くは自分たち夫夫《ふうふ》は不仲だと思っているのだ。敢《あ》えてそれを肯定してやり、新しい噂の種を提供してやるほど酔狂ではなかった。

「……？　リベレ侯爵様？」

どうかしたのか、と訊ねるユーリスにリベレは微笑んだ。それは先ほどまでの視線が嘘のような朗《ほが》らかな笑顔だった。

彼はもともと整った顔をしている。たれがちの目にすっきりとした鼻筋。王都で流行している華やかな格好をした洒落者だ。笑えば若い娘たちが喜びそうな甘い雰囲気になる。

それがユーリスには昔から少し恐ろしい。

――本当に早く手を離してほしい。

先ほどから何度も手を引こうと試みているのに、強く握られたそれは拘束されたようにぴくともしなかった。

ここは大会の観覧席だ。周囲には大勢の貴族たちがいて、みな一様に何か面白いことはないかと耳をそばだてているのだ。

アデルの件もあり、極力目立つことは避けたいというのに。こちらの困惑など意に介さない様子のリベレに、ユーリスは困り果てていた。その上、リベレは満面の笑みで不可思議なことを言う。

「ヒンメル殿、よろしければその花を私にくださいませんか」

「花を、リベレ侯爵様に？」

意味が分からない。そのときのユーリスは純粋に、何故と思った。

祝福は恋人や婚約者同士。もしくは夫婦といった親密な間柄で行うものだ。神話の中で女神が愛する始祖王に与えたものだからだ。

とはいえ、参加者の側から乙女へ祝福を強請《ねだ》ることは決して珍しいことではない。

初夏に浮かれた若人たちが、男の側から乙女の愛を乞うのだ。乙女が参加者の願いを聞き届け、自らの花を与えればそこで交際が開始することもあった。

だからこそ、この狩猟大会は参加者も観覧者たちもみなが浮足立っている。

しかし、ユーリスは既婚者だ。

そんなユーリスに花を強請《ねだ》る意味。そのことがまったく理解出来ずにユーリスは首を傾げた。そして、当然与えることなど出来ようはずがなかった。むしろ、断るのに理由などいらないくらい明白な答えのはずだ。

なのに、リベレは笑ったままユーリスの手を離さない。そのユーリスの意思をまるきり無視したような態度に背筋が凍り付いたときだった。

「ユーリス」

自分たちの会話を遮《さえぎ》る声があった。低く穏やかだけれど、楽しそうに弾むその声音はユーリスがよく知るものだ。

呼びかけられた方に視線をやると、ひとつに束ねられた白銀の髪がさらりと揺れた。

そこにいたのはイェレミアス・ヴァイスリヒト。かつてのユーリスの雇い主であり、ルードヴィヒに悪の親玉だと思われているヴァイスリヒト公爵だった。

「ヴァイスリヒト公爵様」

「ああ、やはりユーリスだ。久しぶりだな」

そう言って笑った公爵は、リベレが握っていた手を奪うように取って、同様にその指先に口を近づけた。

青い目が愉快そうに細められて、ユーリスを映す。その悪戯《いたずら》っ子のような表情にユーリスはほっと息を吐いた。知らず、ひどく緊張していたらしい。

「これはヴァイスリヒト公爵閣下ではありませんか」

「ああ、リベレ侯爵か。元気かね？」

「はい。恙《つつが》なく」

不惑を過ぎたとは思えない若々しい美丈夫は、リベレの方に向き直る。

不自然にならないようにユーリスとリベレの間に身体を滑り込ませてくれたおかげで、ユーリスの視界には公爵の背中しか見えなくなる。細身であるが、ずいぶんと頼りがいのある背中だった。

「リベレ侯爵、既婚者の手をしつこく握るのはあまりよろしくないのでは？　ユーリスが可愛らしいのは分かるが、ローゼンシュタインが知ればきっと悋気《りんき》を起こすよ」

「伯爵が？　しかし……」

「そうとも。あれはやきもち焼きだからな。ほら、もうすぐ参加者たちが祝福を受けにやってくる。

あまりここにいない方がいい。夫のいぬ間に番《つがい》にちょっかいをかけていたと知られれば、君が狩りの標的になってしまうかもしれない」

ははははっと声を上げて笑う公爵に、リベレが訝《いぶか》しげな顔をする。あの夫人と不仲と有名なローゼンシュタイン伯爵が、と言わんばかりの顔だ。

しかし、相手は国内有数の有力者であり四大公爵家の当主その人だ。公爵の言うことを否定するわけにもいかず、未練がましくユーリスを見た。そして、丁寧に頭を下げる。

「大変失礼いたしました。ではヒンメル殿、また近いうちに」

「はい、機会があれば」

リベレの社交辞令にユーリスは当たり障りなく返した。その含みのある言葉が妙にひっかかったけれど、気にしてはいられない。リベレの背中が十分遠ざかったのを確認してから、ヴァイスリヒト公爵の隣に立った。

「ありがとうございます。公爵様」

「いや、なに。ユーリスは相変わらず男運がない。ローゼンシュタインといい、よく変な男にひっかかるな」

そう言って公爵は笑みを深めた。

瞳の色は違うのに、その相貌は息子のリリエルによく似た美しいものだった。しかし人形のように整っているのは同じでも、彼は息子とは違いよく笑う。

そうすると一気に親しみやすい空気を醸《かも》し出し、あっという間に周囲の者を魅了してしまうのだから恐ろしい。その処世術が彼を若くして貴族議会の議長にまでのし上げたのだ。

「夫はよくしてくれますよ」

「そうかな？　あれは愛想というものを知らない男だろう。ローゼンシュタインが嫌になったらいつでもうちを頼ってくれて構わないよ。よそに嫁に行かず、アルブレヒトかロルフと結婚してくればよかったのに」

出てきたリリエルの兄ふたりの名前にユーリスはふふっと声を出して笑う。この公爵はいつもこういう冗談を言ってくるのだ。

それに何故かギルベルトには手厳しい。ギルベルトはヴァイスリヒト公爵家の遠縁に当たるというのに、公爵はいつだってユーリスの肩を持ってくれる。

「おふたりにだって相手を選ぶ権利はありますよ」

「何を言う。ユーリスはあのふたりとも仲がよかっただろう。ふたりだって喜ぶさ」

「そうでしょうか。では本当に行くところがなくなればよろしくお願いします」

「もちろん。あの堅物に愛想を尽かしたら言ってくれ」

もはや何度したか分からないいつものやり取りを交わして、ユーリスは改めて公爵を見やる。

アルファらしく背の高いヴァイスリヒト公爵であるが、文官出身の彼の身体は痩躯《そうく》である。その細い身体はフロックコートを纏《まと》っていて、とうてい狩りに赴《おもむ》く者の格好ではなかった。もちろん、服装に合わせて足元も磨き上げられた革靴だ。

「公爵様、今日は参加されないのですか？」

「そうだよ。もうずいぶんと前に引退だ。うちからはロルフが出る。アルブレヒトは私に似て狩りが下手だからね」

「そうなのですね。……あの」

「なんだい」

「リリエル様は——」

言いかけて、ユーリスは口を噤《つぐ》んだ。この場で何を訊ねればいいか、分からなかったからだ。

彼が元気であるかを知りたいと思った。——けれど、それを知って何が出来るというのだろうか。

言い淀むユーリスをヴァイスリヒト公爵は興味深そうに見つめた。青い目は相変わらず笑みの形をしていた。

「リリエルなら今日は屋敷にいるよ。あれが謹慎中なのは知っているだろう。こういう場はまだ控えた方がいいと思ってね。でも心配しなくてもいい。変わりなく過ごしているはずだ」

「そうですか……」

公爵はじっとユーリスを見ていた。その視線の意味を考えようとして、ユーリスは諦める。

百戦錬磨のヴァイスリヒト公爵は、決してその真意をユーリスごときに悟らせたりはしないだろう。

「今日はひとりではないんだね？」

「はい……」

「アデル・ヴァイツェン君？」

天幕の方を見て、公爵が言った。中にいたアデルが小さく肩を揺らす。楽しげに響く声には、特に含みは感じられなかった。そもそも公爵を疑っているのはルードヴィヒで、公爵がアデルを狙うなどユーリスにとっては信じられないことだった。ヴァイスリヒト公爵が見た目通りの優男ではないことは重々承知している。けれど、だからこそ、この男が息子のために復讐するなどユーリスには考えられなかった。

「初めまして。アデル・ヴァイツェンです」

断頭台に向かうような顔つきでアデルが天幕から姿を現す。その腕にミハエルはいなかった。どうやら幼い息子は侍女に預けられたらしい。

ユーリスはアデルを見て、手招きした。その背中にそっと手を添える。

「今はアデル様の教育係を務めさせていただいております」

「ああ、それも聞いたよ。どうだい、アデル君。ユーリスは優しいし優秀だろう」

「はい。いつも丁寧に教えてもらってます」

「そうか」

公爵が笑みを保ったまますっと手を差し出した。それにユーリスは小さく「手を」とアデルに伝える。

本来、貴族同士はよほど親しくない限り触れ合うことはない。しかし、挨拶の一環として紳士が貴婦人やオメガの手を取ることがあった。手の甲に口づける仕草をするその挨拶は、シュテルンリヒトでは最も恭《うやうや》しい挨拶のひとつだ。

その挨拶に慣れていない様子のアデルは、手を差し出したまま緊張した面持ちで公爵を見つめていた。そんなアデルとは対照的に、公爵は慣れた様子で流れるようにアデルの手を取り、唇を近づける。

「ふむ。面白い魔力だ」

「……ッ!?」

途端、弾かれたようにアデルが公爵の手を振り払う。そのあまりの無礼に驚いたユーリスであったが、当の公爵はさほど気にした様子もなかった。

「優秀な魔法使いと聞いている。君のこれからの活躍が楽しみだ」

「公爵様？」

訝《いぶか》しむユーリスに、公爵は口の端を上げた。そしてユーリスの耳元でそっと囁く。

「そんな顔をしなくていい。ユーリス。私は君たちの敵ではない。――今のところは」

自分だけに聞こえるように告げられた言葉に、ユーリスは目を見開いた。

ヴァイスリヒト公爵は、何をどこまで知っているのだろうか。アデルが発情誘発剤を盛られそうになったあの件は、箝口令《かんこうれい》が敷かれて関係者以外には知らされていないはずだ。

それなのに、全てを見透かしたようなその態度はさすが百戦錬磨の政治家といったところだろうか。

「ではな、ユーリス。変な男に絡まれないように気をつけなさい」

それだけを言って公爵は踵《きびす》を返した。別れ際、肩を抱かれて額に口づけられる。

「公爵様……」

「失礼。ああ、ほらローゼンシュタインがやってきたよ」

見てみなさい、ものすごーく嫌な顔をしている、と笑う公爵にユーリスは苦笑する。

振り向くと天幕の外を歩いてくる背の高い騎士が数人あった。その中心にいるのは金髪の青年——ルードヴィヒだ。

従うように背後を歩くギルベルトは相変わらず無表情だった。常に冷静な彼の嫌な顔、とはどのようなものだろう。

「アデル様」

公爵の背中を見送ってユーリスは口を開く。

彼に何かされたのか。そっとアデルに問うと、強張ったままでアデルが答えた。

「なんか、探知《サーチ》されました」

「探知《サーチ》？」

「んー、ていうか走査《スキャン》？　手に触れた瞬間、公爵から流れてきた魔力が全身を走った感じです。びっくりして振り払っちゃったけど、大丈夫だったかな」

「アデル様こそ大丈夫なのですか？」

あれちょっと無礼でしたよね、と眉を下げるアデルにユーリスが訊ねると、彼はけろりとした様子で続ける。

「大丈夫ですよ。すっごく微弱な魔力だったんで害はないですし、痛くもないです。でもあれをやられてもたぶんみんな気づかないと思います。ヴァイスリヒト公爵って相当魔力操作がお上手ですね」

じっと自らの手を見つめるアデルに変わりはなかった。アデルはユーリスよりよほど才能のある魔法使いなのだ。彼が大丈夫だと言うのだから、そうなのだろう。

「手を振り払ったことは気にされなくていいと思います。公爵様は愉快なことを好まれますので……」

おそらく、公爵はアデルに興味を持った。それがいいことなのか、悪いことなのかユーリスには判断がつかなかった。

その後、ルードヴィヒはすぐに天幕にやってきた。

護衛騎士たちは一度それぞれの家門の天幕に寄るようで、王太子の背後に控えるのはギルベルトだけだ。

彼らの到着がヴァイスリヒト公爵と入れ違いのような形になり、ユーリスはこっそりと安堵の息を吐いた。こちらが——というかルードヴィヒが、一方的に警戒している相手である。両者が顔を合わせるのはさすがにまずいだろう。

狩猟服を着て、弓を携《たずさ》えたルードヴィヒは文句なしに麗《うるわ》しい。新緑の若葉のようなその瑞々《みずみず》しい美しさに、周囲の貴婦人たちが色めき立った。

けれど、ユーリスはその後ろから目が離せなかった。

そこには金髪の王太子に付き従う騎士ギルベルトがいる。見慣れた騎士の服ではなく、狩猟用の装備を身に着けた彼は新鮮で、どうしても胸が高鳴ってしまう。

普段はペリースで隠れている広い肩から引き締まった腰もとへと繋がる逞しい身体の線が、今は露わになっているのだ。ついついじっと見つめ、慌てて目を逸らした。しかし、惹きつけられるようにまた見てしまう。――という動作をユーリスは先ほどから数度繰り返していた。

そんなユーリスの視線に気づいたのか、ギルベルトが顔を上げる。紫色の瞳が艶《つや》やかに煌《きら》めいた。

「ユーリス」

「はい」

「先ほどヴァイスリヒト公爵が」

そっとそばに来たギルベルトがユーリスの耳元で囁いた。

遠目ではあったが、彼らの方にも公爵の姿は当然見えていたのだ。彼の問いを読み取って、ユーリスは微笑んだ。同じように声を潜《ひそ》めて答える。

いつの間にか、こうやってギルベルトに至近距離で囁かれても、ユーリスはそれほど動じなくなった。相変わらず胸は高鳴るが、心臓が爆発しそうなほど痛くなることはない。

玻璃宮《はりきゅう》やローゼンシュタイン家の屋敷でも、彼と相対することが増えた。それはユーリスにとって嬉しい変化だ。

「特に何も。いつもの挨拶をいたしました」

「そうですか」

「はい。公爵様も特にお変わりなくお過ごしのようでした」

ギルベルトは頷いて、手を伸ばす。狩猟用の硬い革手袋が不意にユーリスの前髪を撫でた。

「――ッ⁉　ど、どうされましたか」

突然の接触に、ユーリスは飛び上がらんばかりに驚いた。しかし当のギルベルトは平然とユーリスを見下ろして言う。

「失礼。ゴミがついていました」

「？　そうですか」

ありがとうございます、と礼を言いつつ一歩距離を取る。

慣れてきたとはいえ、近いと無駄に緊張してしまうことには変わりないのだ。そんなユーリスを見て、ギルベルトも一歩だけ距離を離した。

遠ざかった体温が少し寂しくて、名残惜しい。そのことに気を取られていたユーリスは、ギルベルトが触れた場所が公爵に口づけられたところであるとは気づかなかった。


「――あなたに女神の祝福がありますように」

薄暗い天幕の中で、そっとアデルが呟いた。

真剣な顔をしている彼の前には跪《ひざまず》く王太子がいて、うっとりとした目でアデルを見上げている。

そんな彼にアデルはその白い指先で摘まんだ花を授けた。

「ありがとう。アデル」

額に触れるだけの口づけを与えられて、ルードヴィヒは満面の笑みで言った。その瞬間、天幕の外からバシャバシャと派手な音を立ててシャッターが切られる。

丸い硝子《ガラス》がついた人の顔ほどの大きさの箱がこちらを見ていた。

あれは写真機《カメラ》という代物で、光魔法を応用した魔法具だ。正面についた硝子《ガラス》を向けてシャッターという部分を押せば、精巧な画を一瞬で記録することが出来るらしい。——というのも、写真機《カメラ》は魔導洋燈《ランプ》よりもずっと新しい魔法具で、ユーリスが本物を見るのはこれが初めてだった。

この狩猟大会には、多くの新聞社が招かれている。写真機《カメラ》を携《たずさ》えた新聞記者たちはみなルードヴィヒの後ろをぞろぞろとついてきた。

彼らの仕事はこの狩猟大会の優勝者にインタビューすること。それと今話題のふたり——王太子ルードヴィヒとその婚約者を写真に収めることだった。

今日の見せ場のひとつ、アデルからルードヴィヒへの祝福の瞬間を逃すまいとする記者たちを眺めながら、ユーリスは隣のギルベルトの様子を窺《うかが》った。ギルベルトも同じようにじっと主君を見つめている。天幕の端で、ふたりはひっそりと佇《たたず》んでいた。

「あの……」

おそらく、このときのユーリスは一生分の勇気を振り絞ったと思う。

普段ならば絶対に口にしなかったであろう自らの「望み」を言おうと思ったのは、目の前の主たちの姿が眩しかったからだけではない。先ほど控えめに自分に触れた指先にほんの少しの希望をもらったのだ。

「ギルベルト様」

呼びかけると、ギルベルトの瞳がこちらを向いた。

そのことに微かに安堵し、ユーリスは唇を舐めた。緊張して、口の中がからからだったからだ。

それでも透き通った紫を直視することは出来なくて、そっと目を伏せる。

「私もあなたに祝福を差し上げたいのですが……」

永遠にも思えるような長い沈黙のあと、ユーリスはようやくそれだけを言った。

消え入りそうなほどの小さな声で、しかも語尾はみっともなく震えていた。けれど、ギルベルトにはしっかり届いたようで、視線を上げるとそこには驚いたような彼の顔があった。

「ギルベルト様？」

「祝福を、ユーリスが私にですか？」

「はい」

いつも騎士らしくポーカーフェイスを崩さないギルベルトだ。そんな彼が驚愕を貼り付けてこちらを見ているものだから、ユーリスは恐縮してしまう。

自分は何か、おかしなことを言ってしまったのだろうか。――いや、夫に祝福を贈ることは別におかしなことではないはず……

うろうろと視線を彷徨《さまよ》わせて、胸元の花を握りしめたユーリスは、やはり出過ぎた真似だったろうか、と思う。しかし、もう口にしてしまった言葉を撤回することなど出来ない。

それ以上の言葉を紡ぐことも叶わず、ただギルベルトの答えを待っていた。そのとき、硬い手袋がユーリスの手を取った。

「今日の私は、ルードヴィヒ殿下の付き添いですが。いただけるのであれば、ぜひ――」

そう言ったギルベルトは怖いほどの真顔だった。瞳は真剣で、これから戦にでも行くのだろうかと思ってしまうほどの光を帯びている。

「も、もちろんです」

夫からの許しを得られたユーリスは、その手を握り返した。もう片方の大きな手が添えられて、頬が赤くなるのを感じる。

自分たちが婚約してから婚姻までは、とても短期間でひどく慌ただしかった。その上、次の狩猟大会のときには、ユーリスのお腹にはミハエルがいた。だから、ユーリスがギルベルトに祝福を与えるのはこれが初めてのことだ。

高鳴る心臓を無理やり押し込めて、ユーリスは自らの胸元にある花を手に取ろうとした。そして、周囲の状況に固まった。

この天幕はもはや王太子の舞台だ。そう広くはない天幕の中央で、寄り添うアデルとルードヴィヒの周囲を大勢の記者たちが囲っている。こんな状況で騎士に跪《ひざまず》かれれば、きっと記者たちの視線もこちらを向いてしまうだろう。

それは、控えめな性格であるユーリスにとって、ひどく気恥ずかしいことだった。

眦《まなじり》を仄《ほの》かに朱に染めて、うつむきがちに周囲を窺《うかが》っていると、ユーリスの様子に気づいたらしいギルベルトが、そっとユーリスに寄り添ってきた。そしてそっと身を屈めて耳元に唇を寄せる。

「人目が気になりますか」

では、このままで。

ユーリスの答えを待たずにそう囁いたギルベルトは静かにこちらを見ていた。凪《な》いだ紫はどこまでも穏やかで、そこにはユーリスしか映っていなかった。

——このままで。

その言葉を正しく理解し、ユーリスは小さく頷いた。空《あ》いている手で胸元の花を取り、ギルベルトの胸に挿す。ブートニアに使われている花は彼の瞳と同じ紫色で、それを飾るのは薄緑のリボンだ。賑わう記者たちに隠れるように、誰にも聞こえないように。この場でただギルベルトにだけ伝わるようにユーリスは言う。

「あなたに、女神の祝福がありますように……」

それだけを紡いで、そっと目を閉じた。与えるのは女神の祝福。

——狩りの無事と収穫を願って、心からの祝福をあなたに。

ユーリスは屈んだままのギルベルトに、触れるだけの口づけをする。乾いた感触は柔らかく、温かい。感じた吐息はただひたすらに甘かった。

目を開けると、そこには驚きに固まったギルベルトがいた。

そして、はたと気づく。

「——……」

——間違えた。

その瞬間、ざっとユーリスの血の気が引いた。

この儀式は、本来ならば額か頬に口づけるべきである。それを何故かユーリスはギルベルトの唇に触れたのだ。ひっそりと隠れるように与えた祝福とはいえ、こんな公《おおやけ》の場で。

自らがやらかした失態に、ユーリスは言葉をなくす。ギルベルトもひどく驚いた様子で石のように固まってしまい動かなかった。

けれども、自分たちは夫婦である。

婚姻前であれば大問題であるが、実際のところなんの問題もなかった。何度も発情期をともに過ごし、ミハエルという子どももいる。口づけはもちろんのこと、数え切れないほど裸で抱き合ったことがあるのだ。

しかし、これは——

「あ、あの、これは、まちがっ……」

真っ青になったユーリスとは対照的に、ギルベルトの顔はみるみるうちに赤くなっていく。白い眦《まなじり》や形のいい耳が朱に染まり、紫色の瞳が揺れる。それを見て、ユーリスは瞬《また》いた。

——そんな、まるで照れているような。

そんなことを思って、ユーリスの顔もどんどん熱くなっていった。あっという間に首まで熱くなってしまい、きっと自分の顔は真っ赤になっていることだろうと思った。

「いえ」

握りしめられたままだった手に、力が込められた。痛いくらいのそれが不思議と心地よくて、ユーリスは目を眇《すが》める。

「問題はありません。祝福をありがとうございます」

そう言って、ギルベルトはユーリスの手袋を取った。素手になった指先に、お返しと言わんばかりの口づけを落とす。

貴族の素肌に触れることが許されるのは、夫婦や近しい家族だけである。たとえ、それが指先だろうと変わりはない。

ユーリスに触れることが許されるのはギルベルトだけだし、同様にギルベルトに触れることが許されるのもユーリスだけだ。

ギルベルトの唇に、ユーリスだけは触れてもいいのだと、彼は言ったのだった。そのことを理解して、ユーリスは息を詰めた。

胸が苦しくて、切ない。

あまり長いこと見つめ合うことも出来なくて、ユーリスはそっと目を伏せた。

ふたたびギルベルトから距離を取って、息を吐く。ギルベルトももう距離を詰めてくることはなかった。しかし、ただその瞳だけはまっすぐにユーリスを見ていた。

参加者たちを見送ってしまうと、観覧席には和《なご》やかな雰囲気が漂う。

居並ぶ天幕は「観覧席」という名称ではあるが、実際の魔獣の狩場は深い森の奥だ。決して参加者たちが魔獣を狩る瞬間をその目で見られるわけではない。彼らが獲物を狩って戻ってくるまでは特にすることもないので、空《あ》いた時間で貴婦人たちは天幕を行き交い社交に――つまり、噂話に興じる。しかし、そのような知り合いがいないユーリスはアデルと目の前に広がる森を眺めていた。

「いい天気です」

「ピクニック日和《びより》ですね。ミハエル様はピクニック行ったことがありますか？　俺は孤児院のみんなと王都の外れの森に行ったことがあってですね」

「むぅ？」

「すごく綺麗で楽しいので今度、一緒に行きましょう」

膝の上に乗せたミハエルをあやしながら、アデルが笑う。

生い茂る葉の隙間から木漏れ日が落ちる。天幕の中にも夏の日差しが射し込んで、穏やかな暑さが心地よかった。

「あ、ユーリス先生。少し離れたところでは楽団が陽気な音楽を奏でている。ギルベルト様に花をあげたんですね」

ユーリスの胸元を見たのだろう。あっけらかんとした口調でアデルが言った。

「俺も先生たちの祝福見たかったです」

「そんなわざわざ見るようなものではないですよ」

どうやら記者に囲まれていたアデルは、ユーリスの失態を見ていなかったらしい。そのことにほっと息を吐いて目を逸らした。

「魔獣ってこの先にいるんですか？　俺、魔獣は学園で飼育してる小さいやつしか見たことないです」

「そうですね。魔獣は王都では滅多に見ませんから。この狩猟大会では国境の森で生きたまま捕まえた魔獣を王宮魔法使いたちが運んでくるんです」

「へぇ。騎士団ではなく？」

「狩猟大会は騎士たちの晴れ舞台ですので、そのような雑務は免除されています。大会の運営は王宮魔法使いが中心になってやるんですよ」

アデルの問いにユーリスは天幕のそばに控える警護の魔法使いを指さした。

いつもは騎士の行っている業務を今日は王宮魔法使いたちが担《にな》う。森と天幕の間に幾重にも重ねられた魔法結界を張っているのも彼らだった。

「魔獣の姿は見られないんですか？」

「参加者が弓で仕留めたものなら見られると思いますよ」

ユーリスの説明にアデルはふうんと相槌《あいずち》を打った。

「魔獣を射るのは魔力を込めた弓です。獲物となる魔獣は、予《あらかじ》め大きさや強さで点数がついていて、その点数の加算で勝敗が決まります」

「なるほど。楽しそうですね」

きらきらした瞳で、アデルは森の方を見つめた。遠くを見る淡い緑色に夏の日射しがきらりと光る。

王都育ちのアデルにとって魔獣はもの珍しいのだろう。シュテルンリヒトの大きな都市は、天幕を守るものと同系統の魔法結界で守られている。故に、人を襲う魔獣を見ることは滅多にない。

「いつかミハエル様も出るのかな？」

「どうでしょうか。大会に参加出来るのは学園の最上級生になってからです。ミハエルの二次性がアルファかベータなら出るかもしれませんけど」

その先を濁すように口を閉じて、ユーリスは誤魔化すように微笑んだ。

この大会の主役は王侯貴族や騎士たちだ。オメガの参加は認められておらず、どれほど弓や魔法が得意でも出場することは叶わない。

ユーリスの意図することが伝わったのだろう。アデルは口だけで小さく笑った。

アデルは普段からよく笑う。楽しそうに朗《ほが》らかに声を上げて笑うその姿は、天真爛漫《てんしんらんまん》で微笑ましい。けれど、ふとしたときにひどく大人びた笑顔を見せるときがあった。彼のこれまでの生い立ちを思えば、なんとなく察することが出来る。その表情に込められているのは、おそらく諦めだ。

「アデル様――」

そんなアデルにユーリスはなんと声をかけていいのか迷った。どこまでいってもオメガとしての窮屈さを感じてしまうのだろう。この国ではよくあることだ。

一瞬の沈黙。そのとき森を吹き抜ける突風が天幕を揺らした。

「わ!?」

分厚い天幕の布を乱し、強い風が肌を撫でていく。とっさに自らの顔を庇《かば》ったユーリスの視界に映ったのは、すみれ色のリボンが結ばれた麦わら帽子だった。

「帽子が!」

ミハエルを抱えていたアデルが声を上げた。飛ばされたのは日よけにとユーリスがかぶせたミハエルの帽子だったのだ。紫のリボンが風に弄《もてあそ》ばれるように高く空へと昇っていく。

反射的に立ち上がろうとするアデルを制して、ユーリスが席を立った。

「私が」

警護の魔法使いがそばにいるとはいえ、あまりアデルをひとりで行動させるのはよろしくない。天幕にはローゼンシュタイン家の使用人や侍女たちが控えているから、アデルがこちらにいた方が面倒がないだろう。

それに、飛ばされた帽子はすぐそこにあった。あれほど高く舞い上がった帽子は、結局天幕から出た数メートル先にふわりと落ちてしまったようだった。

深い緑の中に浮かび上がるような紫を追いかけて、ユーリスは天幕を出る。少し歩いて、帽子を拾おうとしたときだ。

「わ、あッ」

また強い風が吹いて帽子を攫《さら》っていく。吹き上げるような風に乗って、ふわりと浮かび上がった帽子が視界に映る先に落ちた。今日はずいぶんと風が強い。

毎年、季節の変わり目になるとシュテルンリヒトには季節風が吹く。南の海から吹く湿った温暖な風と、北の山から吹く乾いた冷たい風だ。けれども大陸の北側とはいえ、内陸にある王都はそのどちらの風の影響も受けないはずだった。

夏の気候は穏やかで、こんな強い風が吹くことは珍しい。

そのことを少々不思議に感じながらも、ユーリスは帽子を追いかけた。

ユーリスが用意した麦わら帽子は、確かに質はいいがさほど高価なものでもない。なくなれば新しいものを買えばいい。そう思わなくもなかったが、風に吹かれた帽子は必ずユーリスの目の前に落ちるのだ。

それは少し歩いて手を伸ばせば届くような距離で、諦めるほどのものでもなかった。

しかし、乱暴な風の悪戯《いたずら》が数度続いたあたりで、何かがおかしいことにユーリスは気づいた。

いつの間にか周囲は深い森で、振り向くと天幕は遥《はる》か遠い場所にあった。木々の間から、微かに覗く色とりどりの観覧席。そこには薄い紗《しゃ》のように結界がかけられている。

帽子を追いかけて、ずいぶんと森の中に入り込んでしまったらしい。さすがに参加者たちが集まる狩場までは距離があったが、それでも森の静けさは戦う術《すべ》を持たない者にとっては恐ろしいものだ。

――早く戻らないと。

ようやく手に戻った麦わら帽子を抱えて、早足で駆ける。人々の賑わいは相変わらずで、楽団の音楽に合わせて踊っている者までいるようだ。遠目に見える楽しげな人々は結界の中で安全に守られていた。

当然、森に入ってくるような酔狂な者はいない。森にはたくさんの魔獣が放されていて、腕や魔法に覚えのある者でなければ危険極まりない場所だからだ。しかし、ユーリスはそのとき確かに森に分け入る人影を見た。

黒いローブを纏《まと》い、フードを深くかぶったその姿は間違いなく王宮魔法使いだった。

彼らは確かに会場の警備を任されている。森の中には王宮魔法使いたちが捕らえた魔獣がいて、順次その点数を考慮しつつ時間差をつけて放しているはずだ。

だから、彼らの誰が森に入っても何もおかしなことはない。けれども。

――ライナルト様？

ローブから僅かに覗く青い髪と見たことのある背格好。ローブの胸に付けた金の留め具には見覚えがあった。

それは間違いなくひと月あまり前、玻璃宮《はりきゅう》で顔を合わせて以来会っていないライナルト・ブラウリヒトだった。

アデルの友人たちは、今日はみな狩猟大会の会場に来ていた。

ゲオルグは騎士としてルードヴィヒに付き従い、彼とともに魔獣を狩っている。アロイスは執務局の業務として大会運営の魔法使いたちを補佐しているはずだった。当然、王宮魔法使いであるライナルトは、その一員として動かなければならない。観覧席の警護や魔獣の管理など、やることはたくさんあるだろう。

しかし、ライナルトは何をしに森に入るのだろうか。

彼は今日、なんの業務を担当すると聞いただろうか。

なんとなく気になって、隠れるように動くライナルトの姿を目で追っていたユーリスであったが、ここは深い森の中だ。居並ぶ木々の幹と生い茂る葉に邪魔されて、あっという間にその青髪を見失ってしまった。

きょろきょろと周囲を見回すが、視界に映るのは夏の日射しをたっぷりと受けて育った緑の木々たちだけだった。根元には苔《こけ》が生えていて、ふっくらと輝いていた。射し込む穏やかな光が森を育んでいるのだ。

遠くで何かが聞こえて、ユーリスははっと顔を上げた。森の入り口、天幕が並ぶ方で先ほどとは違う賑わいが聞こえた気がした。

森の中をユーリスは慌てて走った。観覧が目的のユーリスは、森を散策するための格好をしていなかった。足元は磨かれた革靴で、その靴底は硬く薄いものだ。そんな靴で森の中を走れば柔らかい足の裏は擦れて赤くなるだろう。

けれど、そんなことを気にしている場合ではなかった。天幕が近づくにつれ、賑わいが人々の悲鳴に変わる。

何が、と目を凝《こ》らしたユーリスの視界に飛び込んできたのは、薄い結界にぶつかる大きな黒い影であった。

——影。

ユーリスがそう思ったのも無理からぬことだった。

天幕よりもずっと大きなそれは、その身体に黒い靄《もや》のようなものを纏《まと》わりつかせている。頭には三本の角が生え、その口は角の横に並ぶ尖った耳に届くほど裂けていた。ずらりと並んだ牙は、人の命など簡単に奪えるだろう鋭利さだ。

見た目だけは牛のようにも見えるそれは、しかし明らかに牛ではなかった。尾は三匹の蛇で、蛇たちはその牙から毒液を滴《したた》らせている。

――魔獣。

初めて目にする生きた魔獣に、ユーリスは息を呑んだ。

ヴィルヘルムに従い観覧した以前の狩猟大会で、息の根を止められた魔獣の姿は見たことがあった。しかし、それは人ほどの大きさで、こんな天幕すら呑み込みそうなほどに巨大ではなかった。

大きくてひどく凶暴な魔獣は何故かとてつもない勢いで天幕の方へ進もうとしていた。何度も紗幕のような結界に体当たりをして、無理やり結界を破ろうとしているのだ。

それを阻止しようと、何人もの王宮魔法使いたちが結界に魔力を注ぎ込むのが見えた。だが、目を赤く光らせた魔獣は咆哮《ほうこう》を上げる。

――だめだ、ああ。

魔法の才能のないユーリスでも、それは一目瞭然であった。

王宮魔法使いたちが展開する結界よりも、明らかに魔獣の魔力の方が強かったのだ。魔獣の体当たりに耐え切れず、結界に大きな亀裂が走る。ぱきぱきと広がっていくそのひびは、それを修復しようとする魔法使いたちの魔力よりも素早く結界を綻《ほころ》ばせていく。

もう一度、攻撃を受けたらあの結界は呆気なく砕け散るだろう。

それを理解して、ユーリスは走った。何が出来るわけではない。ユーリスに使えるのは基本的な水魔法だけで、あの魔獣を止める術《すべ》など持ってはいなかった。

けれども、ユーリスには分かってしまった。見てしまったのだ。

あの魔獣が狙う先。何度も何度も突進して、襲いかかろうとするその先にある薔薇《ばら》の紋章が描かれた天幕を。

あそこには、アデルがいる。他にもローゼンシュタイン家から連れてきた使用人や侍女たち。――それから、ミハエルがいるのだ。

愛しい番《つがい》との間に生まれた可愛い我が子。ミハエルはユーリスの宝物だ。ユーリスにとって自らの命を賭《と》してでも守らなければならないものだった。

「ミハエル……！」

悲鳴のようなその声は、人々の叫びにかき消された。

同時に興奮した魔獣が大きく口を開けた。魔力が口の中に集まって、ひとつの火球を作り出していく。

あれをぶつけて、結界を破るつもりなのだ。

そのことに気づいた瞬間、背筋を悪寒が走り抜けた。そんなことをされれば、結界どころかあたり一面が火の海になってしまう。

泣きそうな気持ちでユーリスは必死に祈った。この騒ぎで、ミハエルとアデルは逃げただろうか。天幕から逃げて安全なところにいてくれているだろうか。

ミハエルの無事だけを願いながら、喧騒の中に飛び込もうとすると誰かに強く肩を掴まれた。その痛みに、ユーリスは思わず顔をしかめる。とっさに振り返ると、そこにいたのは思いがけない人物だった。

「ライナルト様――ッ!?」

「あんた何してんだよ!?　結界の中にミハエルがいるんです！」

「離してください！　結界の中にミハエルがいるんです！」

ユーリスを掴んでいたのは、先ほど森の中で見失ったはずのライナルトであった。

ローブのフードが外されて、その青い髪が露わになっている。長い前髪から覗く薄青の目が訝《いぶか》しげに細められていた。

その腕を振り払おうともがくユーリスだったが、相手は体格に優れたアルファだ。さほど鍛えているとは思えないライナルトであるのに、どれほど藻掻《もが》いてもびくともしない。

それどころか、無理やり引きずられて魔獣から離されてしまう。

「さっき、本部が参加者たちに連絡してた。森の奥にいる騎士たちがすぐに駆け付けるはずだから、あんたは大人しくここで待ってて」

「すぐって、いつですか!?　そんなものを待っていたら、魔獣が結界を破ってしまう……！」

強い力で握りしめられた肩が痛む。けれど、そんなことを気にしてはいられなかった。

この腕を振りほどいて、一刻も早くミハエルの元に行かなければならないのだ。常にない剣幕で叫ぶユーリスにライナルトは驚いたように瞬《またた》いた。

「そんなこと言ったって、あんたあそこ行って何すんの？」

「それは」

「けが人がひとり増えるだけだよ」

そんなこと、言われずとも分かっていた。

真正面から正論を突きつけられて、ユーリスは唇を噛む。そうしていなければ、震えるそれから嗚咽《おえつ》が零《こぼ》れ落ちそうだった。

「何も出来なくても、行かなきゃいけないんです」

だって、そうでなければ誰がミハエルを守ってくれるというのだ。

あの小さな身体を、いったい誰が庇《かば》ってくれる。

自分以外に唯一彼を庇護してくれるであろうギルベルトは、王太子の護衛として森の奥深くに入っていってしまった。そのうち戻ってくると言われて、大人しく待つことなどユーリスにはとうてい出来なかった。

「離してください……」

「離したら死にに行きそうなのに、離せるわけないでしょ。……それに、大丈夫だよ」

「え？」

ほら、とライナルトが指さしたのは、天幕の方角。その先にはユーリスが飛び込もうとしていた結界があった。

結界は今まさに砕け散ろうとしていた。

ごうっと音を立てて放たれた火球が、ひび割れた結界を襲う。魔法使いたちが観覧客を守ろうと幾重にも保護魔方陣を発動させるのが見えた。しかし、火球はそれらの全てを呑み込んで、燃やし尽くしていく。結界はあっけなく破れ、魔方陣は燃えてなんの意味もなさなかった。

あたりに満ちた恐怖と絶望を目の当たりにして、ユーリスは意識を失ってしまいそうなほどの衝撃を受けた。

人々が恐怖におののく中、火球はさらなる獲物を求めていた。丸い形は溶けるように壊れ、天幕を呑み込むために大きく横に広がっていく。

あの火は魔獣の魔力で作られているのだ。意思を持つように自由自在に変化して、貪欲な魔獣の欲望を体現するかのように周囲を舐《ねぶ》っていく。

けれど、結界を壊した火球はそれ以上の破壊を行うことは出来なかった。火が一瞬にしてはじけ飛んだのだ。

驚いたのはユーリスだけではなかった。砕けた結界に守られていた人々や、当の魔獣ですら何が起きたのか分からない様子であった。

大量の魔力を一瞬で霧散《むさん》させられた魔獣の怒りの咆哮《ほうこう》が森に響き渡る。巨大な蹄《ひづめ》が地面を蹴って、跳躍する。

火が消えたから、今度は自らの牙や角を使えばいいとでも思ったのだろうか。魔獣が守るものがなくなった観覧席を直接蹂躙《じゅうりん》しようとその身を躍らせ、観覧席へと飛び込んだ瞬間であった。

ぱんっと乾いた音がして、その巨体が吹き飛んだ。

鞭《むち》のようにしなる光の束が魔獣を打擲《ちょうちゃく》したのだ。跳躍した勢いをそのままはじき返された魔獣は、轟音とともに地面に打ち付けられた。天幕よりも大きな巨体だ。それをまさか押し返す者がいるとは、この場の誰も思わなかったに違いない。

魔獣が地面に倒れた衝撃でもうもうと砂煙が上がり、視界が悪くなる。しかし、ユーリスは確かに見た。

渦巻く魔力の奔流の中心。そこにたったひとりで立ち、薄紅の髪を乱すアデルの姿を。

「アデル様……？」

「だから言ったでしょ、大丈夫だって。あの火を壊したのは反転魔術の一種で、目の前の魔術式と正反対の術式を編むことですでに発生している魔術を無効化する方法で――」

ぶつぶつ反転魔術とやらの発動方法と効果を説明するライナルトの言葉は、いっこうにユーリスの頭には入ってこなかった。それよりも目の前で繰り広げられている光景から目が離せなかったのだ。

見開いた目に映るのは、オメガらしく華奢《きゃしゃ》で愛らしいひとりの青年だ。

魔獣を打擲《ちょうちゃく》したアデルは、差し出した右手で一度だけ指を鳴らす動作をした。すると地面に倒れたままの魔獣の周囲にいくつもの魔方陣が現れる。

金色に光り輝くそれらの魔方陣は、魔獣を取り囲むように空中に展開されていく。そして、ひときわ眩しく輝いたかと思うと、陣の中心から無数の鎖が飛び出してきた。光を幾重にも重ねて造り出したようなその鎖は、容赦なく黒い魔獣の身体に巻きつく。

のたうつ四肢を拘束し、暴れる胴体を地面に縫い付けた。それから大きな牙を持つ、耳まで裂けた口を無理やり閉じさせて、ようやく空に浮かぶ魔方陣は消失した。

残ったのは魔力を封じられ、身体をしっかりと拘束された魔獣の姿だった。

「……すごい」

呆《ほう》けたように呟いたユーリスは、圧倒的な魔法で魔獣を捕らえたアデルを見ていた。

アデルはなんの感慨もなさそうに、魔獣を見やる。そして、自らの背後を振り返り侍女に抱かれていたミハエルを抱え上げた。彼はミハエルを守るためにその魔力を行使したのだ。

――光の拘束魔法の詠唱破棄。

アデルが指先を鳴らすだけで発動させた魔法は、ユーリスですら知っているような有名なものだった。

高度な魔法書に記された光魔法の最難関。稀有《けう》な光の属性を持つ者の中でも、特にその特性が強く魔力が多くなくては使うことの出来ない、現時点での最高硬度を誇る鉄壁の拘束魔法だ。

それをアデルは詠唱を破棄して使ってみせた。そのことにユーリスは戦慄する。

詠唱とは魔力を魔法へと変換する際の魔術式を言葉にしたもので、より高度な魔法ほどその詠唱は長く複雑な言霊《ことだま》を必要とする。それを破棄するということは、自らの身体の中で練り上げた魔力を直接魔法へと変換するということだ。

大抵の魔法使いは、使用頻度の高い単純な魔法を使う際は詠唱を破棄することが多かった。しかし、アデルが使ったのは最高ランクの光魔法なのだ。

それを詠唱破棄で発動させることが出来る者など、ユーリスは聞いたことがなかった。

驚いて言葉をなくしたユーリスに、ライナルトは不思議そうな顔をした。その形のいい眉を寄せて首を傾げてみせる。

「なんでそんなに驚くの？　アデルが魔法局に内定してたことは知ってるでしょ？」

「それは知っています。けれど、まさかこんな……」

王宮魔法使いたちが数人がかりで押さえ込もうとして敵わなかった魔獣を、アデルはひとりで制圧してしまったのだ。それも息ひとつ乱さずに。

その上、高度な光魔法の詠唱破棄を易々と行い、今は平気な顔をしてミハエルを抱えている。アデルが魔法使いとして優秀であるとは知っていたけれど、これはちょっとユーリスの想像の域を超えていた。

「アデルはこういう派手な魔法を人目につく場所で使いたがらないから、知らない人の方が多いけどね。間違いなく王国で最強の魔法使いだよ」

ライナルトの呟きはとても小さなものだった。しかし、ユーリスの耳にはしっかりと届いていた。

「行こう」

喧騒の中をライナルトは平然とした様子で進んでいく。今度は肩ではなく腕を掴まれて、ユーリスはライナルトの後ろをついて歩いた。

行き先はもちろん、騒動の中心にいるアデル。――否、彼と彼の抱えているミハエルのところだった。

人々はアデルのことをただ遠巻きに見ているだけだった。

魔力を使い果たした王宮魔法使いたちが、ばたばたと搬送されていく中、彼はただ静かにミハエルを抱きしめて立っていた。そばには未だに唸り声を上げ、拘束を解こうと暴れる魔獣。しかし、アデルにそれを恐れる様子はない。

「アデル様、ミハエル……！」

「ユーリス先生！　とライナルト？」

なんで一緒にいるんだ、と言わんばかりの顔をして、けれどすぐにアデルはユーリスに向き直った。抱えたミハエルをさして、しょんぼりと眉を下げる。

「ミハエル様、逃げるときに慌ててこけちゃったんです。膝をすりむいてしまいました」

「そんな……かすり傷など些細なことです。本当に、よく無事で……アデル様、ミハエルを守ってくださってありがとうございます」

「かあたま！」

泣いたあとのあるまろい頬をひと撫でして、ユーリスはミハエルをアデルから受け取った。小さな手で必死に縋《すが》ってくるその温《ぬく》もりを感じて、ようやくほっと息を吐く。

ぎゅうっと腕に力を籠めると、むずかるように身を捩《よじ》る様が愛おしい。

「よかった。本当によかったです」

アデルに何度も礼を言って、ユーリスは鼻を啜《すす》る。目頭が熱くなり瞳が潤んでいくのは安堵のためだ。小さな身体を抱きしめて、ユーリスはもう一度ほっと息を吐いた。

けれど、穏やかな空気はそこまでであった。唐突に空を切り裂く風の刃が、拘束された魔獣を襲ったからだ。

光魔法に拘束された魔獣は、逃げることも魔力を使うことも叶わない。ただその身を無抵抗なまに切り裂かれ、断末魔の叫びを上げた。

噴き上げる血しぶきと、吹きすさぶ魔力の風。それらからユーリスや観覧客たちを守ったのは、咄嗟にアデルが発動した保護魔方陣だ。

「なにが……」

ミハエルの頭を自らの胸に押さえつけて、ユーリスは呟いた。

「ユーリス先生、下がって」

動かなくなった魔獣を一瞥して、アデルがユーリスを背後に庇《かば》った。殺された魔獣の巨体に隠れるようにして、黒い影が風に踊っていたのだ。

魔力の風がやんで、視界が開ける。そこにいたのは黒衣の集団だった。

全員が頭から足先まで真っ黒なローブで身を隠し、全身に強い殺気を纏《まと》わせていた。

胸元に星をかたどった金の留め具がついたローブはライナルトと同じもので、それだけで彼らの所属を示している。

彼らは、間違いなく王宮魔法使いだ。

「ちょっと、なんで魔獣を殺したの？　こいつは重要な証拠でしょ。せっかく拘束したのに、調べられなかったじゃん」

無遠慮に近付いてきた集団にアデルが言った。しかし、先頭にいる背の高い男がアデルを睨みながら平然と言い捨てる。

「調査ならば死体を調べればいい。あれは貴様の仕業か、アデル・ヴァイツェン。余計なことをしてくれる。貴様の手など借りずとも我らだけで十分対処出来たものを」

憎々しげなその言葉にユーリスは驚いた。

勝手に魔獣を始末したのは明らかに不手際であると思えた。その上、王宮魔法使いが数人がかりで押さえきれなかった魔獣を拘束したアデルに対してこの言い様である。

当然、彼らの言い草にアデルは盛大に顔をしかめた。しかし、その反応は想定内のものだったのだろう。憤懣《ふんまん》やるかたない様子を隠しはしないものの、それ以上の追及は諦めたようだった。

「そんで？　お礼を言いに来たんじゃないんなら、なんの用？」

「お前なんぞに用はない。我らが用があるのは――」

彼らのやり取りを黙ったまま後ろから見ていたユーリスであったが、唐突に男の視線がこちらを向いた。射貫くようなそれに肩をすくめると、厳しい声で名前を呼ばれた。

「ユーリス・ヨルク・ローゼンシュタイン。このたびの魔獣の暴走について重要参考人としてあなたを連行する」

「……え？」

「はぁ⁉」

騒《ざわ》めく森にアデルの声が響き渡る。驚愕に染まった顔でユーリスの方を振り返った。

もちろんユーリスは何も知らない。ライナルトに視線を向けると、彼も驚いたようにユーリスを見て首を横に振る。

何が起こっているのか、ユーリスには何も分からなかった。しかし、魔法使いたちはそれ以上の説明をするつもりはないようで、戸惑うユーリスにあっと言う間に拘束魔法をかけた。

無理やり引きずるようにしてミハエルから引き離される。

オメガに生まれたとはいえ、貴族のユーリスはそんな風に乱暴に扱われたことは初めてで、頭の中は混乱を極めていた。

——自分が知らないところで、自分の身に何かとんでもないことが起きている。

それだけは分かったものの、その状況をどうすれば打開出来るのかが分からない。

魔法使いに押さえられたアデルが必死にユーリスに向かって手を伸ばしていたけれど、その指先がユーリスに届くことはなかった。


読み上げられた罪状は以下のものだった。

ひとつ、許可なく王家の敷地内に未登録の魔獣を放った。ふたつ、魔獣の凶暴性を理解し、貴人の襲撃に利用しようとした。みっつ、王太子の婚約者の殺害未遂。

薄暗く埃《ほこり》っぽい部屋に連れてこられたユーリスは、魔法使いたちに告げられた内容に愕然《がくぜん》とする。

まったく身に覚えがないどころか、狩猟大会の会場に魔獣を放つなどどう考えてもユーリスには不可能である。そもそも王都を出たことがないユーリスが、どうやって魔獣を捕らえたというのだろうか。

そう訊ねても魔法使いたちは怒鳴り散らすだけで、まともな答えは返ってこなかった。

――それなのに、容疑者とは……

目の前には先ほどユーリスを拘束した王宮魔法使いが数人待機していた。

小さな机と数脚の椅子しかない部屋は、アルファであろう彼らが入室するだけで窮屈だと感じるほどに狭かった。天井近くにある窓には鉄格子がはまっており、人が出入り出来るのは入り口の扉しかない。どうやらここは捕らえた容疑者の取り調べと留置を同時に行う部屋であるらしい。

最初、ユーリスは「重要参考人」であると聞かされていた。しかし、腕の拘束が魔法から魔力封じの枷《かせ》に替わり、ここに連れてこられたときには何故かすでに「容疑者」となっていた。その異常なまでの杜撰《ずさん》な対応に眩暈《めまい》がするようだった。

そもそも、先ほどの騒動はつい今しがた収束したのだ。詳細な調査は始まってすらいないのに、重要参考人も何もない。

「だから、何度も言っています。私は息子の帽子が風に飛ばされたので、取りに行っていただけです」

「狩場の森にか」

「そうです。森のすぐ入り口に落ちていたので」

もう何度説明したか分からない内容を口にして、ユーリスは大きく嘆息した。

あまり礼儀正しい態度とは言えないが、相手も礼儀の「れ」の字も知らない様子で振舞うのでお互い様だと思うことにする。

「狩りの最中に森に入るなど、普通の観覧客はしない」

「飛ばされた帽子くらい拾いに行きます」

「ふざけるな……！　あのとき森に入ったのはお前だけなんだ！　お前が森に入った直後に森から突然魔獣が出現した。お前が放ったと考えるのが妥当だろう！」

尋問していた男とは別のアルファがどん、と机を叩いた。毅然《きぜん》とした態度で応答するユーリスが気に入らなかったらしい。

観覧席の結界には人の出入りを探知《サーチ》する魔法がかかっていた。その記録を調べたところ、結界を出入りした人物としてユーリスが浮上したのだという。

魔法使いたちは狩猟大会の真っ最中に森に入ったユーリスを容疑者と決めつけたいようで、何度説明してもユーリスの弁解は受け入れなかった。

彼らはユーリスが「森に入ったから容疑者」なのだと繰り返す。こじつけとしか言いようがないその主張に、うんざりしながら目の前の男を見やった。

「私がアデル様を狙ったとおっしゃいましたけど、理由がないでしょう。私はアデル様の教育係ですよ」

「理由などいくつでもあるだろう。お前は以前、ヴァイスリヒト公爵家で子息の家庭教師をしていたらしいじゃないか。教え子を婚約者から追い落とした平民がさぞや憎かったのでは？」

憶測ならばいくらでも出来るということだ。確かにユーリスの経歴は、アデルの傍に侍《はべ》るには少々やっかいなものだった。けれど、そんなものはただの憶測に過ぎない。

物的な証拠は何もないのに、こちらの動機を勝手に作ってそれが真実であるかのように言った挙句、いくらユーリスが違うと主張しても誰も信じはしないこの状況に、ユーリスは背筋が粟立《あわだ》つのを感じた。

「では、証拠を出していただけますか。それにどうやって王都を出たこともない私が魔獣を捕まえることが出来るのです。それもあんな凶暴な魔獣を」

「証拠は今調査している。明日には確かなものが上がってくるだろう。それからあれは、魔牛《ヘレ・シュティーア》という魔獣だ。魔力を食わせれば巨大化し、凶暴化して人を襲う。しかし魔力を与えない状態ではそう危険なものでもない。闇市で買うことも可能だ」

「魔牛《ヘレ・シュティーア》?」

「知らないふりか」

「ふりではなく、本当に知らないんです」

魔法学園では魔獣の生態や扱いを学ぶことが出来る科目もあった。本物の魔獣を見たことは数えるほどしかないユーリスではあったが、そこで身につけた基本的な知識はある。しかし、魔牛《ヘレ・シュティーア》など聞いたこともない。

「埒《らち》が明かないな」

「真実薬の申請をしますか?」

「あれは高価だからな。オメガごときにはもったいないだろう」

吐き捨てるように男が口にした言葉に、ユーリスは違和感を覚えた。

真実薬は状況証拠しかない今の段階では、最も有効な方法だと思われた。それを飲めば、真実しか口に出来なくなるからだ。真犯人は分からなくても、少なくともユーリスの潔白は簡単に証明される。

　しかし、男はそれを使わないと言う。そこにある真意など、それこそ真実薬などなくても簡単に想像出来る。

　――彼らはユーリスを犯人に仕立て上げたいのだ。

　国王主催の狩猟大会は、国内外からも来賓が訪れる一大行事だ。それの準備と警護を任されるのは魔法局の――王宮魔法使いたちの誉《ほま》れとも言えるものだった。

　そこで起きた魔獣の襲撃。しかも、その魔獣を拘束し事態を収拾したのは王宮魔法使いではなく、観覧客のひとりであるオメガの青年だった。

　王宮魔法使いたちの面目は丸つぶれで、名誉回復のためには一刻も早い犯人の検挙が求められる。

　そこに運悪く――否、彼らにとっては幸いなことにユーリスがいた。

　騒動の直前に森の中に入った人物で、しかも上手い具合にアデルを襲う動機がある――と周囲に思われている。その上、ユーリスは彼らの嫌いなオメガで、憎き騎士団所属の夫がいるのだ。

　どこからどう見ても生贄《スケープゴート》にするには最適すぎるほどの人物だった。

　おそらく、魔獣や森への詳細な調査は行われない。そんなことをしてユーリスの無罪が証明されては困るからだ。先ほどの男の言葉を鑑《かんが》みても、明日にはユーリスが非合法な魔獣店で件《くだん》の魔獣を購入したと証言する者が現れるだろう。ひょっとしたら売買契約書なんかも出てくるかもしれない。

　目の前の彼らならば、きっとそれくらいの汚いことは平気でやる。ユーリスは目の前が真っ暗になる気がした。

――ただ森にミハエルの帽子を取りに入っただけなのに、こんなことになってしまうなんて。

自らの軽率な行動でギルベルトにも迷惑をかける。それがユーリスにはひどく悲しかった。

「ユーリス・ヨルク・ローゼンシュタイン。何か言うことは」

「私は何も知りませんし、何もやっていません」

目を伏せながら、ユーリスはそう繰り返した。目の前の男たちと視線を合わせたくなかったからだ。

しかし、彼らはそれも気に食わなかったらしい。ひとりがユーリスの細い顎を無遠慮に掴むと、無理やり上を向かせた。骨に食い込むような指の強さにユーリスは思わず顔をしかめる。

「オメガのくせに生意気だな」

「オメガだろうとアルファだろうと、やってもいないことをやったとは言えません……」

「ふん、まあいい。時間はたっぷりあるからな。そのうちいやでも自らの罪を認めるだろう」

「？　それは、どういう……」

「オメガはオメガらしくアルファに足を開いていればいいということだ」

それだけを言って、正面の男は背後にいる別の魔法使いに目配せした。それを受けて、男よりも幾分か年若い魔法使いがユーリスの肩を掴んだ。

「なにを――」

するのか。そう口にしようとして出来なかった。

気づいたら大きな音を立てて、床に引き倒されていたからだ。

目の前にあるのは薄汚れた灰色の天井と下卑《げび》た笑顔を張り付けたアルファたちだけ。圧しかかるようにして数人がかりで押さえ込まれて、頭の中が真っ白になった。

アルファがオメガに何をするかなんて、この状況ではたったひとつしかない。

「正気ですか⁉」

今、自分に起きていることが信じられなくてユーリスは声を上げた。

彼らは曲がりなりにも王国の王宮魔法使いだ。いくらユーリスは嫌疑をかけられたオメガであるとはいえ、この扱いは正気の沙汰とは思えなかった。

王国ではオメガを無理やり犯すことは一応法律で禁じられているのだ。しかもユーリスはどこぞの貴族の妾《めかけ》ではなく、王国騎士団所属の伯爵の正式な夫人である。

しかし、男たちは嘲笑とともに残酷な事実をユーリスに突きつける。

「奥方とは不仲だと有名なローゼンシュタインだからな。お前がどんな目に遭ってもなんとも思うまいよ。それとも別のアルファの手垢がついたと、離縁でもするか」

「いつも澄ました顔をしているあの騎士が、どんな顔をするかも見物でもありますよ」

どちらに転んでも面白い。そう言って男たちは愉快そうに笑う。その狂気の宿る目にユーリスは背筋が凍るようだった。

——彼らには何を言っても、通じないのだ。

オメガには何をしてもいいと思っているし、ギルベルトを含めた他のアルファもそうであると信じている。

これまでにない恐怖を感じて、ユーリスはなんとかして逃げようと必死に身を捩《よじ》った。

ギルベルト以外に触られるのは死んでも嫌だった。けれど、腕を縛られている上に、肩や腰といった主要な関節を大柄なアルファに数人がかりで押さえつけられているのだ。微かな身動きすら出来なくて、どうしても逃げられない。

しかも、悪いことにそんなユーリスの決死の抵抗は、アルファたちの嗜虐心《しぎゃくしん》をよりいっそう煽《あお》る結果になる。正面にいた男が右手を振りかぶった。

何をされるのか。それをユーリスが理解する前にその腕は振り下ろされていた。

鈍い音がして、目の前に星が飛ぶ。殴られた衝撃と痛みは、思ったよりも遅れてやってきた。

「――ッ！」

「大人しくしろ」

幸運なことに、ユーリスはこれまで暴力などとは無縁の人生を送ってきたのだ。

上手く受け身が取れず、叩かれた衝撃をそのまま頭蓋骨に伝えてしまった。ぐわんと揺れる脳みそと、口の中に広がる鉄錆の味。遠のく意識を必死に繋ぎとめて、ユーリスは唇を噛んだ。

ユーリスには分からなかったが、これでも男は十分に手加減をしていた。捕食者が捕らえた小動物を弄《もてあそ》ぶのに、本気を出すわけがないからだ。

男たちは性急な動きでユーリスの衣服に手をかけた。乱暴にリボンタイを抜き取り、シャツを引き裂いた。白蝶貝を削って作られた釦《ボタン》が、いくつも外れて埃《ほこり》まみれの床に転がっていく。

白い絹のシャツを破った男たちが目にしたのは、ユーリスの白く嫋《たお》やかな肢体だ。

ほっそりとした首から続く、肉付きの薄い胸元。染みひとつない肌はまるで光り輝くようで、その中で薄桃色の乳暈《にゅううん》が控えめに存在を主張していた。

それはまさしく男性オメガ特有の中性的な美しさだった。

彼らがどれほどオメガの肌に慣れていたのかはユーリスには分からない。しかし、自らを見下ろすその目には、確かに欲望の火が灯っていた。

乱れた亜麻色《あまいろ》の髪の隙間から、ユーリスは仄暗い情欲を滾《たぎ》らせる瞳を見た。それを受けてユーリスは全身に鳥肌が立つのを止められなかった。

「ローゼンシュタインとは番《つがい》なのか」

「せっかくの匂いが分からないな」

大きく無骨な手が手荒に全身をまさぐってくる。トラウザーズの釦《ボタン》に手がかかり、ユーリスは思わず目を瞑った。

ここで彼らに無体を働かれて、自分はこれからどんな顔をしてギルベルトに会えばいいのだろうか。そもそもローゼンシュタイン家に帰ることが出来るのだろうか。

アデルはまだ王族ではないが、現在でもそれに準ずる立場である。そんな彼を害そうとしたという嫌疑をかけられたユーリスに与えられるのはおそらく極刑だろう。

もう二度と、ミハエルやギルベルトには会えないかもしれない。そう思うと知らず涙が滲《にじ》みそうになる。しかも最悪の場合、彼らにだってその責が及ぶかもしれない。

考えれば考えるほど、事態は絶望の一言に尽きた。

ルードヴィヒやアデルが魔法局の言い分を鵜呑《うの》みにするとも思えなかったが、ユーリスの現状は何も変わらない。逃げることは叶わず、アルファたちに蹂躙《じゅうりん》される末路しか残されていなかった。

けれど、せめて——とユーリスは息を呑んで再度唇を噛みしめる。どれだけ苦しくても、絶対に声は出さない。涙も流さない。

彼らはユーリスが苦しみ泣きわめく様子を見て、愉悦に浸《ひた》るはずだ。オメガを征服しその支配欲と嗜虐心《しぎゃくしん》を満たすのは、アルファとしての本能だからだ。

だからこそ、少しでも喜ばせるような真似はしたくなくて、そう決めた。これはローゼンシュタイン伯爵家の夫人として——騎士ギルベルトの妻としてのユーリスの精一杯の矜持《きょうじ》だった。

ユーリスがそんな悲壮な決意をして覚悟を決めたときだった。アルファたちの興奮した荒い息遣いだけが聞こえていた部屋の中に、ばきん、と何かが壊される音が響いた。そして、ぎいっと蝶番《ちょうつがい》が軋《きし》む音がして、入り口の扉が開く。

当然、ユーリスを含めた全員が音のした方を見た。

「うわ、最低。あんたたち何やってんの」

そう言って入室してきたのは、青い髪の青年。先ほど別れたはずのライナルトであった。

ライナルトは部屋の中に入るなり、アルファらしい圧倒的な存在感で魔法使いたちを睨《ね》めつける。

「ねぇ。参考人として連れてきた相手にそんなことしていいの？　いいわけないよね。この人のことさっさと離してよ」

「……ブラウリヒト」

「なに？　俺の言うことに逆らうの？」

ライナルトは憮然とした様子でそう言い放った。

いくらこの春に入局してきたばかりの新人とはいえ、ライナルトは魔法局を代表する王宮魔法使い長ブラウリヒト公爵の正統なる後継である。堂々とその権威を振りかざせば、敵う者などここにはいない。

ユーリスに圧しかかっていた魔法使いたちは、渋々といった様子でその細い肢体を解放する。そして露わになったユーリスの全身を見て、ライナルトは端整な顔を盛大にしかめた。

「今回の件は騎士団と合同調査ってことになったから、この人の尋問はあんたたちが殺した魔獣の調査が終わってからだよ。それも騎士団が担当するってさ」

「なッ⁉」

「勝手なことを！」

「だって魔法局は、犯人の検挙なんてやったことないでしょ？　せいぜい騎士団に頼まれて魔法鑑定するのが精一杯じゃん。狩猟大会の警護は慣例的なものだから、今回は合同調査になったけどさ。代々そういうのは騎士団の仕事だよ」

言いながら、ライナルトは自らのローブを脱いでユーリスの肩にかけた。

破かれたシャツとそこから見える素肌を隠せということだろう。その気遣いに感謝して、ユーリスはそっとローブの袷《あわせ》を手繰《たぐ》り寄せる。

「この取調室だって何年も使ったことないのに、なんで自分たちで尋問しようと思ったのか理解に苦しむね」

ははっと乾いた笑いを漏《も》らして、ライナルトはユーリスに手を差し出した。それを縋《すが》るように握り返すと、強い力で引き上げられる。

「埃《ほこり》っぽいし、かび臭いし、ほんと最悪」

気だるげにそれだけを言ってライナルトはその部屋を後にした。もちろん、ユーリスを連れて。

背後からは口々にユーリスとライナルトを罵《ののし》る声が聞こえたが、当のライナルトは涼しい顔をしてそれを全て聞き流した。

ユーリスが案内されたのは、これまた狭い部屋だった。

入り口正面に小さな窓があって——これには格子ははまっていなかった——そこから射し込む茜色の夕日が古ぼけた部屋の中を照らし出している。

灰色の壁と天井は、先ほどの部屋にとてもよく似ていた。しかし、取調室と呼ばれたあの部屋と違うのは、ここにはたくさんのものが詰まっているという点だろう。

部屋の両脇、壁に添うように置かれているのは、天井まで届くほどの本棚とそこに詰め込まれた書籍の山だ。しかも書籍は棚だけには収まらず、床や部屋の中央に置かれた作業机の上にも平置きで積み重ねられている。その隙間を縫うように、硝子《ガラス》製の器具が所狭しと並べられていた。

何よりユーリスの目を引いたのは天井からぶら下がる薬草の数々だった。

茎を束ねられた紫の葉や、光り輝く橙《だいだい》色の花。それから一見して鳥の羽のようにも見える白い枝。その他にも様々な乾燥させた植物や動物の部位がぶら下がったり、瓶に詰められたりして置かれている。

不可思議な香りを放つそれらを、ユーリスは見たことがあった。かつて魔法学園に通う学生だった頃、魔法薬学の教科書に載っていたのだ。ここはどう見ても取調室でも留置室でもない。

「ライナルト様、ここは？」

不思議に思ったユーリスが訊ねると、ライナルトはあっさりと答えた。

「ここ？　ここは俺の作業室」

「作業室？」

「うん。作業室？　研究室？　まあ、どっちでもいいんだけど、誰も来ないと思うから楽にしててよ」

そう言って、ライナルトはがたがたと音を立てて、一脚の椅子をユーリスの近くに置いた。

木製のそれは所々ささくれて、打ち付けられた釘が飛び出ていた。先ほどの部屋で与えられていた椅子といい、魔法局は椅子を買う予算を削ってその他に回しているらしい。案の定、慎重に腰かけたにもかかわらず、身じろぎするたびに椅子はぎいっと嫌な音を立てる。

「ああ、冷やすものがないね」

「冷やす？」

「ほっぺた」

言われた途端、そこは熱を持って痛み出す。自らの左頬にそっと触れ、ユーリスはようやくアルファに叩かれたことを思い出した。

「俺、水魔法は苦手でさ。氷、作れないんだよね」

作れる？　と問われてユーリスは首を横に振る。

水の属性はユーリスも持っているが、温度を操り氷を作り出すのは、水魔法の中でも上級魔法に分類される。ユーリスの実力ではとうてい無理なことだった。

そこでユーリスは適当な布を濡らして、頬を冷やした。自らの魔力で作り出した水はすぐに温《ぬる》くなってしまうけれど、ないよりはましだろう。

ライナルトは、自らの所属を「王立魔法局魔法薬管理課」であると説明した。

魔法局にはいくつもの専門課が存在する。新しい魔法術式の研究開発をする魔法術式研究開発課や、希少で危険な魔法書を管理する魔法書籍管理課。それから魔法薬の管理や研究を行う魔法薬管理課などだ。

魔法局に在籍する魔法使いは数多《あまた》ある専門課のいずれかに属しており、その課の中の上席数名が王族に直接謁見出来る名誉を賜るのだ。その彼らが王宮魔法使いと呼ばれ、多くの者たちから羨望の眼差しを向けられていた。

ライナルトはその血統と優秀さから、王宮魔法使いの位を入局当初から与えられているという。

「ここが魔法薬管理課の作業室なんですか？」

「違う違う。魔法薬課の本部はまた他にあるんだけど、ここは俺が個人的にもらった部屋。魔法局所属の魔法薬師にはひとりひと部屋作業室がもらえるの。隣もその隣も別の人の作業室だよ」

そこで各々《おのおの》専門の魔法薬を製造したり研究したりするのだとライナルトは言った。

ちなみに魔法薬師とは特定の魔法薬を調合する資格のある魔法使いのことで、王国では魔法騎士と同等の国家資格に当たる。ライナルトは学園の在籍中に魔法薬師の資格を取ったため、入局後すぐに魔法薬管理課に配属になったらしい。

「魔法局の連中は、大抵がこういう研究がしたくて入ってくるやつらばっかりだよ。アデルの希望は魔法術式研究開発課だったかな。あそこも楽しそうでいいよね。俺、術式考えるのも好きだよ。偉そうに王宮歩いてるやつらはだいたい魔法使い課のやつら」

「魔法使い課というのは？」

「王宮とかで偉そうにして魔法使う人たち。王宮魔法使いの半分以上が魔法使い課」

手元の器具をがちゃがちゃと何やら弄《いじ》っていたライナルトは、硝子《ガラス》瓶に手をかざし一瞬で中の水を沸騰させたかと思うと、その中に青緑色の何かを入れた。お湯の中でふわりと広がるそれは、遠目には小さな花のように見える。

お湯に浮かぶ花を蒸らすこと数十秒。少し小さめの同じような硝子《ガラス》の瓶にその液体を注いでユーリスに差し出してくる。

「のど渇いてない？　飲む？」

「これは？」

「えーっと、なんだっけ。蒼月草《そうげつそう》を煮出したやつ。美味しいよ」

どうやらお茶を淹《い》れてくれていたらしい。どう見ても彼が差し出したのもお茶を煮出したのも研究に使うであろう硝子《ガラス》器具ではあったが、せっかくの厚意である。

今日がほぼ初対面の自分に向けられたライナルトの気遣いを、ユーリスはありがたくいただくことにする。

「ありがとうございます」

「ん。騎士団が正式にあんたの身柄を保護しに来ると思うから、もうちょっと待ってて」

「そうですか……」

まだ熱い硝子瓶《ガラス》を手に持って、ほうっと息を吐く。受け取った薬草茶を口に含むと、柔らかい花の匂いが鼻腔を満たした。

舌の上に広がる仄《ほの》かな甘みと微かな苦み。月夜に花開く蒼月草《そうげつそう》を使った薬草茶は、飲み慣れた紅茶よりもおおらかで優しい味だった。

ライナルトの性格そのままのようなお茶を味わいつつ、ユーリスは彼の方を見た。

彼はユーリスと同様に硝子瓶《ガラス》に口をつけながら、古い書籍を眺めていた。煤《すす》けて黄ばんだ羊皮紙には、随所に薬草の図柄が描かれている。細かい書き込みがなされたそれは、きっと魔法薬に関する本なのだろう。

ライナルトは、まるで子どものような為人《ひととなり》をしている。口調や仕草が素直で、ともすれば少々幼い印象を受ける。物事に無頓着で、俗世のだいたいのことに興味がなさそうに振舞う。

まさに研究者といった人物である。

「あの、ライナルト様」

「なに？」

おずおずと口を開いたユーリスにライナルトは声だけで答えた。こちらを見ることなく、未だに本を眺めている。

そんな彼の様子に少しだけ迷ってから、しかしユーリスはその問いを口にした。ここで聞かなければ、きっともう二度と訊ねる機会は訪れないと思ったからだ。

「……森では何をされていたのですか」

「森？」

「魔獣の襲撃の少し前に、私は息子の帽子を取りに森に入りました。そのときにライナルト様をお見かけして」

言い淀むユーリスに、ライナルトは顔を上げる。その動きに合わせて少し長めの青い髪がさらりと揺れた。薄青の瞳がゆっくりとユーリスを捉える。

「あー、あれ。ちょっと調べもの」

「調べもの？」

「うん。そう」

それ以上は答えられない。そう言ってライナルトは口を噤《つぐ》む。

彼は嘘をつかない気質なのだろう。聞かれたくないことを訊ねられて、答えられないと正直に答えた。そんな彼の「答えられない」「調べていたもの」とはいったい何なのだろう。

あの森で見たライナルトの横顔は、今とは比べ物にならないくらい強張っていた。目深にかぶったフードの奥で、彼は何を見ていたのか。

「ライナルト様」

「ん？」

「もうひとつだけお聞きしてもよろしいですか」

「？　どうぞ」

ユーリスは、これまでの分かっている事実をひとつひとつ頭の中で整理しながら、ライナルトを見つめた。

――王国の魔法分野を司《つかさど》る青の貴公子。

彼は、あの発情誘発剤の事件の折、玻璃宮《はりきゅう》にはいなかった。誘ったけれど、仕事を理由に参加出来なかったとゲオルグが言っていた。

父親であるブラウリヒト公爵はオメガ排斥過激派の筆頭で、けれど彼自身はアデルとは親しく付き合っている。リリエルの罪状を詳《つまび》らかにした真実薬は、彼が用意したものだった。魔獣が出現する直前の森の中で、彼は何を調べていたのか。

ユーリスはライナルトと今日初めて言葉を交わした。だから、彼が何を好み、何を厭《いと》うのかはよく分からない。けれど、たったひとつだけ確信出来た。

「ライナルト様は、……アデル様の味方ですか？」

ユーリスの問いにライナルトが不思議そうに瞬《またた》いた。茜色の光が薄青の瞳の中できらきらと乱反射している。彼は考える間すらなく、あっさりと口を開いた。

「味方だよ。友だちだもん。なんで？」

「いえ、それだけお聞きしたかったので」

――ライナルトは決して嘘はつかない。

否、つかないのではなく、つく必要性を理解していない、と言った方が正しいのかもしれない。澄んだ青い目は凪《な》いでおり、きっと彼はユーリスに自分が疑われているなんて欠片《かけら》も思っていない。頭脳は恐ろしいほどに明晰なのに、そういう他人の感情の機敏には疎《うと》い様子が見て取れた。

ユーリスはもらったお茶をもう一口飲んだ。ふわりと広がる花の芳香と微かな甘さ。それはとても清涼な雰囲気を持っており、ユーリスは素直に好ましいと思った。

茜色の空に星が煌《きら》めき、藍と紫に染まった頃合いになってようやく作業室を訪れる者があった。古い木の扉を壊さんばかりの勢いでノックしたのはギルベルトで、彼は出迎えたユーリスを見てひどく狼狽《ろうばい》した様子を見せた。

それもそのはずである。このときのユーリスの格好は本当にひどいものだった。

殴られたままおざなりに冷やしただけの頬は真っ赤に腫れていたし、身に着けているシャツは無残に破かれていた。借り物のローブはライナルトのもので、ユーリス自身には分からなかったが、アルファの匂いがたっぷりとついていたことだろう。

おそらくそのどれもがギルベルトには不快なもので、常に冷静な彼を苛立たせるには十分だったはずだ。

しかし、ギルベルトはただ黙ってローブを引き剥がしただけで、ユーリスを屋敷まで連れて帰った。ギルベルトの上着を着せられて、そのまま抱え上げられたときは多少抵抗したものの、結局最後にはなされるがままに運ばれてしまった。

ギルベルトが見せた、アルファ特有の独占欲がひどく嬉しかったのだ。

「ユーリス、大丈夫ですか。迎えに来るのが遅くなってしまい、申し訳ありません」

「事後処理をなさっていたのですから、仕方のないことです。本当に、ライナルト様が助けてくださったので、大丈夫なんですよ」

「……そうですか」

乗り慣れた馬車に乗り込んで、ユーリスはようやく息をついた。そして、隣に座るギルベルトとの近さにまた身を固くする。

ギルベルトは普段、滅多に馬車を使わない。より早く移動出来る馬を使用するためだ。

今日の朝だってユーリスは馬車で、ギルベルトは愛馬で狩猟大会の会場まで移動したというのに、これはいったいどういうことだろうか。

そう狭くはない馬車の中、ユーリスはギルベルトと触れ合うほどの近さで座っていた。布越しに彼の体温を感じてしまい、胸の奥がきゅうっと切なくなる。

馬車ががたがたと揺れる。そのたびに微かに体勢を崩すユーリスの細腰に、ギルベルトが支えるように腕を回した。それに驚いて顔を上げると、目の前にあるのは当然澄んだ深い紫だ。

「痛いですか」

「あ、そうですね。まだ少しだけ」

ユーリスの頬を見て、ギルベルトが言った。

それに素直に答えたのがいけなかったのかもしれない。微かに眉根を寄せたギルベルトが、その指先でそっとユーリスの頬に触れる。

熱を持って赤く腫れた頬は、きっと見ていて気持ちのいいものではないだろう。それを痛ましそうに撫でて、ギルベルトは目を眇《すが》めた。

頬にそっと口づけて、それからまたユーリスの瞳を覗き込む。

先に口づけたのはどちらだったのだろうか。引き寄せられるように唇を触れ合わせて、ふたつの吐息が混ざる。馬車の車輪が石畳を叩く音だけが耳に響いていた。

触れ合うばかりの口づけを、角度を変えて何度も繰り返した。常にはない大胆さは、先ほど感じた彼に二度と会えないかもしれないという、恐怖から来るものだったのかもしれない。

自らを慈《いつく》しむようなそれに、必死に応えようとするユーリスの小さな唇を、ギルベルトのそれが食《は》むように啄《ついば》んだ。強請《ねだ》るように舌で舐められれば、条件反射のように開いてしまう。薄っすら開いた唇の隙間から、大きな舌がぬるりと入ってくる。

「ん、……ふ、ぁ」

上あごを舐められて、自然と声が零《こぼ》れた。

発情期に繰り返される交合の中で、ユーリスの身体はそこが性感帯であることをもう覚えてしまっているのだ。舌を擦り合わせて、溢れる唾液を飲み下す。背筋をぞくりと情欲が這い上がってくるのが分かった。

「本当に、遅くなってしまった」

「……？」

口づけの合間に唸るように絞り出されたギルベルトの言葉に、ユーリスは首を傾げた。それに応えるように見つめ返し、ギルベルトは言った。

「ブラウリヒト卿に助けられたことは理解しています。しかし、彼の匂いも含めて、あなたに他のアルファの匂いがつくのは耐えられない」

独占欲を一切隠さない、素直な番《つがい》の言葉を聞いた瞬間だった。

ぶわりとユーリスの頬が熱くなって視界が滲《にじ》む。全身から力が抜けて、必死に目の前の逞しい身体に縋《すが》りついた。

「え、ぁ……？」

「ユーリス、匂いが――」

掠《かす》れたギルベルトの声が耳朶を擽《くすぐ》る。身体の奥が狂おしいほどに切なくなって、ユーリスはその細い肢体を戦慄《わなな》かせた。

それはひどく馴染んだ感覚だった。つい先日もユーリスを苛《さいな》んだ甘く苦しいそれの正体に、気づいたときにはもう遅かった。見上げたギルベルトの瞳が揺れて、ユーリスを見ていた。欲に濡れた紫はただただ美しい。

――これは、発情の熱だ。

ユーリスはつい先日、発情期を終えたばかりだ。それなのに何故という気持ちと、そんなことはどうでもいいから、早く番《つがい》に抱かれたいという思いが絡み合って溶けていく。

先ほどのアルファたちの手のひらはあれほど不快であったというのに。服の上から、ユーリスの輪郭を確かめるように触れてくるその熱は、ひどく好ましかった。もっと触れてほしくて、もっと暴いてほしくてどうしようもなくなってしまう。

ユーリスは初めて発情期を迎えたときから、その周期が乱れたことはなかった。

結婚前は抑制剤で上手くコントロール出来ていたし、結婚後は番《つがい》であるギルベルトがいた。しかし、どうやら発情誘発剤を口にしたことで、定期的だったそれが少しおかしくなってしまったらしい。

そういえば、ようやく発情期が治まった日の朝に、フェロモンが不安定だとギルベルトが言っていたではないか。あれはつまり、薬によって周期を乱された発情期が頻繁に起こるかもしれないという意味だったのだ。

それをこんな形で自覚するなんて。

ギルベルトの蕩かすような口づけを受けながら、ユーリスはぼんやりとそんなことを思った。しかし、思考は続かず意識にはとろりと蜜のような幕がかかってくる。

魔法使いたちに触れられた胸や腹を、ギルベルトは丁寧に辿っていく。まるで、何かを上書きするようなその仕草にユーリスはもどかしさを感じてしまう。

恋しい番《つがい》に触れられるのは気持ちがいい。先ほどはあれほど恐ろしかったこの行為が、相手が変わるだけでただ心地よいだけの戯《たわむ》れとなるのだから不思議なものだ。

ユーリスの身体にはずいぶんと大きい借り物の上着を床に落とすと、現れるのは破かれたシャツをひっかけただけの淫《みだ》らな姿だ。その無防備なユーリスの様を見て、ギルベルトが喉を鳴らした。

絹地の裂け目から手がするりと忍び込んでくる。

「んッ」

親指で胸の飾りを捏《こ》ねられて、ユーリスは目を細めた。同時に背中に回った手が肩甲骨の浮いた背中を撫でて、腰まで降りてくる。

背骨の形を確かめるように触れて、そのままボトムをずるりと少しだけずらす。そこから侵入してきた不埒な指先は、臀部《でんぶ》の割れ目をなぞって奥の窄《すぼ》まりにまでその欲を伸ばしてきた。

「ふ、んぁ、ギルベルトさま……」

微かに離れた唇の隙間から、ユーリスは番《つがい》の名を呼んだ。

正気のときであれば絶対に出せない、媚びるような甘い声音だった。そのことに羞恥を感じる段階はとうに過ぎていた。きっと馬車の中には、ユーリスの放つ甘いフェロモンの匂いが充満していることだろう。

その先を期待して、ユーリスは腰を揺らめかせた。しかし、いっこうに求めるものは与えられず、その指先はとろりと愛液を溢れさせる蕾を上からなぞるばかりだ。

——どうして。

首を傾げて、視線だけでそう問うと、ギルベルトは欲に濡れた瞳で必死に歯を食いしばっている。

「ここでは、さすがに……」

その手はこんなに淫《みだ》らにユーリスに触れているというのに、ギルベルトは口ではそんなことを言う。この場でこれ以上は出来ないと告げられて、ようやくユーリスはここがどこかを思い出した。

微かな理性を手繰《たぐ》り寄せて周囲を見ると、確かにここは馬車の中だった。

走行中の今はしっかりと扉が閉じられ、車内を満たす淫猥《いんわい》な音も車輪のそれでかき消されている。

しかし、ここでこれ以上の行為に及ぼうとすれば、色々と障りがあるのは間違いなかった。

王宮の近くに構えてあるローゼンシュタイン伯爵邸には、あと少しで到着するだろう。

馬車が止まれば、御者《ぎょしゃ》はいつも通りに扉を開ける。そこで御者《ぎょしゃ》が目にするのは、間違いなく己の主人たちの絡み合う姿だ。

それが普段は生真面目なギルベルトと貞淑なユーリスであるのだから、彼の驚きはいかほどか。

そんな淫《みだ》らな姿をいくら使用人とはいえ、他人に見せるわけにはいかない。

正常な判断さえ出来れば、誰だってそう思うだろう。しかし、発情期の情欲に支配されつつあるオメガには、そんなまともな判断は出来なかった。ただ触れたくて、触れてほしくて、身体の奥深くが甘く疼《うず》いた。

目の前の逞しい首に腕を絡め、栗色の髪を乱す。唾液を絡ませた舌を強請《ねだ》るように突き出して、薄くて形のいい唇を舐めた。膝を立ててギルベルトの上に圧しかかるようにして、細腰をギルベルトの腹部に擦り付けると、ユーリスの下肢に硬い何かが触れる。

「くッ、んん……」

欲に滾《たぎ》った雄を不意に攻められてギルベルトが息を詰めた。形のいい鼻梁《びりょう》から続く薄い唇を噛みしめて、恨めしそうにユーリスを見やる。

番《つがい》の身体から立ち上る濃厚なフェロモンに情欲を煽《あお》られ、さらに先を強請《ねだ》る痴態を見せつけられているのだ。いくら己を律することに長《た》けた騎士とはいえ、我慢の限界というものがある。それを分かっていて、ユーリスはその唇に齧《かじ》りつく。

発情期のオメガは天性の魔性だ。何をすればアルファが喜び、自らの身体に精を放つのかを意識せずとも理解し、体現することが出来る。

普段は清純で無垢そのものといった様子のユーリスでさえ、フェロモンを纏《まと》えば市井《しせい》の娼婦よりもよっぽど淫《みだ》らに雄を誘うのだから恐ろしい。

口づけを繰り返しながら、ユーリスは己の股間をギルベルトのそれに擦り付けた。布越しに擦れ合うその硬さが、早く欲しくて堪らない。興奮に湧くふたり分の唾液を啜《すす》ると、臀部《でんぶ》を這う手のひらに力が入った。

「ぁんッ」

「は、腰が動いていますよ。これ以上は、ここではいけないと言ったのに」

言いつつも、その手は柔らかい双丘を無遠慮に揉みしだく。もうすでにしとどに濡れたあわいをなぞった指が、咎めるようにユーリスの後孔に突き立てられた。

つぷりと小さな音がして、胼胝《たこ》のある指の先が柔い肉に呑み込まれた。

「あ、ああ……ッ」

慎ましく閉じたままの襞《ひだ》を擽《くすぐ》るように、その指先は浅い部分を何度も往復する。

これまで幾度となくアルファの剛直を受け止めて来た肉輪は、とろりと十分に解れている。しかし、その中を犯したのは、おそらく人差し指。それもたった一本だ。

もっと太くて長いもので蹂躙《じゅうりん》される愉悦を知る肉筒は、そんなもので満足することはない。けれど、ユーリスにとっては待ち望んでようやく与えられた快感だった。

布越しに刺激し続けた陰茎は先走りを零して喜んでいる。すっかり色を変えたトラウザーズからは、触れ合うたびにぐちょぐちょと卑猥な水音が響いた。

「あ、あ、きもちい、きもちいです、ギルベルトさまッ」

「あぁ、俺も、気持ちがいい」

「んんッ、んぅ……——ッ！」

喘《あえ》ぐユーリスの口を塞ぐように、ギルベルトがじゅうっと音を立てて強くユーリスの舌を吸った。

その瞬間、あまり精を吐き出すことのないオメガの陰茎が、じわりと白濁を滴《したた》らせた。

後孔に指を入れられて、舌を吸われて、ユーリスは呆気なく達してしまったのだ。

ギルベルトは中に入れた人差し指を、碌《ろく》に動かしてはいなかった。ユーリスが最も感じる深い部分はもちろん、浅いところにある滑《なめ》らかなしこりすら触れていない。

ユーリスがただひとりで動いて、欲を吐き出しただけだ。

自ら腰をギルベルトのそれに擦りつけながら、動かない指を食い締めるという自慰のような行為は、確かに気持ちがよかった。しかし、発情期の熱はそんなものでは冷めないし、何よりも蜜を溢れさせているその最奥が、きゅうきゅうと切なく疼《うず》き続けている。

ぎっ、と音を立てて馬車が止まる。荒い息を吐きつつ己の番《つがい》を見ると、そこには激しい劣情に耐えた獣めいた顔があった。

馬車はいつの間にか、屋敷に到着したようだった。

王都のローゼンシュタイン伯爵邸は、名門貴族としてそれなりの規模を誇っている。

磨き上げられた玄関を抜けて、艶《つや》のある木製の階段を上がれば、そこは主人の私的な空間だ。階段の左手には家族で使用するための居間があり、その奥はギルベルトの執務室があった。寝室はさらにその先にあり、慌ただしく邸に飛び込んだふたりにはいささか遠い場所だった。

ユーリスを抱え上げたギルベルトは、そこまで待てないと判断したのだろう。自らを誘う甘い匂いに耐えかね、玄関から最も近い場所にある私室——つまり、当主の執務室にユーリスを連れ込んだ。

飴色の重厚な扉に押し付けられて、ユーリスはその身を震わせた。噛みつくような口づけの後、大きな手が性急に衣服を乱していく。

とはいえ、もともとシャツは破れていて意味をなしていない。借り物の上着はすでに床に落ちていて、そこに軽い音を立ててユーリスのトラウザーズが重なった。靴を履いたままの片足を持ち上げられて、露わになった秘所にギルベルトが喉を鳴らす。

白い双丘は後孔から溢れる蜜と陰茎から滲《にじ》んだ白濁でひどい有様だった。

射貫くような強い視線が、最も奥の慎ましい蕾に注がれているのが分かった。その先を期待するそこは、アルファを誘うようにひくひくと蠢《うごめ》いてしまう。

洋燈《ランプ》の灯りに浮かび上がるそこに、ひたりと押し当てられるものがあった。

狩猟服はしっかりと着たまま、下履きだけを寛《くつろ》げてギルベルトがその逞しい屹立を取り出したのだ。筋肉質な首に必死に両腕で縋《すが》りついて、ユーリスはそのときを待つ。

これから与えられる快感を、知っているからこそユーリスは身構えた。

腰を抱えられ、一気に貫かれる。その瞬間、ユーリスの唇から悲鳴のような嬌声が溢れ出した。

「ひ、あぁああぁ――ッ！」

「ふ、あぁ、あなたの中は相変わらず狭い」

目の前に星が飛んで、焦点が定まらない。先端がぬかるんだ粘膜を掻き分けて奥へと進むたびに、激しい快感が湧き上がってくる。衝撃のようなその愉悦に、ユーリスは白い肢体を大きく仰け反らせて耐えた。

「あ、あんッ、ふか、ふかい、あ、だめ、ふかいっ」

「はい。この体勢では、奥まで入ってしまいますね」

寝室どころか、執務室の長椅子《ソファー》までも待てなかったのだ。

立ったまま貫かれたユーリスは、ギルベルトとの身長差のせいで、つま先立ちになってしまう。片足を抱えられ、腰を押し付けられたこの体勢では、繋がった部分と残った片方のつま先立ちだけで自らの体重を支える形になる。

自然、挿入部への負荷は増し、その自重を全て受け止めるのは後孔の奥――ユーリスが最も感じる部位だった。

「ああ、あ、いく、イく、あ、あッ、……ッ!!」

今までにない強さで、中の敏感な部分を突き上げられ、呆気なくユーリスは絶頂を迎えた。

全身を震わせて快感の波に身を任せると、ユーリスの肉壁は己に強い快楽を与える剛直をしゃぶるように締め上げた。

「う、——ッ」

同時にギルベルトが歯を食いしばった。貪欲に収斂《しゅうれん》する胎《はら》が絞り取ろうとする精を、まだ与えるつもりはないのだろう。

波が落ち着くまで待って、それからまた律動を開始する。立ったまま腰だけを動かすと、浮いたままのユーリスの足がそれに合わせてぶらぶらと揺れた。

「ゃあッ、あ、まって、まだ、イって、ああっ！」

ギルベルトが動くたび、そこを穿《うが》つたびにどうしようもない快感が這い上がってくる。腰が甘く痺れるようなその感覚が、全身に広がって目の前が真っ白になった。

苦しくて、気持ちがいい。快楽を追うことに夢中になって、息を吸うのも忘れてしまいそうだった。

不安定な体勢をどうにかしたくて、けれど痩躯《そうく》を抱えられたままのユーリスにはどうしようもなかった。目の前の番《つがい》に必死に縋《すが》る腕に力を込めて、なんとか自らの身体を近づける。

そしてすぐ目の前にきたギルベルトの、その食いしばったままの唇に口づけた。

至近距離で覗き込んだ紫の瞳が、獣のような情欲を湛《たた》えてユーリスを見つめ返す。そこには、とろりと蕩《とろ》けた顔をした自らが映り込んでいた。

——なんてひどい顔をしているのだろう。

僅かに残った理性が、冷静にそう語りかけてくる。しかし、そんなものは発情の熱の前にはなんの意味もなさなかった。自らを穿《うが》つ楔《くさび》を締め付けて、ユーリスはその先を促した。

与えられたそれは、確かに求めていたものだ。しかし、発情期のオメガが本当に欲しいのはそれではない。

「あ、あ、もう、ほしい、ッ、んァッ」

「欲しい？　これ以上、なにを……？」

ユーリスの懇願《こんがん》に、ギルベルトはそう囁いて白い耳朶に舌を這わせた。

意地の悪い番《つがい》は、全てを分かっているくせにそんなことを言う。

それが悔しくて、愛おしくて、ユーリスの淡い緑色の瞳からぼろぼろと涙が零《こぼ》れ落ちた。

「はぁ、そんな、やぁ、あんッ、ギルベルトさま、ギルベルトさまッ」

「言ってください。ユーリス、何が欲しいのですか？」

強請《ねだ》るように問われて、ユーリスは蕩《とろ》けた視界でうっとりとギルベルトを見た。

やり取りの間も常にギルベルトの腰は動いており、ユーリスの深い部分を犯そうと貫いてくる。

そのたびに彼は苦しげに眉根を寄せるのに、変わらず耐えているというのに。

――本当は、自分が一番欲しいくせに。

溢れる愛液が動きに合わせてぐちょぐちょと卑猥な音を立てた。

気持ちがいい。けれど、もっと熱いものが欲しかった。

「は、ぁ、ギルベルトさまッ、ユーリスは、ギルベルトさまのこだねが、ほしいです……」

「――――ッ！」

「ああっ、はげしぃッ、あッ」

自らの欲望をユーリスが口にした瞬間、がん、とさらに深く穿《うが》たれた。

少しでもその衝撃を逃そうと目の前の肩に額を擦《こす》りつけると、筋肉質なそれはふるりと震える。

溺れる者が藁《わら》をも掴むような仕草だった。しかし、ユーリスを快楽の淵に突き落としているのもまた、ユーリスが唯一縋《すが》れる相手である。

「中に、だしますッ」

「あ、あ、ああ……ッ」

強く腰を掴まれ、押さえつけられたところを、その長大な剛直が貫いていく。

数度、ごつごつとユーリスの最奥――オメガの子宮がある部分を叩いて、それからどくりと中に白濁が迸《ほとばし》った。普通ならば分からないはずのその熱が、発情期のユーリスには手に取るように分かった。

粘膜に直接酒精をぶち撒かれたような、そんな感覚。

アルファの精は、オメガにとって発情を和らげる百薬であると同時に、その身を蝕《むしば》む毒にも似たものだ。与えられれば酩酊したようになって、当然一度の射精では足りはしない。

「ん、んッ、ふぁ」

突き抜けたまま戻らない快感を少しでも落ち着けようと、無駄な肉のない精悍な頬を掴んで、ユーリスは何度もその唇を奪った。食《は》むように、啄《ついば》むように繰り返されるそれに、一度出したはずの剛直が硬さを取り戻していく。

「んぁ、や、またッ」

「はい、あなたが、そのように可愛らしいので……」

「え？　ひっ、ぁン、ああ――ッ」

再び腰が揺れて、慌てたのは余韻に浸《ひた》っていたユーリスだ。しかし、今度のギルベルトは胎《はら》を突き上げることなく、ゆっくりとユーリスを抱え直すと繋がったまま歩き出した。

向かうのは奥にある長椅子《ソファー》だ。革張りのそれに丁寧な動作で下ろされて、ユーリスはぼんやりとギルベルトを見上げた。

しかし、当の番《つがい》はそんな視線には気づかないのか、足元にわだかまったままのトラウザーズを放り投げて、破けたシャツを抜き取った。そして、目を眇《すが》めてユーリスの首元にある首環《ネックガード》を見た。

そこにあるのは紫色の宝石と、ローゼンシュタイン家の紋章。

ユーリスが間違いなくギルベルトのものであるという動かぬ証だ。

番《つがい》の証であるその歯形は、たとえ番《つがい》を解消したとしても永遠に消えることはない。小さな金具に魔力を流すと、首環《ネックガード》は呆気なく床に落ちた。

それは自分たちにとって、合図のようなものだった。ギルベルトは繋がったままの剛直をぎりぎりまで引き抜いて、細いユーリスの身体を裏返した。

その首環《ネックガード》の下――ユーリスの項《うなじ》にある自らの歯形を確かめて、再度奥深くに分け入ってくる。入り口から奥までを拓《ひら》くように進んでくる硬い先端が、その張り出した部分で中の敏感な部位を余すところなく擦《こす》り上げてくる。

そのたびに身体が震え、腰が揺らめいた。どうすれば気持ちよくなるのか、どうすればギルベルトを良く出来るのかを、ユーリスはよく知っているのだ。胎内が勝手に収斂《しゅうれん》して、柔らかく剛直を包み込んだ。

周囲には執務机や本棚が並び、静謐《せいひつ》な雰囲気がある。そこで全裸を晒し、番《つがい》に組み敷かれて揺さぶられているこの状況は、どうしようもなく仄暗い背徳感があった。

ギルベルトから涼やかなアルファの香りが立ち上って、さらにユーリスの理性を蕩《とろ》けさせる。彼がアルファの発情《ラット》に入ったのだ。

発情したオメガに誘発されて放たれるアルファのフェロモンは、すでに発情したオメガにさらなる発情を促してくる。番《つがい》である自分にしか感じられない。ユーリスのためだけにあるギルベルトのフェロモンを感知して、ユーリスの中のオメガ性が溢れてどろりと溶けていく。

発情期のたびに嗅がされるそれは、ユーリスにとって彼の精液と同じくらい身体を蝕《むしば》むものだ。普段は爽やかで心地よく感じる香りなのに、発情期の最中だけは本能を直接揺さぶられるような暴力的な香りに変貌する。

アルファのラットによって、オメガの発情はより深くなる。お互いがお互いに影響し合い、ふたりの境界線は曖昧《あいまい》に溶けていく。――それがアルファとオメガであり、番《つがい》というものなのだ。

ギルベルトのフェロモンを与えられたユーリスは、もはや自分が何をしているのかすら分からない状態だった。

一度では足りなくて、すぐに次を求めてしまう。欲しくて欲しくて堪らない。

そう強く思うのに、一瞬動きを止めたギルベルトは息を呑んだ。そして慌てたように上体を起こし、腰を引いた。その拍子にそれまでユーリスの中に埋まっていた剛直が引き抜かれてしまう。満たされていたものを無理やり取り上げられて、ユーリスは心の底から混乱した。せっかくもらったはずの白濁も抜かれた性器とともに溢れ出した。

——どうして抜いてしまうのか、もっともっと欲しいのに。

そんな衝動に突き動かされて、力の入らない身体を無理やり起こし、ギルベルトの逞しい身体に縋《すが》った。

自分よりもずっと広くて硬い肩をやんわりと押すと、驚いたような番《つがい》の顔が目に入った。

それを見て、ユーリスはぼんやりとした意識のまま首を傾げる。

このときは気づかなかったけれど、おそらく微かに理性を取り戻したギルベルトは、抑制剤を取りに行こうとしたのだろう。

通常、オメガの発情は胎内にアルファの精を受けることである程度は収まるものだ。だから、一度中に出されたユーリスも発情が少し収まったと勘違いしたのだ。自分はラットに入っているというのに。

けれども、ユーリスの発情はまったく落ち着いていなかったし、むしろ一度精液をもらったことが引き金になって、その発情はさらに深まっていた。

それなのにギルベルトの瞳の中には、僅かではあるが確かに理性が宿っていた。それを感じ取ってしまい、ユーリスはひどく寂しく思う。

自分はこんなに求めているのに、ギルベルトだってもうラットに入っているはずなのに、まだそんな顔をする余裕があるのか。

——もっともっと求めてほしい。もっともっと欲しい。

焦燥感にも似た飢餓感《きがかん》は、発情期にはよく感じるものだ。けれど、慣れているからといって耐えられるものではない。

ぶわりと身体が熱くなって、息が上がる。目の前のギルベルトも頬を上気させてユーリスを睨むように見つめていた。

自分では分からないが、どうやらユーリスは先ほどよりもずっと多いフェロモンを出しているらしかった。ギルベルトの瞳孔は開き切っていて、何かに耐えるように歯を食いしばっている。獣のように荒い息が、彼の限界をユーリスに教えてくれる。

ギルベルトの中に微かに残る理性をなくしてしまいたい。その一心で必死に番《つがい》を誘う淫《みだ》らなユーリスの姿に、ギルベルトは何を思っただろうか。

「ん、んッ……はぁ」

「ユーリス」

「ギルベルト様は動いちゃ駄目です。いい子だから、大人しくしてて」

今にも襲いかかってきそうなくせに、一向に動こうとはしないその唇を食《は》みながら、ユーリスはもう一度ギルベルトの身体を少しだけ押した。まるでミハエルを窘《たしな》めるときのような幼げな口調に困惑しつつも身体を引いたギルベルトは、ユーリスがその腰に跨《また》がるとその意図を理解したらしい。

微かな理性を取り戻したとはいえ、ギルベルトはラットに入って興奮しきっている。その自制心は薄氷のようで、軽く刺激を与えれば呆気なく崩壊する程度のものだ。

すでにそそり立っているその性器に手を添えて、ユーリスはゆっくりと腰を下ろした。

先ほど暴かれた蕾はすでに綻《ほころ》んでいて、先端を難なく呑み込んでいく。身体の中にぽっかりと空《あ》いていた空虚が埋められていくような多幸感に包まれて、それでも足りなくてユーリスは身体を仰け反らせた。

早く、中を埋めなければ。早く、早く。

「あ、あぁ——!?」

ユーリスが焦って腰を落とそうとしたその瞬間、腕を強く引かれて抱き込まれる。身体全体を押さえ込まれるようにして、動きを封じられたかと思ったとき下から強く突き上げられた。

張り出した一番太い部分が中の粘膜を擦り上げ、最奥を穿《うが》つ。その衝撃で見開いた目に涙が滲《にじ》んで、視界がちかちかと明滅した。息が上手く出来なかった。

「あ!? ぁんッ! ゃあッ、あああッ」

ユーリスの痩躯《そうく》を掴んで、ギルベルトは激しく腰を動かした。

中の敏感な部分を好き勝手に蹂躙《じゅうりん》されて、ユーリスはただ喘《あえ》ぐことしか出来なかった。

けれども、これこそがユーリスの欲しかったものだ。滲《にじ》む涙は快楽と幸せからのもので、ようやく番《つがい》と繋がれた幸せだけがユーリスの中にあった。

気持ちが良くて幸せで、どうしようもなく涙が溢れてくる。

――自分がギルベルトを求めるのと同じくらい、ギルベルトにも求めてほしい。

その願いがようやく叶った気がして、ひどく満たされていた。

顔をくしゃくしゃにして泣くユーリスを見て、一瞬だけギルベルトの空気が変わる。気遣うような大きな手のひらが背中をなぞって、激しい突き上げが少しだけゆったりとしたものになった。

「ユーリス、痛くはないですか？」

痛くはないか、苦しくはないかと訊ねられて、ユーリスは涙を流したままで首を横に振った。

痛いわけがない。気持ちが良くて幸せで、このままギルベルトとひとつに溶けてしまいたいと思う。

そこからのギルベルトは優しかった。正面で抱き合うと、唇で項《うなじ》に触れることは出来ないからだろう。代わりと言わんばかりに喉ぼとけや鎖骨に容赦なく歯を立ててくるくせに、ユーリスに触れる手つきは丁寧で、ラットに入っているとは思えないほどの気遣いを見せた。

もともと、噛み癖があるとはいえ始終丁寧な抱き方をする男だ。それはユーリスがどれほど誘惑しても変わらなかった。

欲しかった快楽も精液もたっぷりと与えられて、ユーリスがすっかり満足したのは、窓の外はとうに陽が落ちて、小さな星が輝く時間だった。

気づいたときにはギルベルトの寝室に運ばれていて、抑制剤を飲まされた後だった。

幾度目かの逐情の際、意識が飛んでしまったらしい。優しく前髪を梳《す》かれる感覚に意識が浮上する。けれども瞼が重たくて、目を開けることは出来なかった。

発情期明けは身体が休息を求めるものではあるが、今日は倦怠感がいつもより強い気がした。

定期的ではない上に、薬の後遺症と精神的な負荷による突発的な発情期は、ユーリスの心身ともに大きな負担になったらしい。燻《くすぶ》るような熱が身体の奥にあるのに、それは決して情欲の熾火《おきび》ではなかった。

そんなユーリスの前髪や頬をギルベルトはゆっくりと撫でていた。彼はユーリスが起きていることに気づいていないに違いない。目を開けたら、その手はあっさりと離れてしまうだろうという確信があった。

匂いは感じるのに、体温は感じない。果てしなく遠い気がするその距離は、おそらく彼がベッドサイドに腰かけているからだ。

ギルベルトはどんなことがあっても、ユーリスと同じ寝台で眠ることはない。これまでも、これからもきっとそうだ。

今までは当たり前だと思っていたその距離感が無性に寂しくて、ユーリスはそっとギルベルトの袖を掴んだ。眠っている者が反射的に動くものを握りしめたように見えるように、目は開けない。

「……ユーリス？」

そっと触れてきたユーリスに気づいて、ギルベルトが問いかける。

起きたのか、と言う声にユーリスは返事をすることはなかった。寝たふりをしていなければ、ギルベルトはすぐに離れていってしまうだろうから。

このとき、ユーリスが起きたことにギルベルトが気づいていたのかは分からない。

けれど、再びユーリスが寝入るまでギルベルトはユーリスの手を振り払うことはなかった。袖を握りしめた手を、自らのそれでそっと包んで、ただそこにいてくれた。

＊　＊　＊

結局、あの日の発情は一晩で治まった。

不安定な発情であったし抑制剤も服用したから、そのおかげなのかもしれない。

翌日には騎士団より派遣された騎士による取り調べがあった。

ローゼンシュタイン邸にやってきた薄茶色の髪の騎士は、自分は王国騎士団の憲兵部隊に属するのだと言って朗《ほが》らかに笑った。憲兵部隊は王国の秩序と法を守るための部隊で、主に国内で起こった事件の調査を担当する。

ギルベルトとも旧知であるというその騎士は、いくつかの通り一遍の質問をしてあっさりと帰っていった。最後に、魔法局の暴挙は騎士団を代表して抗議すると言い残して。

あれはおそらく、ユーリスに嫌疑をかけた魔法局を黙らせるためのものだった。

明らかな冤罪《えんざい》を晴らすため、敢《あ》えて行われた尋問にはもちろんギルベルトも同席した。始終不機嫌そうだったギルベルトは、昨日の甘さをすっかり隠して、憲兵部の騎士を睨んでいた。

玻璃宮《はりきゅう》に出仕出来たのは、その翌日からだった。美しい離宮は普段と同じようにひっそりとしていて、迎えたアデルだけが心配していたと賑やかに声を上げていた。

これは以前と同じで、何も変わりがない。しかし、その日から大きく変わったことがあった。

「では、また迎えに来ますので、それまでは玻璃宮《はりきゅう》内でお待ちください」

「はい。あの、お忙しいのですから、無理はなさらず……」

「無理などしていません。失礼します」

これまでに幾度か繰り返したやり取りを、背後でアデルが興味深そうに見ているのが分かった。

翻《ひるがえ》る濃紺のペリースを見送って振り向くと、にやりと笑う可愛らしい顔がある。

「今日のギルベルト様は騎士団本部ですか？」

「そのようですね」

「相変わらず、仲良しですね」

「そんなことは……」

狩猟大会から、ユーリスの生活はそう変わってはいない。毎日、ミハエルとふたりきりで別館で過ごしているし、変わらず玻璃宮《はりきゅう》のアデルの元に通っている。

しかし、何故か伯爵邸から玻璃宮《はりきゅう》までの往復路を、ギルベルトが付き添うようになった。それも馬ではなく、ユーリスと同じように馬車に乗って。

理由はよく分からない。狭い馬車の中でそれとなく聞いてみても、はっきりとした答えは返ってこなかった。

あの日、騒動に巻き込まれた上に魔法局に連行されてぼろぼろになったユーリスを見て相当驚いていたから、そのせいかもしれなかった。責任感の強い彼は、一応とはいえ番《つがい》であるユーリスの身を心配してくれているのだろう。

「何にせよ、仲良しなのはいいことですよ」

「そうでしょうか」

「そうですそうです」

毎朝、ユーリスが首を傾げていることを知っているアデルが、明るい口調で言う。それに釈然としない様子で返して、ユーリスは応接室に足を運んだ。

王宮内を幼子のようにギルベルトに付き添われて歩くユーリスを、すれ違う人々が奇妙な目で見ていることをユーリスは知っていた。社交場に出たわけではないので、それをなんと噂されているかまでは分からなかったが、また面白おかしく言われているだろうことは理解している。当のギルベルトはそんなことを気にする素振りすらないけれど。

「ギルベルト様は心配性なんでしょうね」

「心配性？」

「そうですよ。だってローゼンシュタインのお屋敷だってあんなに魔法結界でがちがちなんですよ。心配性でしょう？」

「そうなんですか？」

教科書を開きながらのアデルの言葉に、ユーリスは瞬《またた》いた。

——ローゼンシュタイン家の魔法結界。

ユーリスがあの屋敷で暮らし始めて三年になるが、そこに張られた魔法結界がそれほど高度なものだとは思っていなかったのだ。

通常、貴族の屋敷には防犯のために魔法結界が張ってある。それはお抱えの魔法使いや、魔法が使える一族の者が張ることがほとんどで、ローゼンシュタイン家の場合は現役の魔法騎士である当主ギルベルトが自ら張っていると家令から教えられていた。

「この前お邪魔したときに、すっごい厳重に張ってあるなって思ったんですよ。敷地内全体もそうなんですけど、特に裏にある白い建物」

「白い建物……」

屋敷の裏手にある白い建物。それはおそらくユーリスとミハエルが住んでいる別館のことだ。

普段過ごしているあの屋敷が、それほど厳重に守られているとは。まったく知らなかったユーリスとしては驚くしかなかった。

「ユーリス先生、ひょっとして知らなかったですか？　魔法探知、あんまり得意じゃない？」

そんなユーリスの様子に、アデルが上目遣いにこちらを見た。それに苦笑しつつ、ユーリスは答える。

「知りませんでした。魔法探知なんて、得意じゃないどころか、ほとんど出来なくて……」

「そうなんですか。じゃあ、俺が孤児院に張ってた結界も気づいてなかった？」

「それもまったく気づきませんでした。結界が張ってあったんですか？」

「けっこうガチめのやつ張ってます。兄さんオメガだし、子どもたちもいるし、あのへん治安悪いから。俺、そういう魔法術式作るのが得意なんですよ」

そう言って、アデルは嬉々として一枚の紙を取り出した。何も書かれていないそれに、何やら羽ペンで書き込んでいく。

　さらさらと迷いなく描かれるものは、ユーリスも見たことがあった。魔法術式だ。

「これが、王宮に張ってある魔法結界です。こっちがローゼンシュタインのお屋敷に使ってあるやつ。ギルベルト様は王国騎士団の騎士様なので、この両方にはあんまり差はないんですけど、お屋敷の結界は王宮よりも範囲が狭い分、使用魔力により厚みがある感じですかね」

「なるほど……？」

「それがローゼンシュタイン家の方には何重にも施してあって、あれを破るには結構苦労すると思います。結界としての効果は保護と探知《サーチ》。あの中で攻撃魔法は使えないし、そもそも侵入者がいれば術者であるギルベルト様に連絡がいくようになっています」

「王宮と同じくらい頑丈な結界ということですね？」

「同じっていうか、それ以上かな。ね、ギルベルト様は心配性でしょう？」

　悪戯《いたずら》っ子のように笑うアデルに、ユーリスもつい微笑んでしまった。

　しかしすぐにその手元に視線を戻し、書かれた魔法術式をまたしげしげと見つめた。

　魔法学園に通っていたときに、何度となく目にしたそれは、一定の法則の上に作り出された美しい形をしている。

　本来、魔法とは自らの中にある魔力をこれらの術式を使い、力として具現化する技術だ。術式は魔方陣や詠唱といった出力方法を用いて使用するが、魔力を持ち、術式を用いたからといって必ずしも魔法が成立するわけではなかった。魔法は才能がものを言う世界なのだ。

ユーリスはその才能にあまり恵まれなかった。故に、アデルが何気なく口にした「魔法探知」もまったくと言っていいほど出来ない。

魔法探知とはその名の通り、使われている魔法の分析能力のことだ。能力の高い魔法使いは、その場に張ってある結界や発生した魔法の魔力や術式を即座に探知《サーチ》し分析することが出来るという。

魔獣を倒す際にアデルが使用していた「反転魔術」もそれの応用で、探知《サーチ》した魔法と反作用のある術式を即座に練り上げることによって、魔法を打ち消すことが理論上は可能らしい。

「アデル様は魔法結界について、ずいぶんお詳しいんですね」

「へへ。俺、学園の卒業論文で魔法結界について書いたんです。だから、それなりにたくさん調べて勉強しました」

感心したように言ったユーリスに、アデルは照れながらそう答えた。

なんでも、四年次に提出する卒業論文でアデルは「王都における魔法結界の分析とその改善点」なる論文を完成させ、教授より最優秀の評価を得たらしい。

その論文は完成度の高さから魔法局にまで提出され、オメガであるアデルが魔法局の内定を得るのに役立った。というか、あれがなければ内定はもらえなかっただろうと彼は言う。

「でもその代わり、王宮魔法使いの人たちにはめちゃくちゃ目をつけられました。オメガの俺が、アルファ様たちが考えた結界の『改善点』なんて書いたのが気に食わなかったみたいで」

「ああ、ですからあのときの王宮魔法使いの方々とお知り合いだったんですね」

「知り合いっていうか、向こうが一方的に俺のこと知ってるっていうか」

俺は興味ないから全然知り合いじゃないです、とアデルは苦笑する。

狩猟大会の際、ユーリスを捕えに来た王宮魔法使いたちがアデルと交わしていた会話は、間違いなくお互いに面識があってのものだった。それに、このような理由があったとは。

「私からすれば、そんな風に王宮魔法使いの方々から一目を置かれることが十分すごいと思います」

「嫌われてるだけですけどね。ふふ、でもユーリス先生に褒められると嬉しいな」

アデルは自らの将来のためにたくさん勉強したのだろう。その努力が報われる直前に、彼の人生は百八十度変わってしまったわけではあるが。

はにかむように笑うその顔は出会ったときと何も変わらないのに、彼の色々な一面を知れば知るほど幸せになってほしいと思う。そのために、自分に何が出来るだろうか。そう考えて、ユーリスは小さく息を吐く。

狩猟大会の件ではアデルも取り調べを受けたと聞いた。

騎士団と魔法局の双方から、魔獣を拘束したときの状況を聞かれ、アデルは堂々と対応したらしい。さすがにユーリスに行ったような暴挙を王太子の婚約者に働くわけはないが、それでも不愉快な思いはしただろうに。

「アデル様、あの魔獣のことは」

「ああ、聞かれても俺もユーリス先生も何も知らないって言いました。突然襲ってきたから自分の身を守っただけだって」

「そうですね」

「襲われる心当たりを聞かれたけど、そんなのあるわけないですよね。っていうか、こういうの、ありすぎて分かんないっていうのかなぁ。発情誘発剤の事件もあったし」

ため息交じりのアデルの言葉にユーリスも頷いた。

――心当たりが多すぎて分からない。

現状は、まさにその通りだった。

あの魔獣は遠目にもアデルを狙っているように見えた。学園や玻璃宮《はりきゅう》での発情誘発剤の件もあり、アデルが狙われているのは間違いないだろう。

しかし、それにしてはこの一連の事件には違和感が付きまとう。

「あの魔獣は魔牛《ヘレ・シュティーア》というのだと聞きました」

「ああ、俺も聞きました。なんか、魔力を食ってでかくなるとか」

「はい。非合法の魔獣取引で扱うこともあると」

「ふぅん。あんまり有名な魔獣じゃないけど、お金で買えるってことですね」

「入手方法はその筋に当たればなんとかなるとして、魔獣がアデル様だけを標的にすることなんてあるのでしょうか……」

ユーリスはそう言って首を傾げた。

魔獣は人には馴れない生き物だ。中にはごくごく稀《まれ》に人と共存することが出来る種類もいるが、大抵の場合は人を厭《いと》い避けて暮らしているか、人を襲うものばかりだった。

「食った魔力を気に入れば、また食いに来ることもある……」

「え？」

「人を襲う魔獣の習性ですよ。一年生の頃の魔獣飼育概論でそう習った気がします」

アデルが何かを思い出すように眉根を寄せる。

「あ〜、俺、魔獣学は基礎の概論しか取ってなかったからよく覚えてないですけど、確かそんなんだったと思います。つまり、あいつが俺の魔力を食って、気に入ったからまた俺のことを襲いに来たってことなのかも」

「なるほど。もし仮にそうだとして、ではあの魔牛《ヘレ・シュティーア》はどうやってアデル様の魔力を食べたのでしょう？」

アデルが魔獣を魔法で攻撃したときには、すでに魔獣は凶暴化していた。それはつまり、すでにあの時点であの魔獣はアデルの魔力を食べた後であったということだ。

「魔力を食べさせるのなら、案外簡単に出来るかも……」

「え？」

ユーリスの問いに、アデルはぽつりと呟いた。人差し指を顎に置いて、小さな唇を尖らせている。

そして確信を持ったかのように視線を上げてユーリスを見た。

「魔力結晶ですよ。ユーリス様だって学園に預けてるでしょ？」

「……魔力結晶。そんな、まさか」

「でも、そうだとしたらつじつまが合います。いくらお金で買える魔獣だっていっても、あれだけ結界で厳重に保護された狩猟会場の中に、誰にも見つからずになんて連れ込めないです。普通なら」

アデルの言葉にユーリスは絶句した。

魔力結晶とは、魔法学園に入学した学生が——つまり、王国の全ての貴族たちが提出する、自らの魔力を使って作り出した結晶だ。

それをもとに魔力属性や魔力の質といった魔法使いとしての素質を測ることが出来るもので、そしてそれは、魔力鑑定などに使用される目的で結晶の持ち主が死ぬまで学園で保存される決まりになっている。当然、アデルの魔力結晶も学園にあるはずだ。

魔力結晶は早い話が魔力の塊。魔獣に食わせるならば、確かにこれ以上のものはない。

しかし、それはとうてい不可能なことに思えた。王国騎士や王宮魔法使いたちのものも含まれる魔力結晶は、その全てが国家防衛に関わる機密事項なのだ。

その管理は当然厳重で、おいそれと持ち出せるようなものではない。

「学園から盗み出したということですか？　魔法局の人が？」

「学園は魔法局の管轄ですから、不可能じゃないと思います」

アデルは魔法局に自分の命を狙った者がいると言っているのだ。

「でも、魔法局は国王派も議会派も関係ない派閥で……」

「オメガ排斥派の温床でしょ？　みんな俺のこと嫌いだし」

そう言われれば、確かにそうだ。彼らにはアデルを害する理由があった。

しかし、やはり違和感はぬぐえない。言葉に出来ない違和感をなんと説明していいか悩んでいると、アデルが突然ユーリスの手を握った。

「先生、俺は今回のこと絶対魔法局が仕組んだんじゃないかなって思うんです」

「は、はい」

「絶対絶対、犯人を見つけたいんです」

「はい」

「協力者が必要です」

「ん？」

「学園に行きましょう！」

「え!?」

アデルのとんでもない提案を聞きながら、ユーリスは思い出していた。

アデルに出会う前——教育係としての勅命を受けたときのことだ。ギルベルトはアデルの為人《ひととなり》についてこう言っていたではないか。——無鉄砲で礼儀知らず。

礼儀知らずはさておき、無鉄砲とはこのことか。こうと決めたら、まったく人の話を聞かないアデルを見て、ユーリスはため息をついた。


アデルのとんでもない作戦は、翌日決行されることになった。

懸念材料のひとつであるギルベルトは、運がいいのか悪いのか明日は玻璃宮《はりきゅう》の警護担当ではない。

その内容を聞かされて、ユーリスは眩暈《めまい》を覚えながら帰宅することになった。

一応、何度も考え直すように言ったのだ。けれどアデルの意思は固く、ユーリスごときの説得ではどうにも出来なかった。

どうしたものか、と嘆息すると隣に座るギルベルトから訝《いぶか》しげな視線を送られてしまった。あまり考え込んでいては、敏い彼に感づかれてしまうかもしれない。かといって、ユーリスの方からギルベルトに話しかけるわけにもいかないのだ。

ふたりとも饒舌《じょうぜつ》な気質ではないため、王宮への往復の馬車の中でも会話はほとんどなかった。それなのに、今日に限って世間話なんてしようものなら、何かを誤魔化そうとしていると言わんばかりではないか。

普段と違うことは出来ない。けれどもこのまま観察されると、すぐにでも隠し事がばれてしまいそうだった。問いただされれば、きっと誤魔化すことは出来ない。

——早く、屋敷に着きますように……

そんなユーリスの願いが天に届いたのか、ユーリスたちを乗せた馬車はギルベルトに追及される前にローゼンシュタイン邸に到着した。

馬車が止まり、扉が開く。先に降りたギルベルトに差し出された手を取って、ユーリスは彼の精悍な顔を見上げた。

初めてアデルに対面した日も、ギルベルトはこうして手を差し伸べてくれた。

あのときはあれほど緊張したというのに、慣れというものは恐ろしい。発情期以外で彼の香りを嗅ぐことも、その体温に触れることにも強い緊張はしなくなっていた。

それでも、胸が締め付けられるような苦しさはいつまでも変わらない。込み上げてくる恋慕の情は、以前よりもずっと深く重たくなっている。

ユーリスが無茶をすれば、きっとギルベルトは心配するだろう。ここ数か月の触れ合いで、彼が想像していたよりもユーリスに対して無関心ではないことはすでに理解していた。

それが番《つがい》としての義務感や、騎士としての責任感から来るものでも構わない。ただ彼の視界に入って、少なからず心を砕いてもらえるということがユーリスには嬉しい。

そんなギルベルトを思うなら、きっとアデルの計画のことは包み隠さず話すべきだ。けれども、アデルには固く口止めされていたし、正直に話してギルベルトが協力してくれるとも思えなかった。

自分がアデルを止めたように、ギルベルトも絶対にユーリスを止めようとするだろう。

無茶ばかりするアデルには、軟禁等の実力行使も厭《いと》わないかもしれない。そうなれば、アデルは自らの意思を貫くためにさらなる無茶をする可能性があった。

「ユーリス？　どうしましたか。まだ体調が優れませんか？」

「あ、いいえ。そんなことは……」

馬車の中に引き続き、考え込む様子を見せるユーリスにギルベルトが声をかけた。

けれども、幸いなことにギルベルトはユーリスの挙動不審な様子を、まだ体調が戻らないからだと思ってくれたようだった。

その労りが心苦しく、曖昧《あいまい》に微笑むことしか出来ない。

心配するような視線を受けて、ユーリスはそんなに見つめないでほしいと思った。澄んだ紫色で見つめられると取り繕《つくろ》うことが難しくなってしまうからだ。

沈黙が続き、少しだけ気まずく思ってきたときだった。

屋敷の正面玄関が開いて、中から小さな影が飛び出してきた。

「かあたま～」

「ミハエル！」

「おかえりなさいませ、旦那様。奥様」

「ただいま。今日もいい子にしていたかい？」

別館の侍女に連れられてやってきたのは、ミハエルだった。

ユーリスは自らの足元に飛び込んできたミハエルを受けとめて、そのまま抱き上げる。白くて柔らかい頬に頬擦りすると、ミハエルが擽《くすぐ》ったそうに声を上げた。

あの狩猟大会以来、変わったのはギルベルトだけではなかった。ミハエルもまたユーリスの帰宅を待ちわびて、こうして玄関まで出迎えてくれるようになったのだ。

ミハエルと無理やり引き離されたあの日、ユーリスは結局彼の待つローゼンシュタイン邸の別邸に帰ることが出来なかった。

魔獣に襲われた上、大勢の知らない大人たちが大好きな母親を連れていってしまったのだ。それだけでも幼いミハエルには衝撃的な出来事だったというのに、夜もひとりで過ごさなければいけなかった。

あの一連の出来事は、ミハエルにとってどれほど心細かっただろうか。

そのときのミハエルの気持ちを思うと、彼の出迎えも無下《むげ》には扱えなかった。

実際、毎日の出迎え時のミハエルは、まるで小さな騎士のようにユーリスに抱き着いて離れない。ギルベルトと握っていた手は、いつの間にか離してしまっていた。

それでも彼がミハエルと自分を見つめる目はひどく優しかった。

ギルベルトが抱き上げたミハエルの頭をゆっくりと撫でた。嫌がるそぶりを見せるミハエルに苦笑して、ユーリスは屋敷の中にふたりを促した。

静かなギルベルトの視線をずっと恐ろしいと思っていた。発情期しかともに過ごさず、彼に嫌われていると思っていた。けれど、ひょっとしたらそうでもないのかもしれない。

そう思えるようになったのは、アデルの教育係を引き受けたことをきっかけにして、ギルベルトと過ごす時間が多くなったからだろう。

健気《けなげ》で優しい今の主を思って、ユーリスは心を決める。

アデルを立派な王太子妃にするということは、きっと大切な番《つがい》と愛しい我が子を守ることに繋がるだろう。

自分の職務はギルベルトの役に立っている。

そう思えたことが、このときのユーリスには何よりも嬉しかった。

この作品に対する皆様のご意見・ご感想をお待ちしております。

おハガキ・お手紙は以下の宛先にお送りください。

【宛先】

〒150-6019 東京都渋谷区恵比寿 4-20-3 恵比寿ｶﾞｰﾃﾞﾝﾌﾟﾚｲｽﾀﾜｰ 19F
（株）アルファポリス　書籍感想係

メールフォームでのご意見・ご感想は右のＱＲコードから、
あるいは以下のワードで検索をかけてください。

アルファポリス　書籍の感想　検索

ご感想はこちらから

本書は、「アルファポリス」（https://www.alphapolis.co.jp/）に掲載されていたものを、
改題、改稿、加筆のうえ、書籍化したものです。

Ω令息《おめがれいそく》は、α《あるふぁ》の旦那様《だんなさま》の溺愛《できあい》をまだ知《し》らない

仁茂田もに（にもだ もに）

2024年 1月 20日初版発行

編集－反田理美・森 順子
編集長－倉持真理
発行者－梶本雄介
発行所－株式会社アルファポリス
〒150-6019 東京都渋谷区恵比寿4-20-3 恵比寿ｶﾞｰﾃﾞﾝﾌﾟﾚｲｽﾀﾜｰ19F
TEL 03-6277-1601（営業） 03-6277-1602（編集）
URL https://www.alphapolis.co.jp/
発売元－株式会社星雲社（共同出版社・流通責任出版社）
〒112-0005 東京都文京区水道1-3-30
TEL 03-3868-3275
装丁・本文イラスト－凩はとば
装丁デザイン－しおざわりな（ムシカゴグラフィクス）
（レーベルフォーマットデザイン―円と球）
印刷－中央精版印刷株式会社

価格はカバーに表示されてあります。

落丁乱丁の場合はアルファポリスまでご連絡ください。

送料は小社負担でお取り替えします。


ISBN978-4-434-33313-2 C0093